Das Leben der Gertrud P.

Leonhard Jansen

DAS LEBEN DER GERTRUD P.

Roman

Rhein · Eifel · Mosel-Verlag

© Rhein · Eifel · Mosel-Verlag
Abtei Brauweiler, 50259 Pulheim-Brauweiler
Lektorat und Herstellung: Angela Wieland
Satz: Königsdorfer Verlagsbüro, Frechen
Druck: Horst Krannich, Bad Honnef

ISBN 3–924182–36–1

Die Kirche der Clemensschwestern in Kevelaer liegt ein wenig erhöht. Der in unmittelbarer Nähe liegende langgestreckte Friedhof ist nicht zu übersehen. Vielleicht haben die Schwestern hier bewußt Kirche und Klostergebäude errichten lassen, um stets daran erinnert zu werden, daß ihr Verweilen hier bemessen ist.

Ich war überzeugt, jetzt in der Mittagsstunde der einzige Besucher zu sein. Ich wünschte, das Innere der erst vor Jahren gebauten Kirche in Ruhe betrachten zu können.

Unmittelbar nach mir trat eine Schwester ein. Sie sprach mich an, verwies auf einige der ausgelegten Schriften.

Gleich als sie mir ihr Gesicht zuwandte, wurde ich an eine Jugendbekannte erinnert, die auch ins Kloster eingetreten war, die bei mir mehr als ein Händereichen hinterlassen hat, von der ich aber seit 1943 nichts mehr gehört hatte. Für einen Augenblick dachte ich, sie könnte es sein. Dann schien mir ihr Gesicht, selbst bei dem Silber ihres Haares, das von der Haube nicht gebändigt wurde, zu jung. Sie konnte es nicht sein.

Ich fragte sie nach dem Erbauer der Kirche. Ein fremdartiger Name, der mir entfallen ist. Sie schien des öfteren diese Frage beantwortet zu haben. Ich band sie mit weiteren Fragen. Zu sehr erinnerte sie mich an längst vergangene Stunden, an Gertrud P., die sich mir einst anvertraute, die ich enttäuschen mußte. Die seitlich im Kirchenraum befindliche Orgel erinnerte mich noch mehr an meine Jugendbekannte, von der ich wußte, daß sie im Kloster das Orgelspiel erlernt hatte. Ich fragte, ob eine Schwester die Orgel spiele.

Sie holte aus einer verdeckten Rocktasche einen Schlüssel. Setzte sich vor den Spieltisch, und ich war geradezu betroffen, daß sie das Marienlied „Ros', o schöne Ros'" einspielte und die Melodie in den verschiedenen Variationen aufklingen ließ. Unmöglich konnte sie wissen, daß das in der Kindheit eines meiner Lieblingslieder war.

Dann spielte sie Bach. Ich spürte, sie liebte diese ganz der Erde entrückte Musik. Das war tiefer Glaube, wie Bach ihn hatte, Verehrung, Hingabe, Demut. Das Irdische hätte hier keinen Platz, der Raum keine Enge, die Zeit kein Maß. Mein Sohn, der in Mönchengladbach Organist ist, hätte mich nicht reicher beschenken können. Ich bedauerte es, als sie den Spieltisch schloß. Als sie sagte: „Das macht das Leben hier schön", glaubte ich erst recht, die Augen von Gertrud P. vor mir zu haben.

Ich war 19 Jahre und sie 17, als ich sie kennenlernte. Zu der Zeit kannte ich schon ein Jahr Elisabeth, von der ich wußte, daß sie einmal meine Frau würde. Wie wir beide gehörte auch Gertrud der Bündischen Jugend an.

Ich hatte zu der Zeit mein erstes Stück geschrieben, es „Liebe" benannt und dem Geschehen der Mysterienspiele angelehnt. Ich wollte es von den Besten der Mönchengladbacher Laienspielgruppen aufführen lassen. Dabei lernte ich auch Gertrud kennen, die einer anderen und nicht der Gruppe von Elisabeth angehörte. Wäre Elisabeth nicht Waise und Dienstmädchen bei Gutbegüterten gewesen, hätte sie vielleicht die Rolle, die Gertrud zugedacht war, übernommen, und ich hätte Gertrud nicht kennengelernt. Dienstmädchen wurden zu der Zeit an kurzen Stricken gehalten. Freizeit lebte in ihren Wünschen. Von wem hätten diese hohen Herrschaften sich sonst bedienen lassen können, wer hätte das, was sie fallen ließen, aufheben, wer den Dreck, den sie machten, fegen sollen, wären nicht diese Dienstmädchen gewesen, die sich auch noch oft besonderer Absichten der männlichen Wesen erwehren mußten? So bekam Elisabeth weder eine Probe noch die Aufführung meines ersten Stückes zu sehen.

Gertrud lernte zu der Zeit noch nicht die Leiden eines Dienstmädchens kennen. Sie kamen später auf sie zu. Wie ihr Vater arbeitete sie in einer Weberei. War zumindest abends frei, wenn sie nicht für ihre Schwestern oder sich ein Kleid zu nähen hatte. Sie wäre gerne Schneiderin geworden. Der karge Lohn ihres Vaters ließ das nicht zu.

Die Proben für das Stück erstreckten sich über Monate. Junglehrer Willi Scheufeld hatte die Leitung übernommen. Später war er einer der bedeutendsten und beliebtesten Schulrektoren in Mönchengladbach. Er wußte, wie junge Menschen angenommen werden wollten. Mein Stück hätte keiner bei den Proben besser deuten, ausloten können. Schwächen, die es hatte, verstand er auszumerzen.

Obwohl nicht hübscher als die beiden anderen jungen Mädchen, die in dem Stück mitwirkten, fühlte ich mich von Gertrud stärker angezogen. War es ihre Stimme, ihre Augen, ihr ganzes Wesen, ich weiß es nicht. Da die beiden nach den Proben von anderen Mitspielern nach Hause gebracht wurden, ließ ich Gertrud nicht alleine gehen. In diesen spätabendlichen Stunden hatten wir Zeit.

Sie wohnte auf der Reyerhütter Straße in einem Mietshaus. Meist machten wir einen Umweg durch den Volksgarten. Das Wetter an diesen späten Sommerabenden war mit uns. Nur selten Regen. Die heiße Luft des Tages abgekühlt. Unter den hohen Bäumen des Volksgartens gab es Bänke. Eng saßen wir beieinander. Sprachen über das Stück, den Verlauf der jeweiligen Probe. Kein Abend, an dem sie sich nicht nach Elisabeth erkundigte. So erfuhr sie von mir, daß Elisabeths Arbeitszeit sich von morgens sieben bis abends nach neun Uhr erstreckte. Daß ihr dann eine schmale Dachkammer zur Verfügung stand, in der sich ein kleiner abgenutzter Tisch, ein Stuhl und ein schief gewordener Schrank befand. Ausreichend, die wenigen Habseligkeiten von Elisabeth aufzunehmen. Eine Waschschüssel, in der Elisabeth und die, die ihr folgten, sich eine Etage tiefer das Wasser holen mußten.

An einem Abend erzählte ich Gertrud, daß ich am Tag vorher einem dieser Piekfeinen eine Predigt besonderer Art gehalten hatte. Er hatte mich nach der Arbeitszeit aufgesucht, um sich über Elisabeth zu beschweren. Er fand ihr Verhalten ungeheuerlich. Sie hatte es gewagt, auch einmal die für die hochherrschaftliche Familie bestimmte Butter zu versuchen. Hatte der Gute gedacht, ich würde vor seinem Reichtum Verbeugungen machen?

Nicht selten, wenn wir am Abend im Volksgarten beisammen saßen, summte Gertrud ein Lied. Sie sang gerne und gut. Meist Liebeslieder. Ein von mir gesungenes Landsknechtlied hätte keine Chance gehabt. An jedem Abend spürte ich es mehr, die wenigen Sterne an diesen spätsommerlichen Abenden blieben für sie hoch und fern. Dazu war ihr auch die Arbeit in der Weberei widerlich. Der ohrenbetäubende Lärm hunderter Webstühle.

An einem Abend meinte Jan, der Hauptdarsteller, wir sollten nach der Aufführung mit unserer Gruppe durch die Lande ziehen und in den verschiedensten Städten und Gemeinden spielen. Das war damals nicht ungewöhnlich. Es gab mehrere dieser Spielgruppen, die weit hin zogen und das kulturelle Leben befruchteten. Selbst Willi Scheufeld, der zu der Zeit als Lehrer keine Anstellung fand und als Straßenbahnschaffner tätig war, hätte das mitgemacht. Gertrud war begeistert von dem Gedanken. Sie hätte nicht gezögert mitzumachen.

Einige Wochen vor der Aufführung las ich in verschiedenen Jugendheimen der Stadt erste Erzählungen. Das Lob, das auch Heinrich Lersch und Hein Minkenberg dafür hatten, machte uns alle für die Aufführung zuversichtlich. Da konnte keiner ahnen, daß sie bald geplatzt wäre.

Als die Zeitungen auf die Aufführung aufmerksam machten, fühlte sich der Pfarrer, der der Hausherr des Jugendheimes war, in dem das Stück aufgeführt werden sollte, über das Stück und mich zu wenig orientiert. Kurzfristig verweigerte er uns das Heim.

Das Gespräch, das ich danach mit dem Pfarrer führte, konnte seine Stimmung nicht aufheitern. Zum Glück schien es dafür einem seiner Amtsbrüder Freude zu machen, uns das von ihm betreute Pfarrheim zur Verfügung zu stellen.

Die Aufführung wurde sehr gut besucht. Es gab keinen Patzer. Der Beifall war zustimmend und herzlich. Während es nach meinen Lesungen in der Presse gute, aufmunternde Worte gab, gab es jetzt nicht den kleinsten Artikel. Kein Mitarbeiter der beiden in Mönchengladbach erscheinenden Zeitungen war anwesend gewesen. Das schmerzte. Gertrud schmerzte es noch mehr. Ich sagte: „Bestimmt haben sie herausgebracht, daß ich Schreiner, Möbelschreiner bin. Ich verüble es ihnen nicht, wenn sie sich sagen, Säge und Hobel seien für mich bessere Werkzeuge als Feder und Schreibmaschine. Und daß es schon zu viele gibt, die glauben, das Unrecht und Elend anprangern und hinausschreien zu müssen."

Sie vermochte es nicht, ihre Enttäuschung herunterzuspielen. Ich zog sie an mich und sagte: „Holz ist doch wirklich eine feine Sache. Sieh dir an, was aus Holz alles gemacht wurde. Selbst die ersten Brücken und Schiffe wurden daraus gebaut. Länder wurden verbunden."

Ich spürte, ich hätte mich noch so anstrengen können, meine eigene Enttäuschung zu verbergen, sie vermochte es nicht. Glaubte sie, mit dieser Mißachtung sei ihr Traum zerplatzt, übers Land zu ziehen? Oder bedrückte es sie genau wie mich, daß nicht einmal die Leistung der Mitwirkenden erwähnt wurde? Oder fürchtete sie, daß es bei einem Auseinanderbrechen der Spielgruppe zu einem endgültigen Bruch zwischen uns beiden käme?

Ich war bei weitem nicht so abgeklärt, wie ich mich ihr zeigte. Ich war noch nicht zwanzig. Sah Sterne, die nicht verdeckt waren. Und glaubte an Träume, die wahr werden könnten.

Auch an diesem Abend wurde es spät. Ich habe nie von ihr erfahren, ob sie deshalb zu Hause Schwierigkeiten hatte.

Wie tief die Enttäuschung in ihr saß, zeigte sie, als ein Angetrunkener uns begegnete. Als der ihr gegenüber aufdringlich wurde, gab sie ihm eine Ohrfeige, die wie von einer kräftigen Männerhand kam. An jedem anderen Abend hätte sie ihn mit Worten zurechtgewiesen. Jetzt schien sie die Aussage des Stückes vergessen zu haben.

Einige Tage später schrieb Heinrich Lersch mir: „Mach Dir nichts draus. In den Redaktionen sitzen Götter. Sie bestimmen, was verwurstet wird, was nicht." Er schien es erfahren zu haben. Jedoch er war nicht mehr auf diese Götter angewiesen. Nicht weniger wurmte mich, daß Elisabeth die Aufführung nicht hatte sehen können. Aber dafür kamen die Reichen ja auch nicht in den Himmel.

Gertrud kam regelmäßig. Gleich, wie das Wetter war, selbst während des Winters, der Weg durch den Volksgarten war uns nicht zu weit.

Es war im späten März, ein halbes Jahr nach der Aufführung. Wieder saßen wir im Volksgarten auf der wie für uns bestimmten Bank. Ich merkte ihre innere Unruhe. Sie sagte: „Ich mache mir Vorwürfe. Elisabeth und du. Ich mag Elisabeth. Ich mag sie wirklich. Jedes Mal nehme ich mir vor, das ist das letzte Mal. Dann ... Ich kann auf diese Abende mit dir nicht verzichten!" Sie schluchzte. Ich zog sie an mich, wischte die Tränen aus ihrem Gesicht. In letzter Zeit hatte ich mir selber manchmal gesagt, es wäre besser gewesen, wir hätten uns nicht kennengelernt.

Lag es daran, daß Elisabeth nur an jedem zweiten Sonntag für vier bis fünf Stunden frei war, daß ich deshalb auf die Abende mit Gertrud nicht verzichten mochte? Doch wußte ich genau, sie konnte Elisabeth nicht verdrängen. Als sie an mich geschmiegt blieb, summte ich das Lied: „Da kommt von den blauen Hügeln der Frühling wieder her!" Es konnte weder ihr noch mir helfen.

Unter meinen Füßen spürte ich das Laub des vergangenen Herbstes. War es Mahnung, daß es eine Trennung zwischen uns geben mußte, damit sie sich nicht bei jedem Begegnen quälte?

Sie blieb bedrückt und schwieg. Vor ihrer Haustüre sagte sie: „Das kommt nicht mehr vor." Sie umarmte und küßte mich. Das erste Mal.

Auf dem Heimweg waren in mir bohrende Fragen. Sollte ich ihr schreiben, daß es besser wäre ... Wußte ich, was für sie besser war? Wenn ich mit Elisabeth zusammenkam, war das die Erfüllung einer ersehnten Freude, die stets zu früh endete, der ein langes Warten folgte. War ich in das Leben von Gertrud eingebrochen, habe ich ihre Ruhe zerstört?

Sie kam wieder. Wahrscheinlich wäre ich sonst zu ihr gegangen, wie es danach einige Male geschah. Bestimmt zum Kummer ihrer Mutter, das sagte ihr Gesicht. Sie wußte, daß ich mit Elisabeth verlobt war.

Wie schnell vergingen Frühling und Sommer. Es war an einem frühen, kühlen Herbstabend. Genau ein Jahr nach der Aufführung. Die Gaslaternen wirkten verhangen. Ich hatte sie am Arm genommen. Sie sagte: „Du ahnst nicht, wie ich diese Abende ersehne. Die Fabrik! Ich möchte davonlaufen, würde es tun, dächte ich nicht an dich!"

Im Volksgarten lag erstes Laub auf der Bank. Sie ließ mir nicht die Zeit, es abzustreichen. Riß mich an sich. Ihr Kopf sank auf meine Schulter. Ihr Gesicht glühte. Ihre Hände suchten die meinen. Dann schob sie mich zurück, sagte: „Komm!"

So zögernd vorher ihre Schritte waren, so sehr drängte sie jetzt. Es war wie ein Dulden, als ich sie in den Arm nahm. An der Haustüre sagte sie: „Das war das letzte Mal. Komm auch du nicht mehr." Sie reichte mir nicht einmal die Hand. Fürchtete sie, dann wankend zu werden? Hastig öffnete und verschloß sie die Türe. War das die Trennung? Für immer?

*

Nach gut zehn Monaten, am letzten Tag des Juni, begegneten wir uns wieder. In der Nähe des Bahnhofs. Sie kam mir verändert, schlanker vor. Ihre Kleider waren kürzer. Ich sagte es ihr.

Wir gingen auf den Kaiserpark zu. Am Morgen hatte es geregnet. Die Vögel im Park, hinter der Kaiser-Friedrich-Halle, waren lebendig. Singdrossel, Amsel, Buchfink, Rotkehlchen. Sie fragte nach Elisabeth. Wir waren beide verklemmt.

Wir ließen die hohen Buchen, Eichen, Platanen hinter uns. Zu der Zeit gab es noch nicht den sich anschließenden „Bunten Garten". Vor uns das sich ausdehnende Gelände zwischen Mönchengladbach und Helenabrunn. In einer der Sandgruben hatten wir von der Bündischen Jugend unser Johannisfeuer abgebrannt. Bei dem Schein des Feuers hatte ich eine meiner Erzählungen gelesen. Christus war wieder auf die Erde gekommen. Hatte selbst ein Gespräch mit einer Prostituierten geführt, sich ihre Fragen, Klagen und Vorwürfe angehört und sie gesegnet.

Die Stelle des Feuers war gut zu erkennen. Wir blickten in die Asche, und ich bedauerte, daß Gertrud nicht dabei gewesen war, wie auch Elisabeth nicht dabei sein konnte. Sie griff in die Asche und sagte: „Nur Asche!" und warf sie in den Wind.

Ich sagte: „Ich wäre gerne mit dir über die Glut gesprungen!"

Sie blickte mich an, zweifelte: „Mit mir!"

Über dem Gelände war ein Bussard. Er setzte zum Sturz an. Er wollte leben.

Sie sagte: „Komm! Es wird zu spät."

Früher war es ihr nie zu spät geworden. Ich dachte an den Bussard. Empfand auch sie sich als Beute? Blöder Gedanke! Hatte ich es geflüstert? Sie fragte: „Was sagtest du?" „Sahst du nicht den Bussard?" Sie verneinte, schwieg.

Die Bäume des Kaiserparks wuchsen wieder vor uns auf. Spaziergänger begegneten uns. Der Gesang der Vögel war zu einer vielstimmigen Sinfonie geworden. Nur hin und wieder ein Solist mit einer kurzen Passage. Ich fragte sie, ob sie sich noch an den Abend im vergangenen Jahr, in den ersten Junitagen erinnerte, als wir im Bungtwald dem Wettgesang zwischen einer Nachtigall und einem Rotkehlchen zugehört hatten.

Sie sagte: „Weißt du noch, was ich gesagt habe, als ihr Gesang endete?"

Ich wußte es: So endet alles! Ich hatte geantwortet: „Nimmt nicht alles wieder einen neuen Anfang?" Genau wie damals nahm sie auch jetzt meine Hand. „Anders!" hatte sie entgegnet.

Späte Theaterbesucher eilten der Kaiser-Friedrich-Halle zu. Es wurde der „Troubadour" gegeben. Ich summte den Anfang der Arie ‚Lodern zum Himmel seh' ich die Flammen!'

Ich begleitete sie bis zu ihrer Wohnung. Ich sagte ihr, daß ich es satt hätte, mit Elisabeth nur alle vierzehn Tage für einige Stunden zusammenzukommen. Wir würden bald heiraten.

Erst nach Minuten sagte sie: „Ich wünsche euch viel Glück! Elisabeth weiß, daß ich sie mag."

Sie zog mich wieder in die Türnische, küßte mich und war drinnen.

Ich war überrascht, als sie mich zurückrief. Sie fragte, ob sie einmal die Erzählung haben könnte, die ich am Feuer gelesen hatte. Wollte sie doch keine endgültige Trennung zwischen uns beiden? Wollte sie nicht, daß wir, wenn wir uns in Zukunft begegneten, mit einem Gruß aneinander vorbeigingen? Wäre das für sie, für mich besser gewesen? Nein, sie war mir nicht gleichgültig.

Ich erinnerte mich, daß ich als kleiner Junge einer blonden Frau besonders zugetan war.

Nein, Äußerlichkeiten waren es nicht.

*

Es vergingen gut drei Wochen, bis sie kam. Hatte sie gewünscht, ich möchte ihr die Erzählung bringen?

Wie an vielen Abenden stand ich mit meinem Freund Fritz an dem Gartentörchen unseres Hauses.

Wie viele Fragen haben wir uns hier gestellt. Fragen, von denen wir glaubten, sie beantworten zu können. Fragen, die von vielen vor und nach uns gestellt wurden. Fragen, die der Vergangenheit, der Gegenwart, der Zukunft galten. Fragen, warum wir Menschen so sind, das sich immer wiederholende Vernichten, das Nicht-zur-Vernunft-Kommen.

Fragen nach Gott, nach Christus, ob es möglich sei, das Gebot von der Gottes- und Nächstenliebe zu erfüllen.

Fragen, ob sich in der Bibel nicht manches einschlich, was menschlichem Denken, menschlichem Wünschen entspricht, was Menschen Macht über andere verleiht.

Wie konnten wir in unserem Jungsein für diese Fragen endgültige Antworten haben?

Fritz hatte Gertrud zuerst bemerkt. Er sagte: „Du bekommst Besuch." Ich wußte, daß er sie nicht mochte. Er war nicht dazu zu bewegen zu bleiben. Befürchtete ich, mit ihr allein zu sein?

Ich nahm sie mit auf mein Zimmer. Es war ihr nicht fremd. Sie setzte sich auf die Truhe. Das erste Möbelstück, das ich für mich angefertigt hatte. Sie nahm die an der Wand hängende Klampfe, stimmte sie genau nach, schlug einige Akkorde an. Sie wußte, daß es Elisabeths Klampfe war, die ihre Mutter ihr kurz vor dem Tod geschenkt hatte.

Sie sagte: „Ich komme nicht nur wegen der Erzählung, ich muß dich sprechen. Ich habe in unserer Fabrik einen Meister geohrfeigt."

Sie hatte früher verschiedentlich geklagt, daß der Meister ihrer Abteilung sie schikaniere. Sollte das schlimmer geworden sein?

„Er stellt mir unentwegt nach. Dabei hat er kleine Kinder!"

Ähnliche Klagen waren mir von Elisabeth nicht fremd. Gleiches war ihr schon widerfahren, als sie gerade aus der Schule entlassen war.

*

„Geld wollte er mir geben. Mir mehr Lohn und eine bessere Arbeit besorgen. Ich brauchte nichts zu befürchten, er kenne sich aus. Mit seiner Frau sei nichts los, die mache nur Krach."

Sie weinte. „Als ich mit langen Kleidern kam, höhnte er, ob ich meine krummen Beine verdecken müsse. Jetzt, da ich sie kürzer trage ..."

Ihr Weinen wurde zu einem lauten Schluchzen. Sie warf sich auf mein Bett. Ich setzte mich zu ihr. Trocknete mit meinem Taschentuch ihre Tränen. Strich über ihre Hände, ihre Arme. Wollten wir nicht immer helfen! Sie zog mich an sich, bettelte: „Was soll ich tun? Was soll ich tun? Immer wieder ohrfeigen? Herausfliegen! Ich fliege bestimmt heraus!"

Ich litt mit ihr, wußte ihr nicht zu helfen. Ich verstand, warum gerade sie es war, die so gerne mit unserer Spielgruppe übers Land gezogen wäre.

Was half ihr mein Zorn über diesen Burschen, der zu denen gehörte, der die Handvoll Macht, die er über andere hatte, schamlos ausnutzte. Zu denen, die es nicht berührt, wie sehr sie die ihnen Anvertrauten verletzen, erniedrigen, ausbeuten, um ihre eigenen Vorteile wahrzunehmen. Mußte ich nicht mit meinem Spiel von der Liebe scheitern? Der Liebe, die von jedem Opfer verlangt. Wir mochten hinausziehen, dem Alltag entfliehen, Lieder übers Land singen, Spiele aufführen, über Hecken und Bäche springen, Flüsse durchrudern, durchschwimmen, mochten bei lodernden Flammen unsere Sprüche aufsagen, aber die Welt verändern, damit die Menschen nicht nur dem Materiellen nachstrebten, das würde uns nicht gelingen. Das hatte ich zuvor noch nie so bitter empfunden. Immer und immer wieder würden die meisten ihre Handvoll Macht einsetzen und dennoch nicht zufrieden sein. Ich war mir bewußt, daß wir weiter als Narren verspottet würden. War überzeugt, daß Christus, käme er wieder, genau wie damals umgebracht würde. Wußte, daß wir uns nicht vollends von denen abschneiden konnten, die wie Marktschreier all das priesen, was zweckmäßig schien. Dennoch glaubte ich zu wissen, daß ich immer zu denen gehören würde, die auf der Suche nach den verborgenen Wald- und Feldwegen blieben, um all das aufnehmen zu können, was die Natur beschädigt hervorbrachte. Das sollte mich für immer mit Gertrud verbinden.

Sie sträubte sich nicht, als ich sie hochzog. Sie hielt sich dicht an mich geschmiegt. Es dunkelte. Die Dämmerung, die ich liebte, die Wünsche, Träume zuließ, die bei grellem Licht nicht aufkommen konnten. Jetzt konnten keine Träume aufkommen. Der Schrei „Was soll ich tun?" blieb in ihren Augen. Sollte ich zu ihr sagen, den Kerl beim nächsten Mal mit Fäusten und nicht nur mit ihren Händen zu traktieren! Hatten wir es nicht in die Welt gesetzt, mit allem gewaltlos fertig zu werden?

Ich ließ sie auf die Truhe gleiten. Zündete die Kerze an, bei der ich immer schrieb. Gas oder elektrisches Licht gab es zu der Zeit in dem Zimmer noch nicht. Mir hatte die Flamme, die über dem schön geformten Leuchter hochstieg, die höchstens von meinem Atem bewegt wurde, noch immer zum Schreiben gereicht. Sie ließ Schatten und Dämmerung zu. Nicht jede Ecke, jeder Winkel wurde erhellt.

Ich nahm die Klampfe von der Wand, sang ein Fahrlied.

Ich spürte, damit war ihr nicht zu helfen. Sie war in dieser Stunde überzeugt, daß es für sie keine Sonne mehr gab. Daß die Arme, in denen sie sich immer hätte schmiegen mögen, für sie demnächst nicht mehr geöffnet waren. Ich wußte, es würde sie nicht befriedigen, wenn ich zu ihr sagte: ‚Du kannst immer mit all deinen Nöten zu Elisabeth und mir kommen.'

Der Schrei in ihren Augen blieb. Wie konnte ich glauben, eine Liedstrophe könnte ihn auslöschen? Sie, die eine solch stolze, herausfordernde Haltung hatte, die in der Schlafstube eines Arbeiters geboren war, der sich immer zu ducken hatte, der sein Aufbegehren hinunterwürgen oder nur hinausschreien konnte, wenn er nicht von denen gehört wurde, die er verklagen müßte, sie würde noch oft an einem Meister leiden, der ihr nachstellte. Es sei, es käme der Mann, der zu ihr sagte: „Wage es mit mir, ich hab dich lieb", und sie vertraute sich diesem Manne an und suchte in diesem Mann nicht mich.

Als ich sie heimbrachte, sagte ich zu ihr: „Wenn der Kerl dich nochmals behelligt, dann schrei so laut du kannst. Schrei, als wollte er dich umbringen. Seinetwegen brauchst du nicht wie früher in langen Kleidern herumzulaufen. Zeig, daß du nichts zu verbergen brauchst. Zumindest gibt es für dich jeden Tag einen Feierabend. Jeden Tag Stunden, in denen du frei bist. Elisabeth muß selbst in spätabendlichen Stunden Anordnungen befolgen."

Ich erzählte ihr, daß Elisabeth einmal, in spätabendlicher Stunde, als sie sich gerade in ihrer nicht zu verschließenden Dachkammer ins Bett gelegt hatte, von dem splitternackten Sohn des Hauses behelligt wurde. Die Mutter des 20jährigen, die als vornehme Dame hoch angesehen war, habe da lediglich sehr gekränkt gerufen: „Aber Fritz, was machst du denn da?" Sie mußte gehört haben, daß Elisabeth dem Burschen die Waschschüssel ins Gesicht geworfen hatte. Sie wird gekränkt gewesen sein, daß Elisabeth für die eine Mark Lohn, die sie täglich erhielt, nicht auch ihren verwöhnten Sprößling über sich gelassen hatte.

Sie schwieg. Störte es sie, daß ich jetzt von Elisabeth sprach?

Unmittelbar vor ihrer Wohnung sagte ich zu ihr: „Unter den Unseren ist bestimmt einer, dem du gefällst. Vielleicht sogar einer, der das Zeug hat zu siedeln, irgendeinen Flecken urbar zu machen. Das müßte dir doch Freude machen, mit anpacken zu können, auf dem eigenen Boden Kinder aufwachsen zu sehen." Sie fragte: „Mit irgendeinem. Ist Elisabeth auch irgendeine?" Ich verstand sie.

*

Sie kam jetzt wieder regelmäßig. In ihren Augen blieben Wünsche, von denen sie wußte, daß sie sich nicht erfüllten. Sie befand sich wie in einem ständigen Regen, der nicht einmal das Lied einer Amsel, noch die Farben eines Regenbogens kannte.

Fast am gleichen Tag, an dem ich arbeitslos wurde, traf auch sie dieses Los.

Sie war ziemlich gefaßt, als sie zu mir sagte: „Ich bin herausgeflogen. Ich sei verrückt, hysterisch. Wie du es für richtig hieltest, habe ich geschrien. Mehrmals geschrien. Er dürfe sich mir nicht einmal nähern, um mir eine Anweisung zu geben, hat der Kerl gesagt. Weil ich erst in letzter Zeit so verrückt geworden wäre, hat man mir bescheinigt, ich sei wegen Arbeitsmangel entlassen worden, damit ich wenigstens Arbeitslosenunterstützung erhielte."

Hatte ich ihr das eingebrockt? Wäre ohrfeigen also doch richtiger gewesen? War es unmöglich, ohne zu prügeln durchs Leben zu kommen?

Wäre Elisabeth arbeitslos geworden, hätte ich zu ihr gesagt: „Wir heiraten! Du bist bald zweiundzwanzig, ich habe die einundzwanzig hinter mir. Habe Zeit, die Möbel zu machen. Irgendwie kommen wir zurecht. Notfalls ziehen wir mit Kasperlfiguren übers Land und lassen Kasperl seine Späße machen und die Wahrheit sagen."

Während mein Freund Fritz, der schon vor Wochen arbeitslos geworden war, mit einem anderen, dem es genauso ergangen, gegen Süden gezogen war und Monate ausbleiben wollte, zog ich mit Leo Krause für 14 Tage los. Ich wußte, daß Leo Krause ausgezeichnete Fotoaufnahmen machte. Daß er fast jeden Sonntag mit dem Fotoapparat unterwegs war, um all das festzuhalten, was ihm schön schien. Das war auch jetzt seine Absicht. Ich sollte kurze Betrachtungen dazu schreiben. Wir hofften, Fotos und Betrachtungen bei den verschiedenen Zeitungen unterzubringen.

Wir kamen bestens miteinander aus. Das Geld, das mir fehlte, hatte er. Er hatte eine gute Stelle in einem Büro.

In diesen vierzehn Tagen bedrückte es mich zu keiner Stunde, arbeitslos zu sein. Wenn wir sangen „Freiledig zieh' ich durch die Welt, hab Sorgen nie gekannt", wir sangen es öfter, fühlten wir uns wirklich frei.

Die Ausbeute an Fotoaufnahmen war reichlich. Auch meine Notizen, die ich ausarbeiten wollte, waren nicht dürftig. Für Elisabeth, die sonst nur längere Briefe von mir kannte, waren es nur zwei Karten geworden. Für Gertrud eine.

Am dritten Tag nach unserer Heimkehr kam Leo Krause zu mir, um mir die Fotos zu zeigen. Er stutzte, als er Gertrud bei mir sah.

Von Heinrich Lersch habe ich gelernt, immer genau zu beobachten. Daher entging es mir nicht, daß Leo Krause nicht deshalb überrascht war, Gertrud und nicht Elisabeth bei mir vorzufinden, die er kannte und von der er wußte, daß sie zu mir gehörte. Eine Regung ging mit ihm vor, die ich während der vierzehn Tage bei ihm nicht kennengelernt hatte. Aber auch Gertrud schien verändert. Die beiden waren sich bis dahin völlig fremd.

Sollten es vielleicht Äußerlichkeiten gewesen sein, mit denen ich ...

Sein Haar war tiefschwarz. Fast genauso dunkel seine Augen. Figürlich wirkte ich gegen ihn mäßig.

Er schien für eine Weile sogar vergessen zu haben, weshalb er gekommen war. Ich mußte ihn daran erinnern, daß ich einige der Texte zu den Fotos bereits geschrieben, er sie mitnehmen und wie besprochen versuchen könnte, sie bei Zeitungen unterzubringen.

Die Texte überflog er nur sehr flüchtig. Die an der Wand hängende Klampfe interessierte ihn mehr. Daß er sie spielen und dazu singen konnte, wußte ich von der gemeinsamen Fahrt. Die Lieder gingen uns nicht aus. Wann hatte ich Gertrud das letzte Mal so singen gehört! Bei jedem neuen Lied schienen sich nicht nur die Hände der beiden zu nähern.

An diesem Abend brauchte ich Gertrud nicht nach Hause zu bringen. Als ich die beiden nach draußen begleitete, war ich sicher, daß Gertrud mich nicht mehr besuchen würde.

*

Bei meiner Arbeitslosigkeit hatte ich in den folgenden Wochen Zeit, die Möbel für das gemeinsame Leben mit Elisabeth anzufertigen. Sie sollten handwerksgerecht sein. Nach vielen Jahren wollte ich noch damit bestehen können. Im Januar 1928, nach Elisabeths Geburtstag, wollten wir heiraten. Wenige Tage vorher besuchte Gertrud mich. Frostig wie der Januar war ihr Gesicht. Sie wußte nichts von unserer bevorstehenden Heirat.

Bevor ich sie nach Leo Krause fragen konnte, klagte sie: „Er hatte mich nur nötig, die Landschaft zu beleben."

Nach kurzem Überlegen erinnerte ich mich, daß ich während der vierzehn Tage, die ich mit Leo Krause unterwegs war, mich oft darüber amüsiert hatte, daß ich auf den Fotos stets mit zu erscheinen hatte. Ihm genügte es nicht, nur ein Gehöft, die Partie an einem Bach, eine Wald- oder Heidelandschaft zu fotografieren, sie mußte durch ein Tier oder einen Menschen belebt sein, wie er es nannte. Wie irgendwer hatte ich entweder aus der Ferne zu kommen, hatte in die Landschaft hineinzugehen, einen Strauch oder Baum zu betrachten, eine Blume zu pflücken, ausgestreckt im Heidekraut zu liegen oder vor der Türe eines Gehöftes zu stehen, als wenn ich eintreten wollte. Selbst wenn er einen einzelnen Baum fotografierte, der an einem Feldweg wuchs, oder, wie einmal, eine im Feld liegende Kapelle, ich hatte dabei zu sein. Stets so, daß mein Gesicht weniger zu erkennen war. Geradezu glücklich war er, als wir uns einmal einigen äsenden Rehen anschlichen, von denen er mehrere Aufnahmen machte. Zuletzt mußte ich laut in die Hände klatschen, damit er sie auch im Davonjagen festhalten konnte.

Als ich ihn einmal fragte, ob das nicht eine Manie von ihm sei, ob die Landschaft als solche nicht genug Atmosphäre ausstrahle, meinte er, ein Foto müsse durch Tiere oder Menschen belebt werden, um Ausstrahlung zu bekommen. Einige Male hatte ich ihn sogar in Verdacht, daß er mich nicht wegen der Texte, sondern deswegen mitgenommen hatte. Sollte das seine Absicht auch mit Gertrud gewesen sein, als er sie an dem Abend bei mir sah? Im gleichen Augenblick verwarf ich den Gedanken. Ich bin sicher, daran wird er an dem Abend nicht gedacht haben. Das war offene Zuneigung, die nicht zu verbergen war. Jede andere Deutung wäre fehl gewesen. Und Gertrud? War nicht auch sie wie verwandelt gewesen? Als hätte ein strahlendes Morgenrot ein düstere Nacht verdrängt! Jetzt dieses frostige, bekümmerte Gesicht!

Sie hatte ein Päckchen bei sich. Eine schön gebrannte und geformte Tonvase. Sie sagte: „Sie sollte für Elisabeth sein.

Jetzt ist sie für euch beide. Zu eurer Heirat. Für euch gibt es bestimmt Blumen. Für mich nie."

Ich zog sie an mich: „So bitter! Dabei war ich überzeugt ..."

„Leo Krause scheint gar nichts anderes im Kopf zu haben! Jetzt kann er es nicht abwarten, bis es schneit."

„Ist das nicht verständlich?"

„Ich laufe nur neben ihm. Er scheint sich nur zu erinnern, daß ich da bin, daß es mich gibt, wenn er zu mir sagt: ‚Geh mal dahin und dahin, komm mir entgegen, mach das und dieses.' Alles simple Einfälle. Nur weil er überzeugt ist, die Fotos würden dadurch besser. Ich mag sie gar nicht mehr sehen. Er hat ja einen Tick. Wer weiß, was er später von mir verlangt."

„Wärst du nicht bereit gewesen, mit mir übers Land zu ziehen?"

„Das wäre doch ganz anders gewesen. Würde Elisabeth es ertragen, wenn sie stets neben dir herlaufen müßte? Das einzige, was sie von dir zu hören bekäme: ‚Tu das, Tu das!' Würde sie das? Irgendwer bin ich ja auch!"

Fühlte sie sich nur verletzt? Selbst wenn sie es in diesem Augenblick nicht wünschen sollte, ich zog sie enger an mich. Ihre Augen waren dicht vor den meinen. Sollte er nie ihre Augen gesehen haben? Ich sagte: „Liebe Gertrud, so gekränkt?"

Während sie früher meinen Blick oft nicht ertrug, wich sie ihm jetzt nicht aus. Sie sagte: „Wenn er mich so nur ein einziges Mal genommen, nur ein einziges Mal ‚Liebe Gertrud' zu mir gesagt hätte. Wenn er es mich nur mit einer kleinen bescheidenen Geste hätte spüren lassen, daß es auch was anderes als nur Motive für ihn gab. Aber niemals spüren, da ist einer an deiner Seite, auf den kannst du dich stützen, der fängt dich auf, wenn du zu fallen drohst, der räumt dir den Stein aus dem Weg, der dir zu schwer ist. Ich habe vom ersten Augenblick an gewußt, Elisabeth und du. Dennoch war ich mir sicher, dich ..." Sie zögerte. Sprach es nicht aus.

Ich fragte: „Und du? Was hast du für ihn empfunden? An dem Abend, als ihr euch hier kennenlerntet ... Ich habe mich nicht getäuscht. Das war nicht auf der Bühne."

„Nein, das war nicht auf der Bühne!" gestand sie. „Einem Hund mag es Freude machen, einen Stein oder Stock zurückzuholen. Aber selbst ein Hund erwartet dafür zumindest einen dankbaren Blick. Nicht einmal den hatte er in all den Wochen für mich."

Liebte Leo Krause nicht die Natur? Suchte er in ihr nur die Motive für seine Fotos, die ihm Preise einbringen sollten? Aber auch er hatte es doch an dem Abend nicht verbergen können, daß Gertrud mehr als eine Überraschung in ihm auslöste. Von Fritz wußte ich, er war einziges Kind, der Gott seiner Eltern. Ich sagte es Gertrud. Sie schien das erwartet zu haben. Sie sagte: „Danke!" Es klang trotzig. Ich sagte: „Du hättest ihn manchmal bei den Ohren nehmen sollen, damit es ihm aufging, daß es auch andere gibt." Sie sagte: „Ich mag Kinder, aber keine, die erwachsen sind."

Wie konnte ich ihren Trotz mildern? Ich nahm die Klampfe, sang: „Als ich ein Junggeselle war!"

Nicht immer konnte ich ihren Blick deuten. Jetzt gab er keine Rätsel auf. Mußte sie sich mit diesem Lied nicht verhöhnt fühlen? Acht Tage, bevor Elisabeth meine Frau wurde?

Auf dem Tisch stand die schöne, von ihr mitgebrachte Vase. Wie gerne hätte ich sie für sie mit Blumen gefüllt und zu ihr gesagt: ‚Für dich!'

Sie zog ihren Mantel an, den sie über einen Stuhl gehängt hatte, reichte mir die Hand, sagte: „Grüß Elisabeth!"

Ich hielt sie zurück und sagte: „Gertrud, so nicht! So nicht!" Ich fühlte mich in ihrer Schuld.

Eisiger Regen wehte uns ins Gesicht. Sie mahnte: „Es wird glatt. Dann wird es schwierig für dich!"

*

Tage später erhielt ich von ihr einen Brief. Das erste Mal, daß sie mir schrieb. Eine große, gut lesbare Schrift.

„Lieber Leo, Du brauchst Dir nie Vorwürfe zu machen. Du warst immer herzlich zu mir. Dabei habe ich stets gewußt, daß Elisabeth Deine Frau wurde, obwohl mich das oft geschmerzt hat.

Als ich vorgestern abend in der Nische unserer Haustüre zu Dir sagte, ob ich nicht Euer Küchenmädchen werden könnte, mag das bitter geklungen haben, es wäre für mich nicht das schlechteste Los. Ich habe es nie bedauert, daß ich Dich kennenlernte. Selbst die manchmal bitteren Stunden, in denen mir ganz klar war, daß ich verzichten müßte, ließen nie in mir den Gedanken aufkommen, es wäre für mich besser gewesen, Du wärst mir fremd geblieben. Selbst diese Stunden waren nicht völlig verdüstert. Du sollst Dir nie den Vorwurf machen, Du seist in mein Leben eingebrochen, ohne daß Du es erfüllen, ausfüllen konntest. Die Stunden mit Dir haben dennoch viel, sehr viel gegeben. Ich werde sie niemals ausstreichen wollen. Ich habe empfunden, daß das Leben selbst dann seinen Wert hat, wenn man verzichten muß.

Elisabeth, ich mag sie. Glaub mir, ich mag sie wirklich. Sie ist stiller, hat nicht die lauten Worte wie ich. Du konntest Dich nicht anders entscheiden. Ich konnte nicht anders sein, als ich bin.

Wir werden jetzt wohl nur selten zusammenkommen. Solltet Ihr irgendwann meine Hilfe benötigen, ich weiß zwar nicht wie, ich bin immer für Euch da.

Ich habe Dich oft herzlich umarmt, Dich geküßt, vielleicht war ich zu aufdringlich. Ich konnte nicht verbergen, was ich für Dich empfand. Oft glaubte ich, empfinden zu dürfen, daß ich auch Dir nicht gleichgültig war.

Sehr herzlich Deine Eure Gertrud.

Für Euch beide ein langes gemeinsames Leben.

Zuerst wollte ich den Brief am gleichen Tag beantworten. Dann zeigte ich ihn doch zuvor Elisabeth.

Gemeinsam schrieben wir ihr, es brauche sich zwischen ihr und uns nichts zu ändern. Wir würden zwar nie in die Lage kommen, ein Küchenmädchen zu benötigen, dafür seien wir genau wie sie nicht in den richtigen Betten geboren. Aber sie könne uns so oft, wie sie es wünsche, besuchen. Dann sei unser Tisch auch der ihre. Ganz gleich, wie eng die Wohnung, wir würden uns nie auf den Füßen stehen.

War unser Brief zu kühl? Fürchtete sie, in unsere junge Ehe einzubrechen? Oder fürchtete sie, es nicht ertragen zu können, daß Elisabeth und ich zusammengehörten?

Ich habe es nie erfahren, warum sie nicht kam.

Ich widerstand dem Drängen von Elisabeth, die glaubte, wir müßten sie besuchen. Obwohl meine Gedanken oft genug bei ihr waren. Die Abende mir ihr waren ja nicht auszuradieren. Es war keineswegs so, daß sie mir gleichgültig geworden wäre. Ich wollte sie nicht stören. Wollte nichts aufreißen, was vielleicht zu heilen begann. Warum sollte es nicht einen für sie geben, der mich ausstreichen konnte. Wäre Leo Krause herzlicher zu ihr gewesen, sie hätte ihn nicht aufgegeben. Dessen war ich sicher. Sie brauchte jemanden, der lieb zu ihr war, mit dem sie gemeinsam einen Baum pflanzen, ein Feld umgraben konnte, das Früchte brachte. Sie hatte die Art, die Kraft dazu.

Es war mitten im Mai. Der unserem Haus gegenüber stehende Birnbaum trug Tausende Blüten. Wir waren sicher, wenn kein später Frost kam, mußte es eine reiche Ernte geben. Mein 1918 an der Somme gefallener Vater hatte den

Baum gepflanzt, nachdem er das Haus 1910 gekauft, das ihm, meiner Mutter, meinen Schwestern und mir für lange Zeit Heimstatt werden sollte. Ich wußte, wie köstlich die Früchte dieses Baumes waren. Mein Vater hat sie nie zu kosten bekommen.

Der Meister, bei dem ich gelernt, hatte für einige Wochen Arbeit für mich. Er, der mitten in der Stadt zwischen hohen Häusern wohnte, die keinen Durchblick zuließen, schien seit langem keinen blühenden Birnbaum mehr gesehen zu haben. Ich hatte ihm so davon vorgeschwärmt, daß er uns am nächsten Sonntag besuchen wollte, um sich diese Pracht anzusehen.

*

Wie überrascht war ich, als ich von der Arbeit nach Hause kam, Gertrud vor dem Fenster zu sehen! Ich hörte es an ihrer Stimme, es war nicht nur der Baum, über den sie sich freute. Ich dachte an Leo Krause.

Wie früher hielt ich lange ihre Hand. Sie sollte wissen, daß ich mich über ihren Besuch freute. Sie lachte: „Damit ihr nicht annehmt, ich sei vollends aus der Welt." Sie lobte den Schrank, den ich gemacht hatte. Sie sagte: „Einen solchen möchte ich auch einmal haben."

Jetzt war ich sicher, daß Leo Krause ihr auch ein anderes Gesicht gezeigt hatte.

Bevor wir sie gemeinsam nach Hause brachten, betastete sie Elisabeths Bauch. Wir lachten alle drei, als sie sagte: „Da tut sich ja nichts. Nicht, daß ich dir noch zuvorkomme."

Als wir uns an der Haustür ihrer Wohnung von ihr verabschiedeten, bekam Elisabeth den Kuß, den ich früher erhielt. Auf dem Heimweg erfuhr ich von Elisabeth, was Gertrud so froh machte. Nicht Leo Krause. Sie hatte einen gleichaltrigen Gärtner kennengelernt. Mit dem wollte sie siedeln. Sie hofften, irgendwo ein Stück Ödland günstig zu bekommen, das sie urbar machen wollten.

Sollte es wahr werden, was ich gehofft, ihr gewünscht hatte?

Ich muß gestehen, so recht froh machte mich der Gedanke nicht. Ich hatte mich gesorgt, es könnte lange dauern, bis die Enttäuschung überwunden, nicht die meine geworden zu sein. Saß es doch nicht so tief? Waren die Abende mit mir kaum mehr als das Licht meiner Kerze für sie gewesen?

Elisabeth erinnerte mich, daß ich nicht allein sei, daß sie sich an meiner Seite befand. Sie fragte: „Freust du dich nicht, daß es so gekommen ist?"

Ich nahm Elisabeth in den Arm. Kein Mensch begegnete uns. Die Häuser lagen verdunkelt. Die Gaslaternen gaben ihr gelbliches Licht. In den Gärten blühten Bäume. An einigen Stellen duftete es nach Goldlack. Die Nachtigall, die ich erwünschte, meldete sich nicht. Elisabeth summte ein Lied. Ich summte es mit. Kein Mensch konnte uns stören. Wir waren frei. Das Leben gehörte uns.

Bevor ich einschlief, dachte ich lange an Gertrud. Die Frage von Elisabeth, ob ich mich freute, daß es so gekommen sei, hatte ich noch nicht beantwortet. Vor dem Fenster wußte ich den blühenden Birnbaum, der reiche Früchte versprach.

*

Nach Wochen traf ich Gertrud auf der Goebenstraße. Ich kam von der Arbeit. Die Arbeit bei meinem Meister hatte sich ausgedehnt. Jetzt würde sie höchstens noch für eine Woche reichen. Dann wieder arbeitslos. 16,80 Mark Unterstützung brachte das die Woche.

Gertrud war wohlgemut. Ich hatte den Eindruck, sie hätte gesungen. Ich fragte sie. Sie sagte: „Gesungen nicht, gesummt. Konnte man das sehen?" Dann erzählte sie mir, daß sie bei einer Schneiderin arbeitete und in einer Woche bei einem Bäcker anfinge.

Ich sagte: „Du siehst aus, als seien alle Wohltaten über dich ausgeschüttet worden."

Sie lachte: „Sieht man das?" Es war ihr Hubert, der sie froh machte. Er schien ein Kerl zu sein, mit dem man Pferde stehlen konnte, der sich in Feld und Wald auskannte, für den die Hindernisse da waren, um überwunden zu werden. Ich mußte dagegen verblassen.

Eine völlig andere Gertrud als die, die mit mir durch den Volksgarten, den Bungtwald gezogen war. Alles hell, nur Zuversicht, keine Spur von Melancholie. Sie schien es kaum abwarten zu können, bis sich irgendwo ein Stück Land für sie anbot. Selbst wenn es in einer Wildnis wäre. Siedeln, unabhängig werden! War es also Hubert, den sie stets gesucht und nunmehr gefunden hatte? War ich der große Irrtum gewesen? Ein Fehlweg, auf den ich sie geleitet? Hatte sie bei mir tiefere Wurzeln geschlagen als ich bei ihr? Wie nebenbei erfuhr ich, daß sie bei dem Bäcker, bei dem sie in einer guten Woche anfing, um die Frau des Hauses bei der Hausarbeit zu unterstützen, auch morgens früh mit dem Fahrrad Brötchen ausfahren müsse. Die Frau solle zwar ein Xanthippe sein, die innerhalb eines Jahres ein halbes Dutzend Mädchen umgesetzt hätte. Aber schlimmer als der Meister in der Weberei könne sie nicht sein. Sie ließ keinen Zweifel, so bald wie möglich wollten ihr Hubert und sie Eigenes unter den Füßen haben. Sie bedrängte mich, ihren Hubert zu besuchen. Er wisse, daß sie in dem Stück von mir mitgemacht hätte. Sie sagte mir, wo er beschäftigt war. Abends nach Feierabend sei er kaum anzutreffen. Dann sei er meist bei ihr. Sie hätten viel zu planen.

War ich schon jetzt vollends ausgestrichen, vergessen? Wie oft hatte ich ihr zusprechen müssen, wenn sie nicht den kleinsten Funken Licht für sich sah?

Bevor wir uns verabschiedeten, fragte sie, ob sich bei Elisabeth noch nichts tue, was ich verneinen mußte.

In der ersten Woche, in der ich wieder arbeitslos war, besuchte ich ihren Hubert. Mit seinem offenen Gesicht lachte er mich an. Ich mußte mir gestehen, sie hatte nicht übertrieben. Er hatte das Zeug mitbekommen, Wurzeln und Steine auszubuddeln. Hände wie Schaufeln, Wie er die Schubkarre über schmale Wege fuhr, mit Harke, Spaten und dem anderen Geschirr umging, es gab keinen Zweifel, er hatte den richtigen Beruf erlernt. Wie er die Frühbeetfenster zudeckte! Mir schien es unmöglich, daß ihm jemals eine Scheibe dabei zerbrechen könnte. Er und Gertrud, das konnte nicht schiefgehen!

Ich hatte ihm gleich gesagt, daß ich von Gertrud wisse, daß sie siedeln wollten, daß ich gekommen sei, ihm einen Aufsatz von Johannes Droste zu empfehlen, der sich dem Siedlungswesen verschrieben hätte. Der Aufsatz würde ihm manche Anregung geben.

Als er eine Verschnaufpause machte, sagte er: „Eines Tages sind wir so weit. In der Gegend von Arsbeck gibt es billiges Ödland. Vier Morgen haben wir nötig. Wenn wir das Geld dafür beisammen haben und noch was für die erste Zeit zu leben, kann uns kein Mensch mehr halten. Dann wird gerodet und geschuftet. Gertrud hat das Zeug zuzupacken. Dann kann uns kein Mensch mehr vertreiben. Könige sind wir dann auf unserer eigenen Scholle."

Erst jetzt bemerkte ich, daß er fast die gleichen blauen Augen hatte wie Gertrud. Dazu die gleiche Haarfarbe. Äußerlichkeiten waren es also nicht. Leo Krause und ich dunkel. Äußerlich konnte es keine größeren Gegensätze geben.

Er sagte: „Sage selber, ein Mädchen wie Gertrud, kräftig wie sie ist, wenn sie das nicht schafft! Du hast sie doch nach den Proben immer nach Hause gebracht. Du hast ihr doch geraten, daß sie mit einem siedeln soll."

Das hatte sie ihm also nicht verschwiegen.

Er sagte: „Zu lange wird es nicht mehr dauern. Ich habe schon etwas zur Seite gelegt. Die dreißig Mark, die sie jetzt im Monat bei dem Bäcker bekommt, sind zwar wenig. Aber die kann sie behalten. Ich habe mit ihren Eltern gesprochen."

So weit war es also schon. Und in mir keine Freude? Als ich mich von ihm verabschiedete, war in mir kein Zweifel, er war der geborene Ackermann. Ihm würde es gelingen, jeden Boden umzubrechen, wenn er noch so hart wäre. Unter seiner Obhut mußte der Boden, das Land fruchtbar werden. Gertrud und er würden wahrscheinlich schon Eigenes haben, wenn ich noch arbeitslos wäre, und Elisabeth und ich uns über jede Kurzgeschichte freuen, die ich unterbrächte. Des Geldes wegen. So früh geheiratet hatten wir doch nur, weil ich es nicht ertrug, Elisabeth länger in einer solchen Unfreiheit zu wissen.

Als ich mich umblickte, war er wieder bei der Arbeit. Wahrscheinlich war ihm die Verschnaufpause schon zu lang geworden. Ich dachte: Arme Gertrud! Dann findest du keine Zeit mehr. Weder für ein Lied, noch dir ein Kleid zu schneidern. Erst recht nicht für ein Buch.

Es war im September des gleichen Jahres. Der Birnbaum in der Nähe unseres Fensters war reichlich mit Früchten behangen. Die Blüten hatten nicht getrogen.

Robert, der Musiker unserer Gruppe, hatte von einer ihm befreundeten Sängerin des Stadttheaters, das zu der Zeit ein reines Musiktheater war, zwei Freikarten zur Premiere des Lohengrin bekommen. Mit der einen wollte er mir eine Freude machen.

Ich saß über einer längeren Erzählung, die mich nicht freigab. Ich war froh, daß er Elisabeth mitnahm. In der ersten Reihe des Balkons, in der Kaiser-Friedrich-Halle, bei einer Oper, wer konnte sich das schon leisten? Im Augenblick hätten bei uns die Penunzen nicht einmal für einen Platz in der Halunkenloge gereicht. Stehplatz auf der höchsten Galerie. Wenn man Glück hatte, ein Platz auf einer Fensterbank. Plätze für die ärmsten und begeistertsten Besucher des Theaters.

Ich war überrascht, als jemand an meine Tür klopfte. Meine Mutter oder eine meiner Schwestern war es nicht. Von denen klopfte keiner an. Auch mein Stiefvater nicht, der an manchem Abend nach oben kam, um eine Partie Schach mit mir zu spielen.

Es war Gertrud. Wo hatte sie ihr strahlendes Gesicht gelassen? Was konnte passiert sein? Sollte ihnen ein Hundertmarkschein fehlen, bei einem Stück, das sie kaufen konnten? Das mußte sie wissen, daß sie uns nicht anpumpen konnte, daß unser Geld, bei äußerster Sparsamkeit, von einer Woche zur anderen reichte.

Mein Stiefvater hatte ihr die Haustüre geöffnet. Das war mir peinlich. Er wußte, daß Elisabeth nicht bei mir war. Seine Gedanken mir gegenüber waren noch nie freundlich gewesen. Wie auch ich keine Freundlichkeit für ihn empfinden konnte.

Gertrud fragte nicht nach Elisabeth. Sie sah nur mich. Ohne ein Wort zu sagen, warf sie sich in meine Arme. Ich zog sie zur Truhe.

Sollte Hubert schwer erkrankt sein, ein Unfall ihn getroffen haben? Ich fragte nicht. Sie würde es sagen, was sie quälte.

„Ich schaff es nicht! Ich schaff es nicht!"

Ich sprach ihr zu: „Du und es nicht schaffen!" Ich nahm ihre Hände. Ihre schmalen, kräftigen Hände. Wie oft hatte ich sie so gehalten, wenn sie in einer ähnlichen Stimmung war.

„Warum muß ich immer dann ..." „Was mußt du?" „Du weißt es!" Wußte ich es wirklich? Hatte auch Hubert versäumt zu zeigen, daß er sie nicht nur der Arbeit wegen will? War es das? Hatte auch er es versäumt, sie in seine Arme zu nehmen?

„Wie sag ich es ihm nur? Wie sag ich es ihm nur? Ich muß es ihm sagen. Dabei ist er so sicher. Alles lief, wie er es sich besser nicht wünschen konnte. Erst vorgestern sagte er: ,Alle scheinen mit uns zu sein. Alle scheinen uns helfen zu wollen'."

„Und du warst so begeistert!"

„Das war ich auch. Alle loben ihn. Müssen ihn loben. Seinen Fleiß. Meine Eltern sind glücklich, daß er mich mag. Was bin ich für ein Geschöpf!"

„Ist irgend etwas passiert?" „Nichts ist passiert. Gar nichts! Es liegt nur bei mir. Ich seh' jetzt alles anders. Ich weiß, daß uns nichts geschenkt wird. Ich weiß, daß wir unser ganzes Leben hart heranmüssen. Aber gar nichts anderes. Gar nichts! Er singt nicht, pfeift nicht, liest nicht, nur das und das und jenes! Das schaff ich nicht. Denken, nie warm zu werden."

„Bin ich es, der zwischen euch steht?" Sie schwieg.

„Bin ich es?" „Kannst du dazu, daß ich so verrückt bin?" Wie oft war ich ihr gegenüber hilflos, wußte nicht, was ich ihr sagen sollte. Ich wußte, es war nicht die Arbeit, die sie scheute. Wie sie anzupacken wußte, haben Elisabeth und ich später erfahren. Genauso hat Elisabeth später oft bewiesen, was eine Frau zu leisten vermag. Eine Frau, die liebt. Eine Frau, die spürt, weiß, daß sie nicht Sklavin, die Gebeutelte, die Untertanin ihres Mannes, sondern ihm gleichwertig ist, die weiß, daß ihr Mann ihr nichts zumutet, was er nicht selbst zu tun bereit wäre. Die weiß, daß ihr Mann sie nie überfordern wird. Die weiß, daß ihr Mann nicht nur ihre Tränen, sondern auch zu jeder Stunde ihr Lachen erträgt. Die weiß, daß ihr Mann sie in seine Arme nimmt, wenn sie sich anschmiegen möchte. Sollte Gertrud befürchten, nur zur Arbeitsmaschine zu werden? Wußte sie, was ich dachte?

Sie sagte: „Ich habe nie gesehen, daß mein Vater meine Mutter in seine Arme genommen, sie geküßt hat. Ich bin sicher, daß es heute noch geschieht. Bin sicher, daß er noch manchmal mit ihr tanzen möchte, wenn sich die Gelegenheit dazu böte. Meine Mutter weiß, daß sie nicht nur da war, um zu schuften und Kinder zu kriegen."

Als ich schwieg, sagte sie: „Hast du seine Hände gesehen? Schon jetzt läßt mich der Gedanke nicht schlafen, ein Mädchen zu bekommen mit seinen Händen! Mit seinen Händen! Wenn ich von ihm schwanger würde, das wären für mich furchtbare Monate. Ich hätte nur diese Befürchtung."

„Weißt du warum? Weil du ihn nicht liebst."

„Ich weiß es nicht, ich weiß es wirklich nicht. Vielleicht hab' ich ihn anfangs gar nicht richtig gesehen. Vielleicht hat mich nur der Gedanke zu siedeln so eingefangen. Unabhängig zu werden. Sich nicht bei anderen und vor anderen ducken zu müssen. Die Arbeit ist es bestimmt nicht. Schon als Kind ist mir nichts geschenkt worden. Aber ich wußte, meine Mutter, mein Vater sorgten sich um mich."

„Wie kannst du nur annehmen, Hubert sorgte sich nicht um dich? Wenn er nicht singen und pfeifen kann, dann sing und pfeif du. Wenn er sich nicht die Zeit für ein Buch gönnt, dann lies du, damit er begreift, daß auch das zum Leben gehört. Aber ausreißen! Ausreißen, nur wegen Vermutungen, Befürchtungen. Ich habe Hubert nur kurz kennengelernt. Ich meine, gerade eine Frau wie du könnte ihm beibringen, daß das Leben auch Feierabende, Feste verlangt. Ich bin überzeugt, daß dir das gelingt. Ich bin überzeugt, daß du dann glücklich bist, daß du deiner jetzigen Stimmung nicht nachgegeben hast. – Und ein Mädchen mit größeren Händen, selbst wenn es so käme. Auch ein solches

Kind würdest du lieben. Vielleicht erst recht. Glaub' mir, Hubert such' kein Arbeitspferd, er mag dich!"

Sie war enttäuscht. Sie sagte: „Dabei habe ich gedacht, gerade du ..."

„Ja, gerade ich! Elisabeth und ich, wir wären doch froh, dich nicht unter der Knute anderer zu wissen. Bei Hubert wärst du das nicht. Du mußt doch wissen, daß du uns nicht gleichgültig bist."

Sie war enttäuscht. „Hast du Angst, ich könnte euch zu oft behelligen? Irgendwie komme ich zurecht. Mit einer Lüge anfangen!" Dann: „Und ich dachte, du hättest mich gekannt."

Konnte ich sie so gehen lassen? War sie nicht in der Hoffnung gekommen, ich würde sie auffangen, Verständnis für sie haben. Mußte sie nicht annehmen, ich wollte sie an Hubert anbinden, obwohl ich spüren mußte, daß sie sich geirrt, daß sie seine Art nicht ertrug? War es nicht auch meine Schuld? Hätte ich nicht auf unseren Wegen durch den Volksgarten, den Bungtwald zurückhaltender, kühler zu ihr sein müssen? Weder Hubert noch sie, noch ich, wer kann schon aus seiner Haut?

Elisabeth wußte zuerst nichts zu sagen, Gertrud nach elf Uhr neben mir auf der Truhe zu sehen. Ich weiß, sie war sicher, daß wir ihr nichts zu bekennen hatten.

Gemeinsam brachten wir Gertrud nach Hause, vielmehr zu dem Bäcker, bei dem sie beschäftigt war. Ich wußte, daß sie morgens um fünf Brötchen ausfahren mußte. Sie hatte einen Schlüssel. Um nicht gehört zu werden, zog sie sich vor der Türe die Schuhe aus. Vorher hatte sie sich verabschiedet und uns zugeflüstert: „Da bin ich nicht mehr lange!"

Wir warteten, bis sie drinnen war. Im Haus schien sich nichts zu regen. Auf dem Heimweg erzählte ich Elisabeth, warum Gertrud bei mir war. Wir waren schon fast zu Hause, als Elisabeth sagte: „Sie tut mir sehr leid. Ihr ist nur zu helfen, wenn du zu mir sagst: ‚Geh!' Vielleicht will sie auch das nicht. Ich würde aber auch nicht gehen."

„Wie kannst du so etwas annehmen!"

Eine gute Woche später besuchte Hubert mich. Er wollte wissen, ob ich mit Gertrud ein Verhältnis gehabt hätte. Er müßte das annehmen. Er und Gertrud seien sich so gut wie sicher gewesen, in Kürze zu heiraten. Der Ton seiner Stimme ließ keinen Zweifel zu, daß er Gewißheit haben wollte. Er sagte: „Auch Gertruds Mutter ist überzeugt, daß du es bist, der ihr abgeraten hat, mit mir zu siedeln. Du hättest ihr stets Flausen ins Ohr gesetzt."

Konnte ich ihm sagen, daß Gertrud eine Frau ist, die auch einmal etwas anderes hören möchte als nur immer, daß sie hart heran müßte. Ich sagte, daß ich selber gerne siedeln würde, wenn ich mich dazu eignete, daß ich zu Gertrud nie etwas anderes gesagt hätte, als daß sie glücklich sein könnte, ihn kennengelernt zu haben.

Ich merkte, daß er das bezweifelte. Er sagte: „Alles war klar zwischen uns. Besser konnte es gar nicht laufen. Eine Tante von mir hat in der Nähe des Volksgartens eine größere Parzelle. Dreieinhalb Morgen. Ein Bauer hat sie bis jetzt bearbeitet. Die kann ich haben. Der Bauer will sie nicht mehr."

Ich fragte: „Das weiß Gertrud?"

„Das ist es ja, daß es mir unbegreiflich ist, daß sie jetzt nicht mehr will. Dabei war sie bereit, mit mir in die Einöde zu ziehen, mit mir Steine und Wurzeln auszubuddeln, wenn das nötig gewesen wäre.

Da muß ihr doch einer Flausen ins Ohr gesetzt haben. Das ist bestimmt kein anderer gewesen als du. Eine entsprechende Wohnung konnten wir auch haben. Jedenfalls weit besser als eine Holzbude, mit der sie für den Anfang zufrieden gewesen wäre." Seine Stimme wurde drohender: „Was hast du gegen mich, daß du das kaputt gemacht hast?"

Ich hatte keine Angst, er könnte handgreiflich werden. Das traute ich ihm nicht zu. Ich selber verstand ja das Verhalten Gertruds nicht. Sagte es ihm. Ich sah es ihm an: In ihm blieben Zweifel. Er sagte: „Dabei wird sie bei dem Bäcker, bei dem sie beschäftigt ist, schamlos ausgebeutet. Jedesmal hat sie bei mir geklagt, was die Frau des Bäckers für eine Kanaille ist."

Mich bedrückte das Gespräch. Ich fühlte mich nicht ohne Schuld. Ich hätte an den Abenden mit ihr weniger herzlich zu ihr sein sollen. Das mußte in ihr Zuneigung zu mir wecken.

Elisabeth war während des Gesprächs mit Hubert nach unten zu meiner Mutter gegangen. Als ich mit ihr über Hubert sprach, sagte sie: „Eine Frau möchte spüren, daß sie nicht nur gebraucht, daß sie auch geliebt wird. Das haben weder Leo Krause noch Hubert ihr gezeigt."

Ich entgegnete: „Sie haben sie bestimmt geliebt. Hubert ganz sicher!" Elisabeth zweifelte. Sie sagte: „Wer liebt, verbirgt das nicht! Heute denkt doch fast jeder nur an seine persönlichen Vorteile."

Ich widersprach ihr nicht. Wußte, wir alle werden viel zu sehr gebraucht. Wir alle versäumen es, das wirklich Schöne aufzunehmen und den Nächsten daran teilnehmen zu lassen. Meine Gedanken kamen mir wie auf dem Predigtstuhl vor. Dabei war oft so vieles Unbedachte von den Predigtstühlen verkündet worden. Unbedachtes und auch Bedachtes, das nicht froh machen konnte, das die Welt, das Leben noch mehr verdüsterte.

Gertrud hatte bei dem Bäcker alle vierzehn Tage an einem Sonntagnachmittag von 17 bis 20 Uhr frei. In der anderen Woche Donnerstag abends von 20 bis 22 Uhr. An diesen Donnerstagen kam sie meist zu uns. Sonntags besuchte sie ihre Eltern. Da es eine halbe Stunde Wegs bis zu uns war, blieb ihr genau eine Stunde, um bei uns gründlich durchzuatmen und sich aufzuwärmen. Dann mußte sie wieder in eine lieblose frostige Luft, in die Kälte. Genauso war es Elisabeth über Jahre ergangen. Gertrud schien es besonders übel angetroffen zu haben, Hubert hatte Recht, die Frau war eine Kanaille. Ihr Mann interessierte sich, wie der Meister der Weberei, nicht nur für Gertruds Beine. Dennoch haben wir uns an manchem Abend, in dieser einen Stunde, köstlich amüsiert, wenn Gertrud, mit ihren schauspielerischen Fähigkeiten, das Verhalten der beiden vorführte. Bestimmt hätte sie ohne diese eine Stunde diese Zeit bei dem Bäcker mehr belastet. So konnte sie zeigen, was sie von diesen Leuten hielt, die reicher, besser, vornehmer, gebildeter sein wollten, als sie waren. Von diesen Leuten, die sich in einer gehobenen Klasse glaubten. Einer Klasse, von der sie glaubten, daß sie ihnen zustände, daß sie sie verdient hätten, die das Recht verlieh, andere zu schikanieren.

Ich wurde, wenn sie die beiden nachahmte, oft an Bäckersleute auf der Bonnenbroicher Straße erinnert, bei denen ich schon als kleiner Junge das von meiner Mutter geschriebene Zettelchen abgab, und das bekam, was meine Mutter aufgeschrieben hatte. Ich habe selten herzensgütigere Menschen kennengelernt. Sie war eine stille Frau. Ich habe sie nicht oft lachen sehen. Habe bis heute nur ganz wenige kennengelernt, von denen diese natürliche Vornehmheit ausging. Dieses Spüren, diese Frau konnte bewußt nichts Böses tun. Der Mann hatte eine sichtbare Herzlichkeit mitbekommen. Dazu in jeder Weise sauber. Ein Paar, das nicht ausgezeichnet zu werden brauchte. Selbst der kleine Junge war für sie der Mensch, den sie spüren ließen, daß er wer war. Diese beiden haben sich bestimmt nie über andere erhöht gefühlt.

An den Abenden mit Gertrud war diese bedacht, keine Minute über die Zeit zu bleiben. Wenn es nicht zu kalt war, ging Elisabeth mit. Sonst brachte ich Gertrud allein zurück.

Nach dem Besuch von Hubert war ich zurückhaltender geworden. Litt sie darunter? Eines Abends sagte sie zu mir: „Mach dir nie Vorwürfe! Nicht du! Hubert selbst hat es zerstört."

Eines Abends, als es besonders graulich war, fragte ich sie: „Schüttelst du dich morgens nicht? Um fünf mit einem Korb Brötchen auf dem Fahrrad?"

„Ich bin dick vermummt. Jetzt im Dezember und Januar eine halbe Stunde später."

„Das hättest du bei Hubert nicht gebraucht." „Nein, das nicht. Die Stunde bei euch hätte ich dann auch nicht gehabt."

Einen Monat später. Meine Uhr schien eine eigene Zeit zu haben. Es war zehn Minuten später geworden. Den Schlüssel hatte sie nach dem Lohengrin-Abend abgeben müssen. Bevor ich sagen konnte, daß es an meiner Uhr lag, fuhr die Frau des Bäckers Gertrud an, sie sei eine Schlampe. Nicht einmal an die Zeit könnte sie sich halten. Sie würde ihr Ordnung beibringen. Damit ich nicht mehr mitbekam, knallte sie die Türe zu. Bei einem gleichen Anlaß hatte ich das Dienstverhältnis für Elisabeth gekündigt, ohne daß ich vorher mit Elisabeth darüber gesprochen hatte. Daher unsere so frühe Heirat. Ich ertrug diese Unfreiheit nicht.

Einige Tage nach dem Zuspätkommen erhielten wir von Gertrud einen unfrankierten Brief. Sie entschuldigte sich, daß wir Strafporto bezahlen mußten. Sie hätte für die nächsten vier Wochen, bis auf das Rundfahren mit den Brötchen, Ausgangsverbot. Die „Gnädigste" muß mich behüten, damit ich nicht eines Tages mit einem dicken Bauch herumlaufe, hat sie gesagt. Ich hätte sie am liebsten gefragt, wieviel Alimente ihr Mann monatlich zahlen müsse. Aber dann wäre sie bestimmt mit einer Mehlkelle auf mich losgegangen, und ich wäre wegen Körperverletzung verurteilt worden. Sie hätte sich nämlich einen Rechtsanwalt nehmen können. Ich nicht. Mein Vater, der in der Gewerkschaft mitarbeitet, behauptet nämlich, es gebe das Recht der Staatsanwälte und das Recht der Rechtsanwälte. Deshalb müßten die Kleinen immer brummen. Meist noch für die mit, für die das Recht der Rechtsanwälte gültig sei. Diese Unsitte, hat die „Gnädigste" weiter gesagt, hätte ich bestimmt von der feinen Gesellschaft, mit der ich mich herumtreibe. Sie hätten ein anständiges Haus. So etwas könne sie nicht dulden. Dann müsse ich auch endlich damit aufhören, ihrem Mann schöne Augen zu machen. Zum Glück habe sie einen hochanständigen Mann, bei dem das nicht fruchte. – Wie hochanständig, das erzähle ich euch demnächst. – Ich würde ihr später dankbar sein, daß sie so über mich gewacht habe, sonst liefe ich bestimmt eines Tages mit einem dicken Bauch herum und wisse dann womöglich nicht einmal, von wem.

Ihr könnt euch denken, wie es mir da war. Da habe ich tatsächlich gedacht, wie dumm, wie unvorstellbar dumm es von mir war, Hubert aufzugeben. Ich wäre Euch dankbar, wenn Ihr mir einige Briefmarken schicktet. Ich muß das unbedingt meinem Vater schreiben. Unfrankiert ließ meine Mutter den Brief zurückgehen, ohne nachzusehen, von wem er wäre. Diesen Brief werfe ich morgen früh in den Kasten, wenn ich Brötchen rundfahre. Daß man das einem so verkommenen Menschen noch zumutet. Ich könnte ja eines Tages sagen, ich sei überfallen und die Brötchen geklaut worden. Bei der derzeitigen Not so vieler wäre das nicht einmal ausgeschlossen.

Diese Heuchler! Sind das auch die Nächsten, die wir zu lieben haben? Manchmal ... Ihr wißt, was ich schreiben möchte.

Ich wünsche, ich könnte die Feder führen wie Leo. Seid heute besonders herzlich gegrüßt und umarmt mich. Ich habe es nötig. Eure Gertrud."

Noch am gleichen Tag brachten wir Gertrud einen Brief mit den Marken. Die Gnädigste nahm ihn an. Gertrud war nicht zu sprechen. Die Frau musterte Elisabeth und mich, als überlege sie, ob sie einen Hund auf uns hetzen müßte. Elisabeth trug ihren selbstgeschneiderten Mantel. Mein Anzug sieht auch nicht nach Wohlstand aus.

Der Brief wurde Gertrud erst am nächsten Tag mit der Frage übergeben, ob wir auch zu dem gleichen Klub gehörten? Wir hätten danach ausgesehen."

In dem Brief hatte ich geschrieben: Es sei verständlich, daß sie sich durch die Gnädige tief verletzt fühle. Aber sie soll nicht darüber brüten, ob diese Piekfeine auch zu unseren Nächsten gehöre. Sie soll es halten wie der berühmte Maler Adolph Menzel, der im vergangenen Jahrhundert lebte. Derselbe habe einmal in einer Berliner Gaststätte, als sich Studenten und ihre Vielliebchen über ihn lustig machten, wegen seiner kleinen Gestalt seinen Zeichenblock genommen. Habe diese Vielliebchen immer wieder scharf fixiert und gezeichnet. Das habe diese vornehme Gesellschaft dermaßen nervös gemacht, daß einer der Studenten Menzel scharf anfuhr: Die Damen verbäten sich, von ihm gezeichnet zu werden. Menzel zeigte ihm den Zeichenblock, daß auch andere Gäste das Gezeichnete sehen konnten. Es waren Gänse.

Auch sie solle denken, Gänse hätten zwar ein lautes Geschnatter. Aber es blieben Gänse. Eine Frau, die sich so verhalte wie ihre Hochnoble, sei stockdumm oder so eingebildet, daß sie eines Tages noch in ihre Hosen nässe, weil sie nicht zugeben wollte, daß auch sie ein Klo benutzen müsse. Ich wünsche, der Brief, in dem ich mich auch sonst nicht mit Feinheiten geziert habe, hat Gertrud ein wenig aufgemöbelt.

Später arbeitete ich selber in meiner eigenen Werkstatt als Möbeltischler, hatte Gesellen und Lehrlinge. Lernte viele Kollegen kennen, auch Kollegen anderer Handwerksberufe, auch manche Frauen dieser Kollegen. Meist schlichte, einfache Frauen, die oft mithelfen mußten und großen Anteil hatten, wenn es in der Werkstatt gut voranging und ein gutes Klima zwischen Meister, Gesellen und Lehrlingen bestand.

In einer großen Möbeltischlerei in Mönchengladbach, in der ich beschäftigt war, war die Frau des Meisters geradezu ein Vorbild. Sie kümmerte sich nicht nur um die Beschäftigten, sie wußte auch, wenn in deren Familien Krankheit und Not war. Als ich mich selbständig machte, nachdem ihr Mann, der Besitzer der Werkstatt, bei einem Autounfall zu Tode gekommen war, achtete sie darauf, daß ich aus ihrem reichen Werkzeugbestand, für billiges Geld, passende Werkzeuge und eine Hobelbank erhielt. Elisabeth, meine Frau, war wie ich stets darauf bedacht, daß die Gesellen und Lehrlinge nicht zu kurz kamen. Die Frau des Bäckers war, unter den Frauen der Handwerker, bestimmt eine Ausnahme.

Es waren noch keine drei Wochen vergangen, Weihnachten und Neujahr waren gerade vorbei, als Gertrud uns besuchte. Sie hatte eine neue Stelle. Ihr Vater hatte sie ihr besorgt. In dem Haus des Betriebsleiters der Firma, in der ihr Vater beschäftigt war, konnte sie am 15. Januar anfangen.

Dem Bäcker und seiner Frau hatte sie zwei Tage nach Weihnachten eine Szene gespielt, die denen nicht gut bekommen ist.

Sie erzählte: „Als weihnachtliche Gabe erhielt ich einen neuen Besen. Damit ich die Stuben besser ausfege, sagte die Gnädige zu mir. Ich weißt nicht, woher mir der Einfall kam. Ich fragte: ‚Darf ich den auch verwenden, wenn ihr Mann mich weiter behelligt?'

Es dauerte mindestens eine Minute, bis sie wieder Luft hatte. Ihre Hände verkrallten sich, als wollte sie mich erwürgen. Ich hatte keine Angst. Sie geiferte: ‚Sie schamloses, niederträchtiges Frauenzimmer! Denken Sie ja nicht, Sie könnten es meinem Mann anhängen, wenn sie mit einem dicken Bauch herumlaufen ...'

Das mit dem dicken Bauch, bei dem ich dann nicht wüßte, von wem er wäre, war nicht in meinen Kleidern hängen geblieben. Ich bekam es nur halbwegs mit, als sie so etwas schrie wie, ihr Mann sei ein hochanständiger Mann. Ich wollte sie treffen. Gestützt auf den Besen fragte ich: ‚Verspricht er Ihnen auch Pralinen und Schokolade?' Sie heulte laut auf, warf sich auf das Sofa, wand sich, als hätte sie Krämpfe. Mich berührte das nicht. Warf den Besen in die Stube. Eilte nach unten in die Backstube. Vielleicht war es wirklich niederträchtig, was ich vorhatte. Vielleicht hätte ich es nicht getan, wenn ich nicht gewußt hätte, daß mein Vater voll zu mir stand. Das hatte er mir geschrieben.

Am Nachmittag hatte ich in der Backstube zu helfen. Ich war so etwas wie ein Lehrling. Er war beim Teigkneten. Ich streifte ihn, flüsterte ihm zu: ‚Wenigstens zwei Kartons mit Pralinen.' Er schien es zunächst nicht zu fassen. Ich machte ihm zustimmende Augen. Streifte mein Kleid und den Unterrock hoch, damit er mehr von meinen Beinen sah. Jeder Zweifel schien bei ihm gewichen. Als er mich umarmen wollte, warf ich ihm eine Kelle mit Mehl ins Gesicht. Dann eilte ich die Treppe hoch, auf der seine Frau mir begegnete. Wahrscheinlich hatte sie sich soweit erholt, um ihm zu erzählen, was vorgegangen war. Ich schrie ihr zu: ‚Kommen Sie schnell! Kommen Sie, Ihr Mann hat sich verletzt', und eilte ihr voraus. Ihr Mann stand noch immer, vom Mehl überpudert, und rieb sich die Augen. Sie hatte sofort die Situation erfaßt. Sie schrie: ‚Sie Hexe, Sie Hexe! Verbrennen müßte man Sie! Verbrennen!'

Ich machte, daß ich herauskam. Am Abend dann hat mein Vater alles mit ihnen geregelt."

Elisabeth und ich amüsierten uns. Sie hatte alles so plastisch erzählt, mit den passenden Gesten, daß ich Beifall klatschte und zu ihr sagte: „Und ich hab' dich immer für so lammbrav gehalten!" „Bin ich auch!" bestätigte sie. „Aber mit einem dicken Bauch und nicht wissen, von wem!"

Während wir noch lachten, sagte sie: „Hätte Hubert das mitbekommen, er hätte beide in einen Mehlsack gesteckt und auf dem Müll gekippt."

Sie hatte es an diesem Nachmittag auch bei uns gut getroffen. Elisabeth hatte am Tag vorher einen Kuchen gebacken und ein Viertel Pfund echten Kaffee gekauft. Sonst reichte es bestenfalls für Kathreiners. Sie sagte: „Bei euch ist wohl der Wohlstand ausgebrochen."

Elisabeth sagte ihr, daß ich vom Volksvereinsverlag für zwei Erzählungen fünfzig Mark bekommen hatte.

Sie sprang auf und tanzte mit Elisabeth, soweit die paar freien Quadratmeter in dem Zimmer das zuließen.

*

Gertrud kam weiterhin alle vierzehn Tage. Jetzt war es mittwochs abends. Die neue Stelle war glänzend. Der Betriebsleiter und seine Frau waren, nach ihrer Ansicht, gut dreißig. Besonders deren beiden Mädchen machten ihr Freude. Fünf- und sechsjährig. Richtige Gören, die zu beaufsichtigen und betreuen ihre Hauptaufgabe war. Im Vergleich zu vorher fühlte sie sich wie im Paradies. Eines Abends brachte sie uns von ihren Gören zwei bemalte Blätter mit. Es gab keinen Zweifel, ein Männchen und ein Weibchen. Wir sollten das sein. Gertrud, die viel von uns erzählte, sollte uns fragen, ob wir uns so gefielen. Gertrud schwärmte, die müßtet ihr kennenlernen. Solche müßt ihr euch auch anschaffen. Sie befühlte wieder einmal Elisabeths Bauch und war wieder enttäuscht. Ich sagte: „Sei nicht ungeduldig, zur Kindtaufe laden wir dich bestimmt ein."

Die Woche vor Ostern blieb ihr Besuch aus.

Beim Singkreis, dem Elisabeth und ich angehörten, erfuhren wir den Grund, warum sie auch in der Folge nicht kam.

Er hieß Gerhard, mit dem sie jetzt ihre knappe Freizeit verbrachte. Mit seiner dunklen Hautfarbe, dem tiefschwarzen

Haar, war er nicht zu übersehen. Dem Äußeren nach mußte jeder annehmen, er sei unter der Sonne des Südens aufgewachsen. Vielleicht war in ihm ein früher Ahn erstanden. Bei den Völkern und Rassen, die sich in Hunderten von Jahren am Rhein getollt und gesorgt haben, daß es für die Einheimischen immer neue Blutzufuhr gab, damit sie nicht in Inzucht erstarrten.

Nach der Aufführung meines Stückes war Gerhard auf die Bühne gekommen und hatte uns allen gratuliert. Er war begeistert von Stück und Aufführung. Daher wußte ich, daß er in Mönchengladbach-Holt eine Spielschar leitete.

Es war am 1. Sonntag im August 1929 vier Jahre, daß ich Gertrud kannte. Elisabeth und ich waren nach dem Mittagessen ausgegangen. Wir gingen jetzt meist die Wege allein, die wir von den Wanderungen mit der Gruppe kannten.

Elisabeth hatte einige Tage vorher zum ersten Male Leben in sich gespürt. Wir waren glücklich, bald zu dritt zu sein.

Wir hofften an diesem Nachmittag allein zu bleiben. Wohl das letzte Mal, daß wir für längere Zeit den Hardter Wald durchwanderten. Es war endgültig. Am 15. August würden wir Mönchengladbach verlassen, um uns in Brüggen anzusiedeln. Eine Werkstatt mit einer sehr bescheidenen Wohnung war gemietet.

Singend übertönten wir das leichte Rauschen in den Bäumen.

Gertrud und Gerhard, die sich auf einem Nebenweg befanden, hatten unser Singen gehört. Sie kamen auf uns zu. Gerhard gesellte sich zu mir. Gertrud nahm Elisabeth in den Arm. Sie wußte um ihren Zustand. Bei einem ihrer letzten Besuche hatten wir es ihr gesagt.

Gerhard wollte wissen, ob er mein Stück haben könnte? Er möchte es mit seiner Spielgruppe aufführen. Er habe bereits mit Gertrud darüber gesprochen. Sie würde auch bei ihnen die gleiche Rolle spielen wie bei der Erstaufführung.

Ich sagte ihm, daß er sich das Stück in den nächsten acht Tagen holen müßte.

Er fand es toll, daß wir Mönchengladbach verlassen und uns in Brüggen selbständig machen wollten. Ich erwähnte meine Hoffnung, für viele Paare die Möbel anfertigen zu können. Er rief Gertrud zu: „Hast du gehört, Leo macht sich in Brüggen selbständig. Eines Tages kann er dann doch auch für uns die Möbel machen!" Gertrud unterhielt sich mit Elisabeth. Gerhard sang: „Wir sind des Geyers schwarze Haufen, hei, ha, ho! Wir wollen mit Tyrannen raufen ..." Es war nicht nach dem Sinn von Gertrud, das merkte ich. Beim Verabschieden war sie zu Elisabeth herzlicher als zu mir. Wollte sie vor Gerhard etwas verbergen?

Bereits am Dienstagabend kam Gerhard. Die Exemplare, die ich ihm übergab, sahen von den langen Proben ziemlich lädiert aus. „Die lasse ich neu schreiben," sagte er.

Ich erfuhr, daß er sich das Stück schon an einem Abend im April habe holen wollen. Da habe er Gertrud getroffen. Sie sei auch auf dem Weg zu uns gewesen. Gemeinsam hätten sie es bis zu uns dann nicht geschafft. Seitdem kämen sie, in der kargen Freizeit von Gertrud, regelmäßig zusammen.

Er zeigte sich überzeugt, daß sie eines Tages heirateten. Gertrud wolle einstweilen noch nichts davon wissen. Sie habe eine ausgezeichnete Stelle, die sie nicht aufgeben möchte.

Er schätzte mich glücklich, daß ich mich selbständig machen könne. Als Bankangestellter sei das niemals möglich. Seine Mutter habe ihm den Beruf aufgedrängt. Wäre sein Vater nicht 1917 gefallen, wäre er bestimmt etwas anderes geworden.

Ich wußte, daß er gerne sprach. Kam aber dazu zu sagen, daß mein Vater ein Jahr später an der Somme gefallen sei.

Wir waren uns einig: Nie mehr dürfte es einen Krieg geben, bei dem die Dicken dicker und die Armen ärmer würden und für die Dicken den „Heldentod" zu sterben hätten. Einen Tod im aufgewühlten Dreck! Das Wort vom Heldentod sei das verlogenste, das es gebe. Die armen Teufel, die dazu verurteilt waren, seien hineingetrieben worden.

Wir waren uns völlig einig. Sollte es nochmals Machtbesessene und Dicke geben, die einen Krieg anstrebten, müßten sie auf eine einsame Insel verfrachtet werden, wo sie sich umbringen könnten. Ich schreibe das, weil ich später einen anderen Gerhard kennenlernte. – Oder ...?

Von Elisabeth verabschiedete er sich besonders herzlich. Er wußte von Gertrud, daß sie schwanger war. Er sagte zu ihr: „Du freust dich doch besonders!"

„Wir beide!" sagte Elisabeth.

Als er fort war, sagte sie zu mir: „Ich glaube kaum, daß Gertrud den heiratet. Wenn überhaupt."

*

Als wir Mönchengladbach verließen, weinte unser Gruppenältester fast. Ob ich nicht wisse, wie leichtfertig das von mir sei, in einer solchen Zeit ins Ungewisse.

Ich gab zu, daß es nicht leicht würde. Leichtsinnig ließ ich nicht gelten. Er hatte noch keine gefunden, mit der er das Gleiche hätte wagen können.

Obwohl es sich herumgesprochen haben mußte, daß es für unsere neue Wohngemeinde Zuwachs gab, wurden wir nicht mit Girlanden und Posaunenklängen begrüßt. Das hätten die Einheimischen, die alles Fremde abwehrten, sich nie vergeben. Statt dessen gab es lauernde Augen, die herausfinden wollten, was das für Kroppzeug sein konnte, das aus der Großstadt bei ihnen unterschlüpfen wollte, um ihre geringen Penunzen womöglich zu plündern.

Fürs erste bekamen sie nur mich zu sehen. Wohlgemut und zuversichtlich marschierte ich, kaum ermüdet, in abendlicher Stunde neben dem Planwagen, auf den unsere Habseligkeiten verpackt waren. Darunter ein neues Schlafzimmer, das ich nach den Plänen von Elisabeth in sechs Wochen gefertigt hatte. Bis dahin hatten wir uns mit einem Bett und einem alten Kleiderschrank begnügt. Bestimmt werden die so kritischen Neugierigen von mir nicht erbaut gewesen sein. Haare länger als üblich, dazu ohne Mütze oder Hut. Keinen Kragen mit Schlips, statt dessen Schillerkragen. „In welch einer verrückten Welt wird der Knabe aufgewachsen sein", werden sie gedacht haben.

Elisabeth hatte ich den Weg zu Fuß oder auf dem Planwagen nicht zugemutet. Sie kam nach mir mit dem Bimmelbähnchen. Als sie die Unordnung in den Zimmern sah, Haufen von Dreck, weinte sie bitterlich, wie ich sie bis dahin nicht weinen sah. Da half auch nicht, daß ich ihr vorsang: „All meine Gedanken sind bei dir!"

Das stimmte in dieser Stunde auch nicht. Auch mich wurmte der Zustand, in dem wir Wohnung und Werkstatt vorfanden.

In dem schmalen Zimmer, das als Küche gedacht war, haufenweise Schutt. Im Flur aufgestapelte Steine. Im vorgesehenen Schlafzimmer ein total lädiertes Fenster. Dafür ein neues zu machen, mußte meine erste Arbeit sein. Oben eine fehlende Zwischenwand, keine Türe, die richtig schloß, und in der Werkstatt Löcher, durch die nicht nur Vögel ein- und ausfliegen konnten, auch Wind, Regen und Kälte freien Zutritt hatten. Eine Pumpe, deren Wasser wir bei dem Dreck zu dringend brauchten, gab nur Würgetöne von sich.

All diese Mängel bis zu unserem Einzug abzuändern, hatte der Vermieter mir fest zugesagt.

Während meine Frau weinte und auch mir nicht nach Weintrinken war, gab der Fuhrmann des Planwagens womöglich in einer Kneipe eine Vorstellung von mir. Vielleicht bedauerten die dabei anwesenden Raufbrüder hören zu müssen, daß ich für eine Keilerei nicht gebaut bin. Gedanken derer, die sonst keine Gedanken haben. Denen die Suppe anbrennen muß, um sich zu erinnern, daß sie sie aufgestellt haben.

Nein, meine Gedanken bei unserem Einzug galten nicht nur Elisabeth. Sie waren vielfältig, lieblich waren sie nicht. Zum Glück schloß ich nach diesem Einzug nicht auf die Zukunft, wie ich kaum jemals ohne Hoffnung war. Wie es in Elisabeth aussah, bestätigten ihre Tränen.

Dennoch schliefen wir in dieser ersten Nacht, in den provisorisch aufgestellten Betten, nicht schlecht.

Der Eigentümer, der so viele Häuser wie Kinder hatte, es waren sieben, dazu noch viele unbebaute Grundstücke, ließ sich erst am folgenden Nachmittag sehen. Er sagte, er habe es bezweifelt, daß wir aus der Stadt aufs Land kämen, wo die Lebensmöglichkeiten weit bescheidener seien. Daher habe er nichts in Ordnung bringen lassen. Er sah ein, ohne Wasser war das nicht möglich. Er schob den schweren Betondeckel von dem mit der Pumpe verbundenen Brunnen. Wuchtete eine Leiter in den Brunnenschacht. Stieg hinunter, um zu überprüfen, ob kein Wasser floß. Kaum unten, mühte er sich, wieder einige Sprossen nach oben zu kommen und sackte zusammen. Zum Glück kam gerade einer mit einer Pferdekarre vorbei. Zu zweit holten wir ihn noch rechtzeitig heraus. Erdgas. Nach einigen Minuten kam er wieder zu sich. Er wußte nicht einmal, warum er ohnmächtig geworden war. Ich allein hätte ihn unmöglich herausgebracht. Bei einem Toten, gleich zu Beginn, das wäre für uns ganz mies gewesen.

Am Morgen bei der Anmeldung auf dem Bürgermeisteramt spürte ich, wie kritisch, geradezu mißbilligend der Angestellte mich musterte. Auf seine Frage, was um alles in der Welt uns aus der Stadt nach Brüggen gebracht habe, sagte ich, die landschaftliche Umgebung. Sein Gesicht wurde keineswegs geistreicher. Zumindest wußte er, daß die Schwalm an der südlichen Grenze der Gemeinde fließt und daß die Gemeinde große Waldungen besitzt. Das konnte er aus den Katasterauszügen wissen. Später wurde mir die unfreundliche Aufnahme verständlich. Er war der Schwiegersohn einer der fünf selbständigen Tischler, die es in Brüggen zu der Zeit gab, die auf jedes Stückchen Arbeit schielten, was der andere bekam. Jetzt kam ich noch dazu.

*

Der Eigentümer, der sich dem Leben wiedergegeben wußte, bemühte sich jetzt, daß in einer guten Woche alles in Ordnung war. Bis auf die Löcher in der Werkstatt, die mußte ich selbst abdichten, sowie das Fenster für das Schlafzimmer erneuern. Die Kosten dafür zog ich ihm von der Miete ab. Ebenso brauchten wir während der acht Jahre, die wir dort wohnten, kaum Miete zu zahlen. In seinen sieben Häusern gab es immer etwas zu reparieren oder neu zu fertigen. Damit nahm ich den einheimischen Kollegen doch Arbeit fort, was nicht meine Absicht war. Für einige Monate hatte ich Aufträge aus der Stadt mitgebracht. Bekannte, die heiraten wollten, und die mir zutrauten, daß durch meine Hände die Möbel so würden, wie sie sie wünschten. Daß sie für ihr Leben zweckmäßig, ordentlich würden. Ich glaube, meist ist es mir gelungen, diese Wünsche zu erfüllen. Selbst in ihrem Zustand war Elisabeth mir in den ersten Monaten meine zuverlässigste Hilfe, wie auch ich ihr half. Die Lieder gingen uns bei der Arbeit kaum aus. Ob die Handsäge durch das Holz fuhr, der Hobel es glättete, Rahmen um Füllungen geleimt wurden, was äußerst flink gehen mußte, damit der Leim nicht erkaltete, ein Lied folgte dem andern. Selbst eine Singdrossel hätte kaum mit uns wetteifern können. Kein Tag, an dem wir uns nicht freuten, bald zu dritt zu sein. Unsere Tage waren lang. Ohne Maschinen, jeder Schritt, jeglicher Arbeitsvorgang, alles mit der Hand und das bei kargem Lohn. Unsere Bekannten, oder andere, für die wir arbeiteten, konnten nichts dafür, daß wir so dürftig eingerichtet waren. Heute wird Arbeit, die nicht von der Stange kommt, gut bezahlt. Damals durfte sie nicht teurer sein als die von der Stange zu kaufende. Das forderte viele Arbeitsstunden. Wovon hätten wir uns Maschinen anschaffen können. Kein Mensch hätte uns in dieser unsicheren Zeit Kredit gegeben. Wir hätten ihn auch nicht gewollt. Die handwerkliche Arbeit brachte mehr Freude, die einzelnen Stücke wachsen zu sehen.

Vor allem sollte das Nest, das wir für unser Kindchen vorbereiteten, ein warmes Nest werden.

In den wenigen Monaten bis zur Geburt unseres Kindchens konnten wir mit den Einheimischen kaum Kontakt finden. Für die weitaus meisten blieben wir für viele Jahre die Fremden, die eigentlich bei ihnen nichts zu suchen hatten, die in ihr Gehege eingedrungen waren. Ein Gehege, in dem sich die Inzucht zu der Zeit reichlich ausgebreitet hatte. Anstatt froh über jede neue Blutzufuhr zu sein, schienen sie nicht zu begreifen, wie sie sich mit ihrer Einriegelung schadeten.

Ohne Hilfe wollte ich Elisabeth in ihren bevorstehenden schweren Tagen nicht lassen. Die Hebamme des Ortes war orientiert. Das Geld für sie lag bereit. Wenn wir uns noch mehr hätten einschränken müssen, wir hätten es nicht angerührt.

Ich schrieb Gertrud, es sei einmal ihr Wunsch gewesen, bei uns Kindermädchen zu werden. Wenn sie keine Arbeit habe oder einige Tage frei bekommen könnte, wären wir ihr dankbar, wenn sie käme.

Sie kam zwei Tage vor Elisabeths Niederkunft. Ob sie ohne Arbeit sei, sagte sie nicht. Sie sei da!

Ich hätte sie dafür umarmen mögen, daß sie uns nicht im Stich ließ. Ich unterließ es. Sie schien es auch nicht erwartet zu haben.

Es wurde eine schwere Geburt, die sich über 16 Stunden hinzog. Ich wich kaum von Elisabeths Lager. Gertrud bereitete alles Erforderliche mit einer Umsicht vor, als wäre es nicht die erste Geburt, bei der sie helfen mußte. Die Hebamme lobte sie.

Als ein Arzt hinzugezogen werden mußte, verbarg auch Gertrud nicht, daß sie mit mir um das Leben von Elisabeth bangte und mit Elisabeth und mir litt.

Als nach diesen unendlich langen, qualvollen Stunden, in denen keiner Elisabeth die Schmerzen abnehmen konnte, nach dem letzten Schrei von Elisabeth Kinderweinen im Zimmer zu hören war und Elisabeth bleich und erschöpft in den Kissen lag, trocknete Gertrud ihr die Stirn.

In mir war in dieser ganzen qualvollen Zeit nur die Frage: Mein Gott, warum, warum, warum diese Schmerzen? Diese Schmerzen, bevor sich neues Leben in das Dasein ringt. Es war wie ein Vorwurf, auf den ich keine Antwort erhielt.

Elisabeth war glücklich, als sie hörte, es sei ein Mädchen. Ihr Wunsch. Ihre Schmerzen schienen vergessen.

Mich rührte das Weinen unseres kleinen Mädchens tief. Elisabeths und mein, unser Kind!

Auch in den folgenden Tagen zeigte sich, mit welcher Umsicht Gertrud alles ordnete. Wie sie für Elisabeth und unser Kindchen da war, wie sie es manchmal in ihren Armen wiegte, es innig betrachtete, als sei es das ihre.

Elisabeth erholte sich nur langsam. Sie hatte zuviel Blut verloren.

Zwei Tage vor dem Tauffest, als Elisabeth und die Kleine schliefen, saßen Gertrud und ich uns in der Küche zum ersten Mal untätig gegenüber. Am nächsten Tag erwarteten wir Elisabeths Bruder, der in Bonn als Gärtner beschäftigt war und jetzt als Pate mit meiner Mutter in der Kirche das Taufgelübde sprechen sollte.

Gertrud war blaß und ihr Lächeln gezwungen. Ich strich ihre Hände. Sie zog sie nicht zurück. Sie hatte an dem Tag einen Berg Wäsche auf dem Waschbrett geschrubbt und im Schuppen zum Trocknen aufgehängt. Am nächsten Tag wollte sie nachsehen, was ausgebessert und gebügelt werden mußte. Arbeiten, die Elisabeth über viele Jahre genauso verrichten mußte.

Ich fragte Gertrud: „An was denkst du?" Sie schwieg. Ich wiederholte meine Frage. Sie sagte: „An euch. Jetzt seid ihr eine Familie. Eine richtige Familie. Du, Elisabeth und euer Kindchen. Für mich wird es nie eine Familie geben."

Ich sagte: „Gertrud, wie kannst du das sagen?" „Könnt ihr mich in eure Familie aufnehmen? Könnt ihr das? Das könnt ihr nicht. Es würde nicht gut gehen. – Ich hatte einmal einen Traum. Du kennst ihn, mit unserer Spielgruppe übers Land zu ziehen. – Ein Traum. Er durfte sich nicht erfüllen. Du weißt, warum. – Was hat Elisabeth, was ich nicht habe? Kannst du mir das sagen? Kannst du das?"

Ich versagte es mir, sie an mich zu ziehen. Was hätte es ihr gebracht? Vielleicht für einige Augenblicke das Gefühl: Du bist nicht vollends allein. Vielleicht auch den Eindruck: nur eine Pille, wie man sie einer Kranken verabreicht, um sie für einige Zeit zu beruhigen.

Ich sagte: „Du fragst, was Elisabeth hat, was du nicht hast. Ich kann es dir nicht sagen. Ich kann es wirklich nicht. – Vielleicht wäre ich bei Elisabeth der einzige geblieben, der zu ihr gesagt hätte: ‚Du, Elisabeth!' Alle anderen sagten Lisbeth zu ihr. Verstehst du, Elisabeth! Zu dir waren es drei, die Gertrud zu dir sagten. Leo Krause, Hubert und Gerhard. Drei, die bereit gewesen wären, mit dir eine Familie zu gründen."

„Drei, die nur das sahen, wie ich mich – ja, wie ich mich zeigte, mich gab. Nur das!"

„Vielleicht hast du es nur so empfunden."

„Nur so empfunden, daß ich gebraucht, nur gebraucht wurde. Liest du ein Buch nur mit den Augen? – Dann weißt du, was ich meine."

„Lesen nicht die meisten nur mit den Augen, ohne daß sie ... ich meine, daß auch sie deshalb keineswegs nur an der Oberfläche bleiben? Hätte Leo Krause diese Aufnahmen machen können, wenn er nur an der Oberfläche gelebt hätte? Und ich – habe ich dich nicht auch gebraucht, für das Stück? Habe ich dich nicht nur dafür gesucht?"

„Und dann? War es dann nur noch das Stück? – Nur das Stück? War es nicht mehr! Warst du nicht nur freundlich, warst du nicht immer herzlich zu mir! Hast du je daran gedacht, was bringt mir das, welchen Vorteil hab ich dadurch? Hast du das?"

„Gertrud!"

„Siehst du! – Ich weiß, von allen, mit denen wir regelmäßig zusammenkamen und noch zusammenkommen, wurde niemand auf einer Roßhaarmatratze geboren. Zumindest niemand von denen, die ich kenne. Wir alle wissen, daß wir hart heranmüssen. Ihr wißt es von euch. Aber nicht einmal kurz aufblicken, um einem Vogellied zuzuhören. Kaum einen Blick für einen Regenbogen, einen Schmetterling, eine Libelle zu haben. Nicht einmal einen Blick für all das, was ich betrachten möchte. Hast du nicht geschrieben, bei all eurer Arbeit gingen euch die Lieder nicht aus. Ich möchte nicht völlig vereinnahmt werden, so daß von mir kaum etwas bleibt. Ob Leo Krause, Hubert oder Gerhard, sie hatten für all das höchstens einen flüchtigen Blick. Wenn sie sich herumgedreht, war es schon ausgestrichen. Genauso wäre ich eines Tages ausgestrichen und nur noch Zugochse gewesen, mit einem Joch vor der Stirn."

Ich widersprach ziemlich heftig. „Nein Gertrud, nein, das glaub' ich dir nicht. Wahrscheinlich hättest du manchmal etwas zurückstecken müssen, wie wir das alle müssen. Aber ein Ochse, mit einem Joch vor der Stirn! Keiner der drei hätte dich so erniedrigt. Keiner! Sei mir nicht böse, wenn ich dir das sage, aber der Fehler lag in dir. Du hast keinen der drei geliebt. Keinen! Sonst wären dir niemals solche Gedanken gekommen."

„Ich hätte alles mit ihnen geteilt. Hätte sie gepflegt, wenn sie krank, hilflos geworden. Ich wollte nur ich selbst bleiben. Das hätte ich nicht gekonnt. Wollte, wenn ich glaubte, daß etwas rot und gelb ist, es auch weiterhin so sehen. Selbst wenn es in Wirklichkeit blau und grün ist. – Ich nehme an, daß du Elisabeth darin nicht einengst. Bei jedem von den dreien, wenn sie Gertrud zu mir sagten, fehlte nur der Nachsatz, tu das, dieses oder jenes. Wie sie sich selbst beanspruchten, manchmal überforderten, nur, um ja nicht verdrängt, überholt zu werden, so hätten sie auch mich überfordert, ohne daß mir je die Zeit geblieben wäre, mich an einem Sonnenuntergang zu erfreuen. Dabei wäre ich zugrunde gegangen. Elisabeth geht nicht zugrunde."

Ich schwieg. Ich konnte und wollte ihr nicht zustimmen. Ich glaubte die drei anders, richtiger zu kennen.

Kannte sie meine Gedanken? Sie sagte: „Jetzt komm nicht mit den Worten meiner Mutter, ich sei verrückt! Ein Bankangestellter! Ich stände mir immer selbst im Weg. Was es nicht gibt, könnte ich nicht bekommen. Ich habe zu ihr gesagt, ihre Augen seien nicht die meinen."

Ich erhob mich. Umarmte sie. Küßte ihr Haar. Nein, ihr Haar, obwohl ich es mochte, auch ihre Augen waren es nicht gewesen, weswegen ich sie ansprach, bei dem Stück mitzumachen. Wußte ich von Elisabeth, womit sie mich immer wieder anzog? Wußte ich das wirklich, warum ich immer zu ihr sagen würde: Du bist meine liebe Frau!

Ich sagte zu Gertrud: „Vielleicht passen unsere Gedanken, unsere Vorstellungen, Erwartungen nicht mehr in diese Welt. Vielleicht sind wir es, die die anderen verkennen. Vielleicht bewegen wir uns auf einer Spur, auf der sich uns zwar ein Abendrot und auch Sterne bieten, und den anderen, von denen du glaubst, an ihnen zugrunde zu gehen, bietet sich ein neuer Tag." Ihr Blick ging an mir vorbei. Suchte er einen Halt, wo er verweilen konnte? Einen Halt, der ihr noch nicht gegeben war?

Ich sagte: „Es ist spät. Gehen wir schlafen. Vielleicht liegt Elisabeth schon längere Zeit wach, und sie wünscht, daß ich komme."

Sie sagte: „Ich möchte noch einige Minuten allein sein." Ich reichte ihr die Hand, wünschte ihr einen guten Schlaf. Jetzt suchten ihre Augen die meinen. Was hoffte, wünschte sie darin zu sehen?

Elisabeth schlief tief und ruhig. Ihr Atem ging regelmäßig. Ich hatte kein Licht gemacht. Die Nacht war kalt, nicht dunkel. Ihr schmales, gut geformtes Gesicht lag hell auf dem Kissen. Auch unser kleines Mädchen lag in tiefem Schlaf. Übermorgen, wenn der Pfarrer sie taufte, erhielt sie den Namen meiner Frau. Elisabeth, auch ich, würden immer für dieses unser Kind da sein. Kein Weg, keine Arbeit, keine Last würden uns dafür zu schwer werden. Gertrud hatte recht: Jetzt waren wir eine richtige Familie. Kindermädchen waren meine Frau und ich.

Ich verspürte noch keine Lust, mich zu legen. Das Gespräch mit Gertrud blieb in mir. Ich ging zum Fenster. Die Sterne standen hoch. Wie oft hatte ich sie im Volksgarten und Bungtwald in den Ästen der Buchen gesehen. Unerreichbar blieben sie immer. Unerreichbar wie manche Wünsche, von denen wir wissen mußten, daß sie sich nicht erfüllten.

Als Gertrud noch immer nicht nach oben kam, ging ich wieder nach unten. Sie hatte sich aus unserem Bücherschränkchen Tolstois Kreuzersonate genommen. Ich nahm ihr das Buch aus der Hand, sagte: „Gertrud, bitte, jetzt nicht. Das Buch nicht. Du liest ja nicht nur mit den Augen." Sie verstand mich. „Wenn du Lust hast, kannst du es in den nächsten Tagen lesen. Dann weißt du, warum ich sagte: Jetzt nicht." Ich stellte das Buch wieder dahin, wo es gestanden hatte und sagte: „Komm jetzt. Ich leg' mich nicht eher, bis du liegst."

Sie erwiderte: „Womöglich deckst du mich noch zu." „Das hab ich vor!" Ich blieb unten, bis ich glaubte, daß sie lag. Ihr Zimmer lag durch einen Flur von dem unseren getrennt. Ich setzte mich kurz zu ihr, sagte: „Du wirst sehen, eines Tages findest auch du einen, der nicht nur mit den Augen liest. Ich bin fest davon überzeugt. Dann bist auch du nicht mehr allein. Dann werden unsere gemeinsamen Abende immer mehr verblassen. Erst recht, wenn du dann ein eigenes Kindchen in deinen Armen hältst."

Sie schwieg. Sie lag gut zugedeckt. – Auch ich war bald eingeschlafen. Morgen früh erwartete mich wieder die Arbeit. Jetzt durfte es erst recht kein Verweilen geben.

*

In den neun Tagen, in denen die Hebamme Elisabeth besuchte, verstand sie es, Gertrud für sich zu gewinnen. Mir blieb das unbegreiflich. Ich mochte diese kleine, eckige Person mit ihrem losen Mundwerk nicht. Weiß Gott, was sie Gertrud versprach, daß sie ihr folgte. Wenn auch nicht unmittelbar, aber doch sobald sie glaubte, Elisabeth sei soweit hergestellt, daß sie es schaffen könnte. Was trieb sie so bald von uns? Wir hatten ihr doch gesagt, sie könnte einige Wochen bleiben, bis wir ihr zeigen könnten, wie schön die Umgebung Brüggens ist. Ich hatte ihr versprochen, an einem Sonntagnachmittag mit ihr zur Elmpter Kapelle zu gehen, um ihr den in der Kapelle befindlichen flandrischen Schnitzaltar zu zeigen.

Mir war es wirklich rätselhaft, wie diese kleine schwatzhafte Person es fertigbrachte, Gertrud umzustimmen. Ob Gertrud es nicht ertrug, daß ich in meiner kargen Freizeit fast nur für Elisabeth und unsere Kleine da war und sie nicht immer dabei sein konnte? Selbst meine eigene, vier Jahre jüngere Schwester, die jeden Samstag kam, um uns behilflich zu sein, und montags mit dem Zug um fünf wieder nach Mönchengladbach zu ihrer Arbeitsstelle fuhr, hätte mit dieser Umsicht nicht all das geschafft.

Am vorletzten Tag, bevor Gertrud uns verließ, kam sie für eine halbe Stunde zu mir in die Werkstatt. Auch an den Tagen zuvor hatte ich sie manchmal zu der einen oder anderen Handreichung benötigt. Dabei hatte ich stets den Eindruck, daß ihr die Arbeit gefiel.

Sie sagte: „Erinnerst du dich noch, im Hardter Wald, als Gerhard zu dir sagte, eines Tages kannst du auch unsere Möbel machen?"

Ob ich mich erinnerte: Ich hatte sie sogar mit eingeplant, was ich ihr nicht sagte.

Sie sagte: „Schon da wußte ich, daß das nichts würde. Bei Gerhard lag es nicht nur an ihm. Seine Mutter mochte mich nicht. Warum, ich kann es dir nicht sagen. Wahrscheinlich glaubte sie für Gerhard, bei seiner Stellung, eine zu finden, deren Vater nicht nur einfacher Weber ist. Wenn du und ich – und deine Mutter hätte mich nicht gemocht, das hätte mich bedrückt. Bei Gerhards Mutter hat es mir nichts ausgemacht. Im Gegenteil, so brauchte ich zu Gerhard nicht zu sagen, wir sind zu unterschiedlich. Das kann nicht gut gehen. Ich weiß, das wäre ehrlicher gewesen. Heute würde ich das sagen."

Ich war dabei, einen Küchenschrank zu fertigen. Sie sagte: „Das möchte ich auch können. Für Elisabeth muß es schön sein, mitzuerleben, wie so ein Schrank nach und nach fertig wird. Und dann wieder was anderes. Immer was Neues."

Ich erwiderte: „Du brauchst nur noch 14 Tage hierzubleiben, dann siehst du, wie der Schrank fertig wird. Für Elisabeth wäre das auch besser." Sie war nicht umzustimmen.

Bei der Verabschiedung beugte sie sich lange über unsere Kleine. Wollte sie sich ihr liebes Gesichtchen tief einprägen? Elisabeth umarmte und küßte sie. Mir reichte sie nur die Hand. Fürchtete sie, Elisabeth sonst etwas zu nehmen? Sie wollte es auch nicht, daß ich bis zur Wohnung der Hebamme den Koffer trug. Ich dürfe Elisabeth jetzt noch nicht alleinlassen, sagte sie.

Still und ruhig, wie Gertrud uns verließ, blieb sie in der Folge. Sie besuchte uns nicht. Sie bei der Hebamme zu besuchen, fanden wir nicht die Zeit. Mit unserem Kind waren die Aufgaben gewachsen. Mir in der Werkstatt zu helfen, war für Elisabeth nur noch ganz selten möglich. Unser Kind, in seiner Hilflosigkeit, sollte immer spüren, das Nest war zwar nicht üppig und nicht mit Daunenfedern gepolstert, aber warm.

Obwohl kaum möglich, wurde der Arbeitstag für uns noch länger. Ohne Maschinen blieb dabei der umgerechnete Stundenlohn so knapp, daß kein Arbeiter, bei einem Achtstundentag, dabei hätte existieren können. Dennoch hätte ich mit keinem Arbeiter in der Fabrik getauscht. Wir fühlten uns frei. Keine Sirene, die mich rief, der ich untertan war.

In den spätabendlichen Gesprächen zwischen Elisabeth und mir, wenn unsere Kleine versorgt, tief schlief, war auch Gertrud in unseren Gesprächen. Je weiter die Zeit davonlief und wir nichts von ihr hörten, um so sicherer wurden wir, daß sie es im Haushalt der Hebamme besser fand, als wir befürchtet hatten. Wir kannten sie ja, wußten, wie sie die Freiheit liebte, wie schwer es ihr fiel, sich zu ducken.

Sollte es sie getroffen haben, daß ich in dem abendlichen Gespräch über Leo Krause, Hubert und Gerhard ihr nicht gefolgt war? War ich in den Wochen, in denen sie bei uns war, ihr gegenüber zu zurückhaltend gewesen? War ich für sie nicht mehr der, den sie aus dem Stück und der Zeit danach kannte? War ich in meiner Art den dreien, die sie nicht mochte, zu ähnlich geworden? Fragen, die mich manchmal nicht gleich einschlafen ließen. War ihre Zuneigung zu mir doch nicht so tief, wie ich annahm, oder wollte sie die absolute Trennung?

Inzwischen war ich Mitglied des Kirchenchors unserer Pfarre geworden. Nicht allein, weil ich gerne sang, wir wollten uns nicht völlig von den Einheimischen abriegeln. Auch gute Theaterspieler sollte es in dem Chor geben. Wie gut es in Wirklichkeit darum stand, erfuhr ich nach einigen Jahren.

Es war im März 1930. Im Wald blühten bereits die Veilchen. Es war ein Probeabend des Kirchenchors. Zum ersten Mal nach diesen drei Monaten begegnete mir die Hebamme. Wir waren noch nicht auf gleicher Höhe, als sie mir zurief: „Gertrud ist nicht mehr bei uns. Sie ist ins Kloster gegangen."

War das ihre Absicht? Hatte sie uns deshalb in diesen Wochen nie besucht? Hatte sie befürchtet, wir könnten ihr das ausreden!

Genaues wußte die Hebamme nicht. Auch ihr gegenüber sei Gertrud zurückhaltend gewesen. Sie sollte bei den Vinzentinerinnen in Mönchengladbach/Hardt sein, um die Krankenpflege zu erlernen.

Ihr zu schreiben, blieb ein Vorsatz. War es eine Flucht oder der von ihr gesuchte Weg?

Jahre vergingen. Die Machtergreifung durch die Nazis beunruhigte meine Frau, mich und die Freunde der Bündischen Jugend sehr. Einige von ihnen, die wie meine Frau und ich nur den Frieden wollten, wurden verhaftet. Zeitungen und Zeitschriften, die hin und wieder eine Kurzgeschichte von mir brachten, wurden aufgelöst. Sie sangen nicht das Lied dieser braunen Fanatiker, die die ganze Welt unterjochen wollten. Zeitungen, die dieses Lied sangen, konnten keine einzige Zeile von mir haben, und wenn kein Buchstabe von mir mehr gedruckt würde.

Als das Geld für diese Kurzgeschichten fehlte, mußte Elisabeth noch sparsamer wirtschaften. Es war eine bedrückende Zeit, in der es mir schwer fiel, mir den Mund zu verbinden. Dennoch mußte er zu oft zugebunden bleiben.

Bereits Monate vor der Machtergreifung durch die Braunen hätte ich selbst im Kirchenchor, während der Probe, von einem dieser Fanatiker fast Prügel bekommen. Ich hatte gewagt zu sagen: Wenn Hitler ein halbes Jahr an der Macht bliebe, gäbe es Krieg. Vosdellen hieß der Narr, ein langer Kerl, bei der Bahn beschäftigt, flog auf mich zu. Hätten sich nicht einige an ihn geklammert, eine Keilerei wäre nicht zu vermeiden gewesen. Vielleicht war es mein Glück, daß der Sohn eines Fabrikbesitzers Ortsgruppenleiter war. Für diesen Betrieb, ein Tonröhrenwerk, hatte ich regelmäßig Mulden anzufertigen, die Kollegen von mir nicht so geglückt waren. Der Betrieb war auf diese Mulden angewiesen. Das konnte mich dennoch nicht davor bewahren, daß ich bereits am 17. Juni 1940, als erster meines Jahrgangs, in die grauen Klamotten gezwungen wurde. Nachdem ich erst einen Tag vorher, an einem Sonntag, wir saßen beim Mittagessen, den Stellungsbefehl erhielt, hatte ich am nächsten Morgen, um 6.30 Uhr, in Krefeld, Hauptbahnhof, Bahnsteig 3, zu sein.

*

Es war an einem Sonntag im Monat August 1935. Unser Bruno war gerade zwei Jahre alt geworden. Mit der ganzen Familie waren wir in der Werkstatt. Die beiden Kinder spielten mit kleinen Holzresten. Elisabeth half mir beim Beizen eines Schlafzimmers. Sonn- oder festtägliche Arbeiten. Die Möbel mußten in einigen Tagen geliefert werden.

Elisabeth und ich waren so eifrig bei der Arbeit, daß die Kinder, bei der geöffneten Werkstattür, vor uns bemerkten, daß das Tor zum Hof aufgestoßen wurde. In einer braunen Uniform kam einer auf die Werkstattür zu. Ich dachte, jetzt wirst du abgeführt. Dann wußte ich, daß dafür nicht nur einer kam.

Es war Gerhard!

Er sagte, er könne sich denken, daß wir betroffen wären, ihn in einer solchen Uniform zu sehen. Bei der Bank habe er nur die Wahl gehabt, die Uniform oder Kündigung. Er ließ mir nicht lange Zeit, darüber nachzudenken, wie ich mich entschieden hätte. Er sagte: „Vielleicht erinnerst du dich, vor Jahren, im Hardter Wald. Ich sagte, du könntest eines Tages auch für uns die Möbel machen. Wenn die Uniform dich nicht zu sehr stört, kannst du sie bald für uns machen."

Wenn wir auch nicht mehr von der Hand in den Mund lebten und einige Rücklagen machen konnten, da wir ja eines Tages eine eigene Wohnung und Werkstatt haben wollten, waren wir noch immer um jeden Auftrag verlegen. Und hatten wir nicht vor Jahren gemeinsam gesungen: Wir sind des Geyers schwarze Haufen, wir wollen mit Tyrannen raufen! Konnte er da gehorsamster Befehlsempfänger eines Tyrannen sein? Und mein Stück von der Liebe! Hatte er es nicht mit seiner Gruppe nachgespielt?

Ich sagte: „Wenn der Kerl seine Gesinnung nicht geändert hat, soll mich die Uniform nicht stören."

„Dann ist alles klar!"

„Und deine Frau? Doch nicht Gertrud?"

„Das siehst du, wenn wir dich besuchen. Wir haben Zeichnungen gemacht, wie wir die Möbel haben möchten."

* * *

Es war nicht Gertrud. Geschwister, die sich gleichen, konnten sich nicht ähnlicher sein als Gertrud und Gerhards Verlobte. Deren Gesicht war vielleicht ein wenig schmaler als das von Gertrud. Sonst: Augen, Mund, Haar, selbst die Bewegungen, das konnte Gertrud sein. Nur bei Zwillingen hatte ich bis dahin eine gleiche Ähnlichkeit gefunden. Gerhard lächelte. Er wußte, wie uns das Aussehen seiner Verlobten überraschte.

Sie war die Tochter eines flämischen Professors, der als nazifreundlich galt. Bei einer Tagung in Flandern hatte Gerhard sie kennengelernt. Was sie Gertrud voraus hatte, war ihr umfassenderes Wissen. Das zeigte sich bei späteren Besuchen. Ob Geschichte, Literatur, Musik, sie kannte sich aus. Sie hätte nicht ins Kloster gehen können, sie war nicht getauft. Ihre religiösen Vorstellungen altgermanisch, heidnisch. Die von ihr gefertigten Skizzen für ihre Möbel bewiesen eigene Vorstellungen. Keine kühle Glätte, keine Leiste zuviel.

Viele Wochen waren ich und mein elf Jahre jüngerer Bruder, der bei mir im dritten Jahr das Tischlerhandwerk erlernte, mit der Fertigung der Möbel für Gerhard beschäftigt.

Ich hatte mir vorgenommen, größte Sorgfalt darauf zu verwenden. Diese Möbel sollten noch ihren Wert haben, wenn ich nicht mehr war. Wie gut sie in die Räume des Hauses paßten, das Gerhard in einem Siedlungsgebiet am Rande der Stadt erworben hatte, zeigte sich, als wir sie aufstellten. Gerhard war stolz. Er sagte: „Das sind keine Möbel, die von der Stange gekauft sind. Die werden uns unser ganzes Leben Freude machen."

Gerhard hat von seiner schönen Wohnung noch weniger gehabt als seine Frau. Anfang 1939 wurde er zu einer militärischen Übung eingezogen. Wahrscheinlich hatte man herausgefunden, daß die Mitgliedschaft erzwungen war, daß er deshalb das rechte Maß bekommen sollte. In den ersten Junitagen 1940 ist er in Frankreich gefallen.

Seine alten Freunde hatten sich alle von ihm losgesagt. Sie hatten es nicht ertragen, ihn manchmal in dieser verfemten Uniform zu sehen. Daß er geradezu hineingezwungen wurde, glaubten sie nicht. Zu dieser Ansicht trug seine Frau bei. Es blieb ihnen nicht verborgen, daß sie eine durchglühte Nazi-Anhängerin war. Mir ist unerklärlich geblieben, warum sie Gerhard heiratete. Dunkel wie er war, erinnerte er mit keinem Zug an die Vorstellung, die sie von reinrassigen Germanen hatte.

Bei einem Bombenangriff im März 1944 wurde ihr Haus mit allem, was sich darin befand, zerstört. Sie war mit ihren beiden kleinen Kindern in einem in der Nähe befindlichen Bunker gewesen. Ein militärisches Ziel gab es in diesem reinen Wohngebiet nicht. Auch kein Lazarett. Von den von meinem Bruder und mir gearbeiteten Möbeln gab es nur noch Fetzen, wie auch von manchen anderen, auf die ich stolz gewesen war.

Gerhards Frau und den Kindern muß es nach dem Krieg bitter ergangen sein. Das erfuhr ich Jahre später von einem seiner ehemaligen Freunde. Keiner habe sich in dieser Zeit, in der jeder um sein Überleben habe ringen müssen, um sie gekümmert. Das Haus ihrer Eltern in Flandern sei zerstört gewesen wie das ihre. Ihr Vater wegen seiner Zugehörigkeit zu den Nazis verhaftet. Gerhards Mutter und ihrer Tochter war auch nur ein kleines Zimmer verblieben. Wo war keine Zerstörung, kein Elend?

* * *

Es war im Herbst 1943. Wegen eines Herz- und Magenleidens, das ich mir zuzog, war ich von der Feldtruppe den in Krefeld stationierten Landesschützen zugeteilt worden. Nach einem Herzanfall wurde ich in das in der Nähe von Kempen gelegene Lazarett Mühlhausen, einer ehemaligen Klosterschule für Mädchen, eingewiesen.

Gleich bei der Aufnahme hatte ich Gertrud erkannt. Wenn auch die Haube ihre Haare verdeckte, diese Gleichheit von Augen, Mund und Nase konnte es nur einmal geben. Erst recht ihre Stimme.

Wenn ich auch so mager geworden war, daß meine Knochen nur noch von der Haut überzogen waren, mußte auch sie mich erkannt haben. Dazu sagte das über meinem Bett angebrachte Blatt, wer ich war.

Mit drei Kameraden lag ich auf der inneren Abteilung, in einem Zimmer der schweren Fälle. Mich wunderte es, daß sie, die auch bei der Aufnahme anwesend war, uns zu betreuen hatte.

Wenn sie uns morgens einen guten Morgen wünschte und das Fieberthermometer zum Messen übergab und bei jedem den Puls überprüfte, war ich sicher, daß es ihre Hände waren.

Jedesmal, wenn sie meinen Puls kontrollierte, hoffte ich, sie würde sich mit einem Zeichen, einer Bewegung zu erkennen geben. Einige Male sagte sie zu mir: „Sie müssen ihre Hand ruhiger halten!" Wenn mein Puls wilde Sprünge machte und der Fiebermesser einen miesen Zustand bestätigte, war ihr Blick eher kritisch als besorgt. Selbst als sie nach einem solchen Messen Oberstabsarzt Dr. Achern rief, blieb ihr Gesicht unverändert.

Mir brachte das noch strengere Bettruhe.

Vier Wochen hatte ich Gelegenheit, sie zu beobachten. Dann blieb sie aus. Von einer Mitschwester erfuhr ich, daß sie sich in ihrem Dienst abwechselten. Sie hätten ein großes Feld, das sie versorgten, in der Wäscherei müsse auch gearbeitet werden. Der Lazarettdienst sei zusätzlich. Es gäbe dafür keine Vergütung, nicht einmal ein Paar Schuhsohlen. Durch geschicktes Fragen fand ich heraus, daß Gertrud, sofern sie es war, für die nächsten Wochen Feldarbeit zu verrichten hatte.

Als es mir ein wenig besser ging und ich kurze Spaziergänge durch den Park machen durfte, trieb es mich auf das angrenzende Feld, das durch eine Buchsbaumhecke, abgegrenzt durch eine Pforte, zu erreichen war. Leicht gebückt ging sie mit einer Schubkarre. Mir schien, daß sie ein Lied sang.

„Was machen Sie hier? Sie wissen doch, daß sie den Park nicht verlassen dürfen." Die Schubkarre blieb in ihren Händen, sie wollte nicht gestört sein.

„Kennen wir uns nicht?"

„Sie liegen im Josefshaus, Zimmer vier."

„Von früher. Sie hießen damals Gertrud."

„Es wird für Sie sehr unangenehm, wenn Sie hier gesehen werden."

„Sie gehörten zur Bündischen Jugend und sind mit uns gewandert.

„Wie können Sie nur so leichtfertig sein und hierhin kommen", ging sie nicht darauf ein.

Durfte ich sie länger bedrängen? Ihre ausweichenden Antworten bestätigten mir, daß sie es war.

„Wer erwartet von Ihnen, daß Sie das nicht zugeben? Die Klostermauern? So streng!" Ich erwartete keine Antwort. Ließ sie bei der Arbeit. Und ging auf den Park zu. Ich war sicher, wäre sie es nicht, hätte sie anders geantwortet.

Ich dachte: Arme Gertrud. Du wolltest frei sein. Nicht einmal diese Freiheit hast du dir bewahrt, daß du sagen darfst: Ja, ich bin es!

Alle Türen, die in die Vergangenheit führen, so fest verschlossen. Die Schlüssel in Taschen versenkt, die nicht mehr erreichbar sind. Erst jetzt bemerkte ich, wie still und friedlich es hier war. Hatte sie die Freiheit, das Freisein, gegen den Frieden eingetauscht? War das möglich, Frieden ohne frei zu sein?

Als ich die Pforte durchschritt, nahmen mich wieder Bäume, Sträucher auf, die Schatten warfen. Wie hatte sie früher, in meinem Zimmer, wenn das Licht der Kerzen große Schatten an die Wände warf, sich in meine Arme geschmiegt. Alle Regungen gab ihr Gesicht früher preis. Eine Schiefertafel, auf der alles ausgewischt, konnte nicht blanker sein. Alle Wünsche, die der Welt galten, niedergerungen? Niedergerungen, so daß sie nie mehr aufbrechen konnten? Wäre sie auch dann noch unerreichbar geblieben, wenn ich zu ihr gesagt hätte: „Morgen besucht Elisabeth mich mit unseren beiden Kindern?"

Warum war ich nicht darauf gekommen. Unmöglich, daß sie selbst dann starr und unbeweglich geblieben wäre. Sollte Elisabeth, wenn sie morgen kam, zu ihr gehen und sagen „Guten Tag, Gertrud!"

Ich verwarf den Gedanken. Das wäre gewalttätig. Das hieße, jemandem die Kleider abzureißen, der sich darin eingeschnürt hat, nur um zu sehen, ob die alte Haut noch vorhanden ist! Dennoch bedrückte mich der Gedanke, daß Gertrud, von der ich überzeugt war, daß sie, gleich wo sie mir begegnet wäre, mir beide Hände entgegengestreckt hätte, nicht einmal ein Lächeln des Erkennens für mich hatte.

Lebten wir nicht in einer grausamen, erbarmungslosen Zeit! In einer Zeit der Mörder, in der das Gebot von der Liebe abgewürgt worden war! Konnte sie es vergessen haben, daß sie bei dem Stück von der Liebe mitgewirkt hatte? Ich mußte es gelten lassen, sie wollte mich nicht kennen. Dennoch konnte sie es mir nicht versagen, wenn ich den allerletzten Beweis erhalten wollte, daß sie es war. Obwohl nach diesem kurzen Gespräch jeder Zweifel in mir so gut wie erstickt war.

Warum kam mir nicht der Gedanke, daß mein Verhalten sie tief schmerzen, Gefühle in ihr wecken mußte, die sie überwunden glaubte? Hatte der Krieg auch mich so verändert, daß ich die Haltung des Nächsten nicht mehr respektierte?

Ich machte mir Vorwürfe, wie ich sie mir auch früher manchmal machte, wenn ich glaubte, lieblos zu ihr gewesen zu sein.

*

In meinem Gesundheitszustand trat eine Verschlechterung ein. Medikamente zeigten keine Wirkung. Spaziergänge durch den Park waren nicht mehr möglich.

Chefarzt Dr. Achern, dem ich bestimmt mein Leben verdanke, war sehr besorgt um mich. Er war kein Leisetreter. Der hinzugezogene Professor Dr. Parisius, der ein Experiment vorschlug, erhielt von ihm die Antwort: „Herr Kollege, das lehne ich ab!" Dr. Achern war Mensch, kein Militarist. Er wußte, selbst bei einer Besserung, für die Uniform wurde ich nicht mehr tauglich. Er wußte es, als ich noch nicht daran zu denken wagte. Er ordnete bei mir eine Blutübertragung an. Zu der Zeit gab es noch keine Blutkonserven. Die Schwestern mußten auch Blut spenden. Gertrud hatte wie ich Blutgruppe A. Wahrscheinlich auch andere ihrer Mitschwestern. Hatte sie sich freiwillig gemeldet, wie es mein Wunsch war?

Das Bett, auf das sie zu liegen kam, wurde nahe an das meine herangerückt. Der Arzt, der das Gerät bediente, durch das Gertruds Blut aus der Ellenbeugenvene in die meine floß, hatte zwischen den Betten gerade Platz.

Ausgestreckt, mit ihren vollen Gewändern, nur die Schuhe abgestreift, lag sie mit geschlossenen Augen neben mir. Ihr Gesicht bleich, ohne Schatten. So bleich hatte ich sie noch nie gesehen. Eine Kerze, deren Docht nicht einmal Rauch von sich gab, konnte nicht regloser sein.

Was ging in ihr vor? Gedachte sie früherer Stunden, in denen sie nie so reglos war, in denen immer noch ein Flämmchen Hoffnung glühte. Es war unmöglich, daß sie in diesen Stunden nicht wenigstens meine Hände suchte. Dann wußte ich um ihre Wünsche, wußte, daß sie litt. Ihr Gesicht blieb starr. Unbewegt. Nicht das geringste Zucken. Eine Maske, bei der es vergessen wurde, Farbe aufzusetzen. Dennoch ein reines Gesicht, das mich selbst jetzt anzog.

Waren ihre Gedanken auch manchmal noch bei Leo Krause, Hubert und Gerhard? Sie konnte nicht wissen, gleich wen sie geheiratet hätte, sie wäre Witwe geworden. Alle drei gefallen. Wie Millionen andere, Opfer dieses Menschen, der zumindest ein Menschengesicht trug, der sich verherrlichen ließ, der willens war, ganze Völker in den Untergang zu stürzen.

Im Kloster also doch geborgener? Abgeschirmt vor solchen Schlägen? War sie deshalb 1930 so plötzlich aufgebrochen, alles zurücklassend, ohne Abschied zu nehmen von uns? Hatte sie befürchtet, ein Gespräch mit mir könnte sie zurückhalten? Hatte sie es satt, Dienstbote anderer zu sein? Ohne Hoffnung auf Änderung bei mehr als sechs Millionen Arbeitslosen. Nirgendwo ein Lichtblick. Eine Zeit, wie sie für die Parolen der Nazis nicht günstiger sein konnte.

Wie so oft endeten meine Gedanken bei den Braunen. Ohne sie war ich daheim. In der Werkstatt. Machte Möbel, deren Fertigung andere und mich bereicherten. Wahrscheinlich wäre ich dann nie mehr in ihr Leben eingebrochen.

Für einen Augenblick glaubte ich, ihre Lippen bewegten sich. Sprach sie ein Gebet?

Die Zeit war kurz, in der ich ihr Blut empfing, das mir Heilung bringen sollte. Wohl nie mehr würde mir ihr Gesicht so nahe sein. Nie mehr in einer solch kurzen Zeit unsere gemeinsamen Erlebnisse nacherleben.

Der Arzt verschloß ihre und meine Vene mit einem Pflaster. Bei meinem Dankeschön öffnete sie die Augen, lächelte.

War das die Zustimmung: Ja, ich bin es? Was konnte ihr Lächeln, das mir nicht fremd war, nach dieser Absperrung sonst bedeuten? Was empfand sie, daß ihr Blut jetzt auch in mir floß?

Der Arzt empfahl ihr einige Stunden Ruhe, die es für mich nicht gab. Ich wurde von einem Schüttelfrost überfallen, wie ich ihn bis dahin nicht für möglich hielt.

Bei mir klapperte alles. Wie bei einem ausgeleierten Räderwerk, das irrtümlich in Bewegung gesetzt wurde. Da half kein Widersetzen. Jeder Einfluß auf mich selbst war mir genommen. Mein Urin blutrot. Als wäre Gertruds Blut durch Niere, Blase, Harnröhre wieder abgeflossen.

Eine ältere Mitschwester von Gertrud, die ich nicht mochte, Bertildis hieß sie, sie war mir zu herrisch, bat ich, Gertrud nochmals meinen Dank zu übermitteln. Sie sagte: „Wenn sie Schwester Eugenia eine Freude machen wollen, dann besuchen sie sonntags in unserer Kirche die Messe. Schwester Eugenia spielt die Orgel."

Ich wußte, daß Gertrud nunmehr Eugenia hieß. Ein Name, der mir nicht gefiel. Daß sie Orgel spielen sollte, gab meiner Sicherheit, sie sei es, einen mächtigen Knacks. Ich wußte, daß sie Klampfe spielte. Gut spielte. Orgel? Einbildung! Ein Wunschdenken von mir, sie müßte es sein?

Schwester Bertildis, der mein zweifelndes Gesicht nicht entging, sagte: „Finden Sie das so ungewöhnlich, daß eine Schwester Orgel spielt? Wir haben unter uns Schwestern einen Chor. Den leitet Schwester Eugenia auch."

Ich sagte, daß ich daheim dem Kirchenchor angehörte. Sie sollte mich nicht in allem für einen hoffnungslosen Fall halten.

Am übernächsten Sonntag ging ich zur Kirche. Ich hatte nicht damit gerechnet, so viele Landser hier anzutreffen. Arm- und Beinamputierte, die auf Krücken hereingehumpelt kamen. Anklagende Zeichen eines seit Jahren anhaltenden, von Verbrechern ausgelösten Krieges. Der Sprache nach war es ein niederländischer Geistlicher, der die Messe las. Sollte selbst er dienstverpflichtet sein? In seiner kurzen Predigt sprach er von dem schweren Leid, das über Millionen Menschen gekommen sei. Auch Christus habe bitter gelitten. Der Vergleich erregte in mir Widerspruch. Hatte Christus nicht dieses Leid angenommen? Fürchtete der Geistliche, bei mutigeren Worten eingesperrt zu werden? Hatten die Braunen nicht überall Ohren?

Wenn Gertrud es war, die an der Orgel saß, spielte sie gut. Wo sollte sie das Spiel erlernt haben? Es war ja nicht wie mit der Klampfe, auf der man schon nach einigen Stunden einige Akkorde spielen und einige Lieder begleiten konnte.

Zuletzt improvisierte sie. Keine Anlehnung an Bach und seine der Welt entrückten Musik. Töne in Moll? Fragen, wie sie sie früher auf ihrer Klampfe, wenn sie mit mir allein war, nicht zu verdecken vermochte. Hörte nur ich so ihr Spiel, obwohl die Zweifel in mir blieben, daß das Gertrud war, die an der Orgel saß?

Ich wollte auf sie warten, bis sie die Orgelempore verließ. Wollte mich nach der Orgel erkundigen. Sie schien mir nur wenige Register und ein Manual zu haben. Wollte ihr sagen ... Was wollte ich ihr sagen, daß ich glaubte, in ihrem Spiel Fragen gehört zu haben? Fragen, wie sie früher eine Jugendbekannte nicht immer verbergen konnte. Wollte ich wiederum aufdringlich werden?

Ein Kamerad bewahrte mich davor. Er wußte, daß ich Schach spielte. Er schleppte mich mit. Ich verlor. Meine

Gedanken waren bei den Melodien, wie wir sie früher sangen. Waren es nicht dennoch Fragen?

Der gleiche Kamerad schleppte mich auch am folgenden Sonntag mit. Konnte ich zu ihm sagen: „Ich warte auf die Schwester, die die Orgel spielt?" Das wäre schon am Nachmittag auf der ganzen inneren Abteilung bekannt gewesen. Ich hätte es mit einem Nönnchen. – Die Partie gewann ich. Aus Zorn.

Ob sie es war oder nicht, für mich war sie Gertrud. Die kurzen Worte, die sie beim Pulsmessen mit meinen Kameraden und mir sprach, es war ihre Stimme, die ein wenig singende Stimme.

Am Montag nach dem zweiten Sonntag, als ich in der Kirche war, fragte ich sie, ob sie schon lange Orgel spiele. Sie sagte: „Ich habe immer Musik geliebt." Ich sagte, daß ich in jungen Jahren ein wenig Klavier, Violine und Klampfe gespielt habe, daß mein im Ersten Weltkrieg gefallener Vater ein guter Pianist gewesen sei. Daß mein Stiefvater das Klavier sofort verkauft habe und auch von meinem Violinspiel nicht erbaut gewesen sei.– Es klang überrascht: „Auch Klavier- und Violinspiel?"

Jetzt gab es für mich keinen Zweifel mehr, daß sie es war. Von früher wußte sie nur, daß ich Klampfe spielte. Sie schien es selber zu empfinden, daß sie sich damit preisgegeben hatte. Ihr Gesicht verriet es. Hastig verließ sie uns.

„Was hatte sie nur?" sagte einer der Kameraden, die mit mir auf dem Zimmer lagen. „Was sollte sie haben?" wich ich aus. „Du weißt doch, wie knapp sie Zeit haben."

„Nur bei dir nicht! Das haben wir längst heraus, daß sie für dich immer mehr Zeit hat", erwiderte er.

In der folgenden Nacht trieb die Angst sie zu mir. Ich hatte mich nicht geirrt.

*

Es war kurz vor Mitternacht, als die Sirenen heulten. Sie heulten jetzt oft. Fast jede Nacht flogen englische und amerikanische Bomber ein. Ihr Dröhnen und Heulen war zur Gewohnheit geworden. Kaum einer im Lazarett, der dann nicht an seine Angehörigen daheim dachte, die zu verteidigen er in die Uniform gezwungen worden war. Diese furchtbare Lüge.

Es war eindeutig. Diesmal galt der Angriff unserem Bereich. Lazarette wurden längst nicht mehr geschont. In ihnen befanden sich Landser, von denen die meisten wieder frontreif zusammengeflickt wurden. Also auslöschen. Alles auslöschen, was irgendwie Widerstand leisten konnte. Dutzende der Leuchtschirme machten die Nacht hell.

Das Dröhnen schwoll an. Die Flack böllerte. Luftmienen und Bomben heulten und detonierten. Wie oft hatte ich das jetzt erlebt. Das stumpfte ab. Meine Sorge um Elisabeth und die Kinder war weit größer als um mich. Ich wußte doch, daß selbst die Tiefflieger ihre Freude daran zu haben schienen, alles, was sich bewegte, abzuknallen. Das Morden und Töten wurde doch hoch dekoriert.

Was sich auf der Station bewegen konnte, flüchtete in den Keller. Das war Vorschrift. Die, die sich nicht bewegen konnten, wurden auf Bahren in den Keller getragen, oder in den fensterlosen Fluren abgestellt. Die drei Kameraden, mit denen ich das Zimmer teilte, waren sofort, als es klar war, daß der Angriff uns galt, aus den Betten gekrochen und hinausgeeilt. Ich war liegengeblieben. Hatte keine Angst. Es war eigenartig, vom Tag der Einberufung an war ich ziemlich sicher, daß ich wieder heimkam.

Immer neue Bomber flogen ein. Eine Welle folgte der anderen. Kriege waren immer teuflisch. Techniker waren dann in Hochform. Waffenfabrikanten füllten ihre Säcke.

Während ich an die Opfer dachte und Zweifel an Gott in mir waren, obwohl ich wußte, daß jeder Krieg das Werk von Menschen, der Mächtigen, war, kam Gertrud hereingestürmt. „Sie können unmöglich liegenbleiben!"

In diesem eindringlichen Flüsterton hatte sie auch einige Male in dem Theaterstück zu sprechen.

„Hören Sie, Sie können hier nicht liegenbleiben!"

Ich spürte ihre Angst um mich.

„Direkt gegenüber den Fenstern. Die Splitter! Kommen Sie wenigstens in den Flur." Sie stand dicht vor mir." „Oder ist Ihnen nicht gut? Soll ich eine Bahre?"

„Mir passiert nichts!"

„Wie können Sie das wissen?"

In diesem Augenblick verlosch das Licht. Möglich, daß es in der Zentrale ausgeschaltet wurde, damit nirgendwo auch nur ein Fünkchen Licht nach draußen fiel. Obwohl jeden Abend streng darüber gewacht wurde, daß die Verdunkelungen überall scharf abdichteten.

Gertrud ließ eine Taschenlampe aufblitzen. Die freie Hand streckte sie nach mir aus, um mir behilflich zu sein.

Ich ergriff ihre Hand, richtete mich halbwegs auf und sagte: „Sollen wir nicht wenigstens jetzt Du zueinander sagen, wie es früher war? Es ist doch nicht verboten zu zeigen, daß wir uns nicht fremd sind."

Sie schwieg. Die Taschenlampe war verlöscht. Dunkler konnte es nicht sein. Dennoch glaubte ich, ihr Gesicht zu sehen. Ihre Hand entzog sie mir nicht. Sollte meine Stimme sich so verändert haben? Sollte sie nicht spüren, daß ich ihr gut war?

„Komm", bettelte sie, versuchte mich mit der einen Hand aus dem Bett zu ziehen. „Denk an Elisabeth, an euer Kind!"

„Ich denk nicht nur an die beiden, ich denk auch an unseren Jungen und an den Kleinen meines Bruders, der bei uns lebt, dem kurz nach seiner Geburt die Mutter gestorben ist, ich denke an viele, die dieser Krieg bedroht."

„Bitte!" bat sie.

Mir gelang es, sie auf den Bettrand zu ziehen. Ihre Abwehr war schwach. „Mir passiert hier wirklich nichts!", gab ich mich ganz sicher. „Wir beschützen uns gegenseitig." Dabei war das Dröhnen noch stärker geworden.

„Du frevelst!" hauchte sie.

„Müßtest du nicht die gleiche Zuversicht haben?"

Sie schwieg. Hatte sie eingesehen, daß sie mich nicht aus dem Zimmer brachte? „Du brauchst nicht hier zu bleiben, wenn du anderswo benötigt wirst." Sie ließ ihre Hand in der meinen. – Waren ihre Gedanken bei dem Angriff? Hatte sie Angst um sich? Dachte sie an die Opfer, die dieser Angriff forderte? Betete sie?

Immer weitere Verbände flogen ein. Alles schien zerschmettert, zerstampft, zerschlagen zu werden. Diese Hölle hatte Dante nicht gekannt. Und ich hielt sie, war sicher, daß uns nichts passierte. Nichts in dieser absoluten Dunkelheit, in der ihr Gesicht mehr zu ahnen als zu sehen war, in dem weder Augen, noch Mund Konturen setzten. Gut dreiundzwanzig Jahre war ich und sie etliche Monate über einundzwanzig, als sie uns verließ. Jetzt war sie fünfunddreißig und ich hatte zwei Jahre mehr.

Ihre Hand war fest. Man fühlte, daß ihr die Feldarbeit nicht fremd war. Ich wagte es nicht, sie zu streicheln. War ich in dieser von mir so gehaßten Uniform nicht freier als sie! Mußte nicht dieser Angriff kommen, die Sorge um mich, daß sie sich zu erkennen gab. Nein, ihre Hand verbarg es nicht, daß ihr Spaten, Harke, Gabel vertraut waren. Und das Orgelspiel? Wollte ich nicht wissen, wann, wo sie es gelernt? Was brachte mir ihre Antwort, in diesen Minuten, in der ich sie ganz eng an mich hätte ziehen können, daß sie spürte, vergessen hatten wir sie nicht, weder Elisabeth noch ich.

Ich fragte sie doch nach dem Orgelspiel. Über was hätte ich jetzt mit ihr sprechen können. Und doch wie unbedeutend, in dieser Stunde, in der der Tod um uns hauste und nicht genug unter seinen Hut reißen konnte.

„Eine ältere Schwester hat es mich gelehrt, über viele Jahre. Das Spiel hat mir viel gebracht."

Ich wußte, die Kameraden kamen nicht, so lange dieses Inferno vor den Fenstern tobte.

„Betet ihr auch, daß Gott unsere Feinde vernichtet? Die Amis, den Iwan, die Tommys?"

„Wir beten, daß der Krieg beendet wird, daß das Blutvergießen ein Ende nimmt, daß Frieden wird."

„Betest du auch jetzt?"

„Wir beten immer!"

„Und ihr hofft, Gott? Sind es nicht die Menschen, die diese Hölle ... Menschen, die uns bedrohen!"

„Wir beten, daß er uns vergibt. Daß er uns vergibt, daß wir zuwenig taten, um das zu verhindern."

„Diese Verbrecher wollten den Krieg. Sie wollten ihn! Vielleicht konnte selbst Gott ihn nicht verhindern. Ja, sonst hätte er es gemußt. Gemußt! Er liebt uns doch! Oder liebt er uns nicht? Die Kinder, die kaum lachen lernten! Wie viele sind es, die dieser Krieg und alle früheren forderten? Wie viele werden es noch sein?" Ich hatte lauter gesprochen, als ich wollte. Aber was bedeutete meine Stimme in diesem Toben?

Mit unheimlichem Heulen schien eine Luftmine direkt an den Fenstern vorbeizuzischen. Ich riß Gertrud an mich. Eng aneinandergeklammert lagen wir nebeneinander. So hatten wir noch nie beeinandergelegen. Ihr Atem war dicht vor meinem Mund. Wollte sie mich, wollte ich sie schützen? Sie deckte mich zu den Fenstern hin ab. Splitter hätten sie zuerst getroffen. War sie nicht vor 18 Jahren in dem Stück auch mein guter Geist gewesen? Es vergingen Sekunden, Minuten, bevor sie sagte: „Es ist unverantwortlich. Früher warst du anders!"

War es nicht wirklich unverantwortlich von mir? Wo nahm ich den Glauben her, mir passiere nichts? Wer konnte das in dieser Zeit sagen, in der es kaum irgendwo Sicherheit gab?

Sie löste sich nicht von mir. Ich sagte: „Alles Banditen! Oder rühmen die Amis, die Tommys sich nicht ihres Christentums! Vielleicht haben sie vor jedem Abwurf fromme Sprüche. Gott, laß es die Richtigen treffen! Oder vielleicht denken sie an einen kleinen Dackel, den sie daheim haben, den sie bald wieder einmal an sich nehmen möchten, um zu sagen: Herrchen ist wieder zu Hause. Herrchen hat mit dafür gesorgt, daß die verdammten Hunnen ausradiert werden."

Gertrud hielt mir den Mund zu. Ich wußte, das Wort vom Ausradieren war von unserer Seite gekommen. Der so glorreiche Führer hatte es zuerst ausgesprochen. Er hätte es bestimmt getan, wenn er es vermocht hätte. Wie war es möglich, daß dieser Mensch noch lebte, daß er überhaupt lebte? Das konnte doch nicht von Gott kommen! Früher hieß es Prüfung oder Werkzeug Gottes. Was wurde Gott nicht alles angelastet? Ihm, der durch Jesus Christus das Gebot der Liebe verkünden ließ! Ein Gebot, das in fast allen Ländern verkündet wurde.

„Was hätten deine Mitschwestern gedacht, gesagt, wenn sie uns beide so gefunden hätten, beide von Splittern durchbohrt, zerfetzt?"

„Sie kennen mich. Sie hätten gewußt, daß ich dich schützen wollte, und Gott gebeten, daß er dir deine Leichtfertigkeit vergeben möge."

„Daß er mir meine Leichtfertigkeit vergeben möge. Hast du Gott je gespürt? Ganz nahe, daß du fühltest: Er hält mich in seiner Hand! Hast du das?

„Vielleicht hielt er uns soeben beide in seiner Hand!"

„Und gespürt? Je gespürt?"

„Oft, wenn ich mich spät abends in die Kirche begebe, wenn ich an der Orgel sitze, improvisiere, dann denke ich, er läßt die Melodien unter meinen Händen werden."

Sollte so auch Bach empfunden haben?

Sie versuchte sich aufzurichten. Ich hielt sie an mich.

„Denkst du auch noch manchmal an früher?"

„Ja, daß wir noch sehr jung waren!"

„Daß wir noch sehr jung waren. Sonst nichts? Dann weißt du nicht, daß viele, die mit uns jung waren, für die wie für uns der stete Frieden das höchste Ziel war, eingesperrt wurden, manche von ihnen es noch sind."

Das Toben hielt an. Wieviel Unheil mochte allein die eine Luftmine verursacht, wie vielen den Tod oder lebenslange Verletzungen gebracht haben? Diese eine Mine, die uns so eng zusammenführte?

Erst jetzt beantwortete sie meine Frage. Sie sagte: „Ich weiß. Mein Vater schreibt mir manchmal."

Der Angriff verebbte. Waren alle Luftminen, Bomben und Brandbomben ausgeklinkt, die gesamte todbringende Last auf die Bevölkerung geschleudert? Wie viele Tausende mochten sie dahingerafft haben? Wie viele Auszeichnungen, hohe Belobigungen würde es dafür geben? Nimmermehr konnte Gott das wollen! Wenn er Tränen hat wie wir, müßten sie ihm nie mehr versiegen.

Meine Hände hielten sie nur noch ganz locker. Sie löste und erhob sich. Mit ihrer Taschenlampe prüfte sie mein Gesicht. Erwartete sie eine Veränderung? Sie fragte: „Wie geht es Elisabeth, eurem Mädchen? Wie alt ist euer Junge und der Kleine deines Bruders?"

„Hättest du dich nicht so versteckt, Elisabeth hat mich mit den Kindern schon mehrmals besucht. Bestimmt wäre sie mit den Kindern auch zu dir gekommen."

„Sie weiß, daß ich hier bin?"

„Warum sollte ich es ihr verschweigen? Wärst du auch bei einem meiner Kameraden, wenn er liegen geblieben wäre?"

„Das bezweifelst du?"

„Ist das angeordnet? Die Oberin, weil sie so denkt?"

„Die Oberin! Wir haben so zu denken!"

„Also die Oberin!"

„Wir haben gelobt, für alle da zu sein. Für alle! Hat Christus das nicht gelehrt? Hat er einen ausgeschlossen? Wir sind nach den Anordnungen des Lazaretts sogar verpflichtet, jeden, der dann nicht folgt, zu melden."

„Zu melden?"

„Ja, wegen Gefährdung seiner Wehrfähigkeit. Wenn wir das nicht tun, bringen wir uns selber in Gefahr, abgeführt zu werden."

„Und?"

„Wir melden keinen!"

Bei der absoluten Dunkelheit wußte ich sie jetzt mitten im Zimmer. Sie sagte: „Sei nicht mehr so sicher! Hörst du! Nie mehr!"

Ich sagte: „Vielleicht irre ich mich. Vielleicht sind wir alle zum Tode verurteilt und wissen nur nicht, wann das Urteil vollstreckt wird. – Kommen dir nie Zweifel?"

„Zweifel! Unsere Kirche ist Tag und Nacht geöffnet. Tag und Nacht brennt dort ein Licht. Wenn es auch wenig ist, aber ein Licht."

„Ein Licht, das nichts bringt."

„Hell genug, daß jeder darauf zugehen kann!"

War ihr mehr zugefallen als uns? Hatten die Mauern sie nicht eingeengt?

„Deine Kameraden brauchen nicht unbedingt zu wissen, daß wir uns kennen."

Es war kaum zu hören, daß sie die Türe öffnete. Ich war wieder mit meinen Gedanken allein. Allein mit der Sorge um Elisabeth und die Kinder. Wußte ich, wie weit der Angriff sich ausgedehnt? Gab es einen einzigen im Lazarett, der das genau wußte? Unmittelbar nach der Entwarnung kam Karl herein, einer der Zimmergefährten. Wir wußten, daß es für ihn keine Heilung gab. Er selber schien es zu ahnen. Er konnte es kaum abwarten, daß er nach Hause entlassen wurde. Er sagte: „War das abgesprochen? Du wußtest doch, daß sie kam."

„Abgesprochen? Wußte, daß sie kam?"

„Stell dich doch nicht so scheinheilig. Ich war im Flur. In der Nähe der Türe. Ich weiß genau, wann sie kam, wann sie gegangen ist."

„Du bist verrückt!"

„Uns täuschst du nicht mehr. Das haben wir längst heraus, daß zwischen euch beiden was ist."

„Wenn du liegen geblieben wärst, hätte sie sich genauso bemüht, dich herauszubringen."

„Mich herauszubringen? Nie!"

„Ist sie zu dir, zu Willi, zu Klaus weniger freundlich?"

„Wir haben doch Augen!"

„Hau dich besser hin. Du weißt, wie nötig du es hast!"

„Bestellt sich ein Nönnchen! Hast wohl ein Sonderabkommen mit dem da oben!"

Ich schwieg. Ich wußte, wie kritisch für ihn jede Aufregung war.

„Wie ist es mit dem da oben?" kam seine Stimme wieder aus der Dunkelheit. Diese klare, klangschöne Stimme, die ihm jeder Schauspieler neiden konnte. Ich sagte: „Versuch besser zu schlafen!"

„Schlafen! Schlafen! Ich kann nicht schlafen! – Fragen, Fragen! Ich wünschte, ich hätte mit dem da oben auch ein Sonderabkommen."

Ich durfte mich jetzt in kein Gespräch mit ihm einlassen, sonst schliefen wir beide nicht.

„Hast du nie Gesichter! Nie Gesichter? Nie? – Du hast ja auch nicht mit Platzpatronen ...! Warum sagst du nichts!" ereiferte er sich.

Konnte ich ihm sagen, daß es diese Gesichter für mich nicht gab, geben konnte. Daß ein Gefreiter, Unteroffizier, Feldwebel und ein Hauptmann mich davor bewahrt hatten. Daß diese Sadisten mich in einer zehnmonatigen Ausbildung kaputt gemacht hatten. So kaputt, daß keiner mich frontreif schrieb. Ich wußte, sonst hätten mich diese Gesichter, die er sah, mein ganzes Leben verfolgt. Seine Stimme kam nicht zur Ruhe.

„Es muß doch einen geben, einen, der mir sagen kann, was auf uns zukommt. Du mußt das doch wissen, du glaubst doch an den da oben. Gibt es den wirklich? Gibt es den? Dann sieht es für uns alle dreckig aus. – Wir armen Schweine!"

Ich hörte ihn schluchzen. Es war nicht das erste Mal. – Wäre ich doch nicht liegen geblieben. Wäre ich doch zu ihm gegangen. Ich hoffte, Willi und Klaus müßten endlich nach oben kommen. Anscheinend waren sie im Keller geblieben, wo es reichlich Strohlager gab. Irgendein Wort müßte mir doch eingefallen sein. Irgendein Wort, das ihm klargemacht hätte, daß es andere waren, die die dreckigen Pfoten hatten. Aus seinem Schluchzen hörte ich: „Denkst du, ich wüßte nicht, daß ich bald stinke wie ein stinkendes Faß!" Warum sagte ich ihm nicht: ‚Quäl dich nicht, du bist ohne Schuld!' In dieser Nacht, in der Gertrud glaubte, mich schützen zu müssen, habe ich mich an ihm schuldig gemacht.

Ein Schrei von Schwester Bertildis riß mich am nächsten Morgen aus dem Schlaf. Karl war tot. Dr. Achern stellte Herzversagen fest. Zwei Jahre jünger als ich. Wie ich schrieb er jeden Tag seiner Frau und seinen Kindern einige Worte. Er wußte, daß er nicht mehr lange zu leben hatte. Sein Wunsch war, zu Hause zu sterben. Ein Grab auf dem heimatlichen Friedhof zu bekommen. In Rußland muß er bedrückende Erlebnisse gehabt haben. Wir, seine drei Zimmerkameraden, wußten es aus seinen Andeutungen. Sein Tod hat mich getroffen. In den nächsten Tagen waren meine Gedanken mehr bei ihm als bei Gertrud. Dabei war er nur einer der Millionen sinnlos Geopferten. Einer, dem nicht alles schmeckte, was ihm weichgekocht vorgesetzt wurde, der nicht immer mit den Antworten zufrieden war, die als absolut wahr galten. Ich bin nicht einmal aufgestanden, bin nicht zu ihm gegangen, als er in Not war. Habe ihn in seinem Sterben allein gelassen. Das lastete schwer.

Gertrud habe ich nicht mehr gesehen, obwohl sie bei uns Dienst haben mußte. Hatte sie die Oberin um Ablösung gebeten? Krank war sie nicht. Ich hörte sie sonntags an der Orgel. Hörte ich aus ihrem Spiel wiederum Fragen, die weder sie noch ich zu beantworten wußten? Bildete ich es mir ein, aus ihrem Improvisieren, am Ende der Messe, die Melodie herauszuhören: „Ich hab' die Nacht geträumet wohl einen schweren Traum?" Nur Melodien in Moll. Trug sie so schwer an unserer nächtlichen Begegnung? Oder quälte auch sie sich deshalb, weil Karl, den sie auch über viele Wochen betreute, kurz nach dieser unserer Begegnung abberufen wurde? Ich wartete nicht, bis sie die Orgelempore verließ. Ich wollte mir nicht den Vorwurf machen, ihr Zurückziehen gestört, nicht geachtet zu haben. Erst recht lehnte ich eine weitere Partie Schach ab. Ich erinnerte an die Toten. Das war wirklich der Grund.

Es war das letzte Mal, daß ich Gertrud an der Orgel hörte. Einige Tage später wurde ich in das Lazarett von Bielefeld-Bethel verlegt.

Hatte ich keine weiteren Fragen an Gertrud? Genügte mir, daß ich wußte, daß ihr das Orgelspiel vieles gab, was sie sonst nicht erreicht hätte, daß ich wußte, sie hatte sich nicht eingesperrt, sie blieb durch die Pflege der Kranken, Behinderten mit der Welt verbunden?

Welches Wagnis sie nach unserem nächtlichen Beisammensein einging, ein Wagnis, das ihr viele quälende, schmerzvolle, aber auch befriedigende, glückliche Stunden brachte, nicht aus Buße, erfuhr ich erst im hohen Alter. War das ihre Berufung?

In Bethel wurde ich nach vier Tagen, nach Untersuchungen, die nicht gründlicher sein konnten, wegen Wehruntauglichkeit entlassen. Niemals hätte ich das für möglich gehalten. Jetzt wußte ich, wie es um mich stand. Mich bedrückte das nicht. Ich kam heim. Heim zu denen, die ich liebte, mit denen ich gemeinsam den Krieg überleben wollte. Das noch vor Weihnachten.

Ich schrieb Schwester Bertildis. Dankte für die in Mühlhausen erhaltene Pflege. Bat, den Dank auch den Ärzten und Schwester Eugenia zu übermitteln. Unmöglich hätte ich das Gertrud schreiben können. Ob mein Brief ankam, mein Wunsch erfüllt wurde?

*

Es war am 15. Juni 1979. Während der geistlichen Woche, aus Anlaß der Heiligtumsfahrt, hatte ich im Mönchengladbacher Münster zu lesen. Von frühester Kindheit an weiß ich mich mit dem Münster besonders verbunden. Drei, vier Jahre war ich, als mein Vater mich das erst Mal im Münster einführte. Ich bin überzeugt, es war für ihn eine besondere Stunde. Er war ein tiefgläubiger, dennoch stets suchender Mensch. Er wird stolz und glücklich gewesen sein, mit welcher Hingabe ich zuhörte, als er mir vieles, was im Münster zu sehen war, deutete. Wie ich gläubig zu ihm aufblickte, als wir in der Krypta waren und er mir die Geschichte der hier würfelnden Soldaten erzählte, wie die Legende sie festhielt.

Nach der Lesung hatte ich viele Bücher zu signieren. Eine ältere Frau sprach mich an. Grauhaarig wie ich. Ihr Name, auch ihr Vorname sagten mir nichts. Ihr verhärmtes Gesicht war mir fremd. Sie nannte den Namen Gertruds, und daß sie 1925 in einem Stück von mir mitgespielt habe. Da wußte ich, wer sie war. Ihre warme Stimme und gesetzte Figur hatten mich bewogen, ihr die Rolle der Mutter zu übergeben. Mit Schminke wurden die Gesichtszüge vorgetäuscht, die sie jetzt hatte. Sie fand noch gerade Gelegenheit zu sagen, daß sie Kriegerwitwe sei und Gertrud vor vielen Jahren das Kloster verlassen hätte. Dann wurde sie von anderen abgedrängt. So sehr ich sie nachher im und rund um das Münster suchte, sie war nicht mehr da. Ich machte mir Vorwürfe, daß ich sie nicht gebeten hatte zu warten, dann hätte ich reichlich Zeit für sie. Schon in ihrer Jugend hatte sie sich leicht zurückdrängen lassen. Dabei konnte sie unmöglich über die Köpfe der anderen blicken. Sie gehörte zu den Menschen, die glauben, sich ducken zu müssen, obwohl sie oft mehr vorzuweisen haben, als die, die nie weit genug nach vorne können.

Warum hatte ich sie nicht bei der Hand genommen und gesagt, hier ist eine Bekannte aus der Jugend von mir. Sie war mir schon früh behilflich, meine Arbeit bekannt zu machen.

Bestimmt hatte sie das erwartet. Die Freude über die gut aufgenommene Lesung war belastet.

Bereits am nächsten Tag rief ich Christel und Jan an, die auch in dem Stück mitgemacht hatten. Sie glaubten, mir helfen zu können. Die Telefonnummer, die sie mir nannten, stimmte nicht. Auch weitere Versuche, sie zu erreichen, brachten nichts. Nach einigen Tagen gab ich es auf.

Am 16. März 1985 hatte ich wieder einmal im Mönchengladbacher Münster zu lesen. Als ich die Einladung dazu erhielt, bemühte ich mich noch eingehender, die Adresse von Cäcilie, der Darstellerin der Mutter, zu erfahren. Jetzt hatte ich Erfolg und erfuhr auch die Anschrift von Gertrud. Sie ist Witwe und lebt bei einer ihrer Töchter im Saarland.

*

Genügte es Elisabeth und mir nicht, was wir nunmehr von Cäcilie über sie wußten? Sie hat vor vielen Jahren einen Witwer mit drei Kindern geheiratet und selber noch zwei Kinder dazu bekommen. Ihr Mann ist vor Jahren gestorben.

Elisabeth wußte, wie sehr mir daran lag, Gertrud nach diesen mehr als 40 Jahren wiederzusehen. Von ihr selber zu hören, wie ihr Leben verlief, warum sie das Kloster verließ. Sie bestand darauf, ihr zu schreiben.

Dieser Brief wurde von ihrer Tochter empfangen, als Gertrud bei ihrer Schwester in Mönchengladbach zu Besuch war. Eine einstündige Busfahrt bis zu uns hätte ein schnelles Wiedersehen bewirkt, wenn ihre Tochter ihr den Brief nachgeschickt hätte. Wie sehr wurde das Unterlassen von Gertrud in dem Brief bedauert, den wir erst nach Wochen von ihr erhielten, als wir schon keine Antwort mehr erwarteten. Schon seit vielen Jahren hat sie uns nicht mehr in Brüggen vermutet. Sie war überzeugt, eine ländliche Gemeinde hätte uns nicht halten können.

Dem ersten Brief folgten weitere. Dann packte sie die Koffer und nahm die sechsstündige Bahn- und anschließende Busfahrt auf sich. Ein uns vorher zugeschicktes Foto zeigt, wie sie jetzt aussieht. Ihre Augen sind von einer Brille verdeckt, das Hörgerät nicht verborgen. Ihr weiß gewordenes Haar läßt nicht ahnen, wie blond und dicht es einmal war. Dennoch auch jetzt noch ein liebes Gesicht. Ein Gesicht, das von vielen feinen Fältchen durchzogen ist, die von schweren Jahren künden, die sie freiwillig auf sich nahm.

Ich holte sie an der Haltestelle des Busses ab. Noch bevor der Bus hielt, winkte sie mir zu. Auch ich hatte ihr Fotos von Elisabeth und mir zugeschickt.

Wir reichten uns die Hand, als hätten wir uns nur einige Tage nicht gesehen. Als läge nicht die Fülle von mehr als 40 Jahren zwischen unserem letzten und jetzigen Begegnen. Ihr Koffer war schwer. Er sprach dafür, daß sie uns nicht schon morgen, übermorgen verlassen würde. Die Tage mußten ausgedehnt werden. Kaum, daß die Haustüre hinter uns geschlossen, umarmte sie mich und sagte nur: „Du, Leo!" Ich spürte, was alles in diesen Worten lag. Elisabeth begrüßte sie genauso herzlich. Sie sagte: „Wenn es uns gelingt, wollen wir zueinander sein, als wären wir erst kürzlich auseinandergegangen. Wie es mir in all den Jahren ergangen ist, könnt ihr lesen, wenn ich wieder fort bin. Ich habe es aufgeschrieben. Zumindest von dem Tag an, als du in Mühlhausen ins Lazarett eingewiesen wurdest, und ich nicht zugeben wollte, daß ich dich kannte." Sie wandte sich Elisabeth zu und sagte: „Ich nehme an, Leo hat dir das erzählt." Dann umarmte sie uns wieder. Sie verbarg ihre Freude nicht, bei uns zu sein.

Es war kurz vor 16.00 Uhr. Elisabeth hatte einen guten Kuchen gebacken. Der Kaffee duftete. Der Tisch war gedeckt. Wir brauchten uns nur zu setzen. Sie wollte zuerst unser Grundstück sehen. Diese mehr als dreitausend Quadratmeter. Ich hätte in meinen Briefen so davon geschwärmt. Elisabeth blieb drinnen. Dachte sie, diese Viertelstunde würde Gertrud lieber mit mir allein sein?

Wir nahmen uns mehr als eine Viertelstunde. Sie wollte wissen, seit wann wir so reich waren, unseren eigenen Wald zu haben. Ich warnte sie, nicht zu übertreiben. Im Vergleich zu einem Wald sei es nur ein winziger Fleck. Dennoch verbarg ich nicht den Stolz, daß uns hier keiner vertreiben kann, daß wir unser eigenes Wäldchen mit den verschiedensten Bäumen und einen beachtlichen Flecken blühenden Wildwuchses haben, den ich so liebe. Daß es dazu auch Apfel-, Birnbäume und Sträucher gibt, die uns für viele Monate mit Obst versorgen. Daß vor unserem Hause Rosen, Sträucher und andere Blumen blühen, hatte sie bereits gesehen, bevor ich die Haustüre öffnete.

Elisabeth und ich hielten uns daran, sie nicht nach den mehr als 40 Jahren zu befragen. Die Briefe, die ich ihr in den letzten Monaten schrieb, waren so ausführlich, daß sie daraus vieles aus unserem Leben wußte. Daß unsere Kinder schon ziemlich erwachsene Kinder haben, unsere Tochter im nahen Kaldenkirchen mit ihrem Mann im eigenen Haus lebt, unser Sohn in Mönchengladbach/Hehn an der dortigen Pfarrkirche Organist ist und auch eigenen Boden betritt, noch bevor er seine Haustüre öffnet.

Aus ihren Briefen wußten wir, wann sie geheiratet, daß ihr Mann Jurist war und von seiner verstorbenen ersten Frau drei Kinder mit in die Ehe brachte, daß sie selber zwei gebar und wann ihr Mann gestorben ist.

Als wir dennoch in den acht Tagen, die sie bei uns blieb, mehr aus ihrer Ehe wissen wollten, sagte sie: „Ich habe so viel aus diesen Jahren aufgeschrieben, euch bleibt nichts verborgen." Indem sie mich direkt ansprach, sagte sie: „Vielleicht kannst du es für ein Buch verwerten."

Es wurden voll ausgefüllte Tage, von denen keiner vor Mitternacht endete. Am ersten Tag ging es schon auf den nächsten Morgen zu, bevor wir uns legten. Sie hat hart, sehr hart herangemußt. Viele wären daran zerbrochen.

An den nächsten Tagen bestand sie darauf, morgens Elisabeth wenigstens eine oder zwei Stunden bei der Hausarbeit zu helfen, bevor sie mit mir durch den Ort oder die Felder streifte.

Im Ort fand sie sich nicht mehr zurecht. Sie erinnerte sich nur an Burg und Kirche. Selbst wo sich das Haus der Hebamme befand, wußte sie nicht mehr genau zu sagen. Sie wußte, daß sie jede Woche in der Schwalm die Wäsche hatte waschen und auf der angrenzenden Wiese zum Bleichen ausbreiten mußte und daß der Tag genau mit den Nachbarn abgestimmt war.

Die Wälder hat sie in dieser Zeit nicht kennengelernt. Dafür hätte die Zeit nie gereicht. Einmal sei sie an der Schwalm entlang bis auf die Höhe von Schloß Dilborn gekommen. Da das Wetter mit uns war, sich nur helle Wolken zeigten, die wie für unsere Landschaft geschaffen sind und von Minute zu Minute ihre Formen ändern, ging es ihr auf, daß wir diese Landschaft nicht aufgeben wollten, daß wir sie lieben.

Es war kurz nach Pfingsten. An vielen Wegrändern blühte noch das Goldgelb des Ginsters. Und da die Wege durch unsere Wälder kaum gerade, meist in Windungen verlaufen, boten sich ihr immer neue Bilder. Bilder, in denen selbst ich immer neue Farbtöne entdecke. Während sie an den ersten Tagen die Waldungen um Schloß Dilborn mit ihren vielfältigen Baumarten kennenlernte, Buchen von solcher Höhe, als wollten sie die Wolken tragen, Mischwald, wie er anderswo kaum vielfältiger sein kann, in dem auch die Birken von den Forstarbeitern nicht mehr ausgerottet werden und die Ebereschen, mit ihren stark duftenden Blüten im Frühling und den korallenfarbenen Beeren im Herbst, sich keineswegs mit den Waldrändern begnügen. Da sich auch die Vögel nicht zu sehr zurückhielten, hörten wir nicht nur den Zilpzalp mit seinen zwei Tönen und die Singdrossel, die immer neu variierte, selbst einige der Waldlaubsänger ließen sich hören. Gertrud spürte, wie froh ich bin, in der Nähe dieser Wälder zu wohnen, daß es hier kaum noch einen Flecken gibt, den ich nicht aufgespürt habe.

An den beiden folgenden Tagen durchwanderten wir nach dem Mittagessen den nördlich der Schwalm liegenden Gemeindewald, der vor Jahrzehnten überwiegend mit Nadelhölzern angepflanzt wurde. Da sie noch gut laufen konnte und die passenden Schuhe trug, überquerten wir an einem Tag die weit höher gelegenen Brücken über den Kanal und die Schwalm. Der Kanal, konnte ich ihr sagen, wurde vor vielen Jahrzehnten angelegt, um die in der Nähe der niederländischen Grenze liegenden Fischweiher reichlich mit Wasser zu versorgen. Auch an der Schwalm entlang, die es nicht eiliger hat als wir mit unserem Schritt, gingen wir Hand in Hand. Erst auf diesem Weg sagte sie, warum sie vor 55 Jahren, nach der Geburt unserer Tochter, uns nicht mehr besuchte, als sie bei der Hebamme wohnte, obwohl der Weg zu uns nur einige hundert Meter weit war. Warum sie Brüggen verließ, ohne sich von uns zu verabschieden. Sie habe sich endgültig und für immer von uns trennen wollen. Je früher um so besser sei es für sie gewesen. Ein Leben mit uns zusammen sei unmöglich gewesen. Dann seien in ihr Wünsche geblieben, von denen sie gewußt, daß sie sich nie erfüllten. Auch für Elisabeth und mich sei ihr Verhalten besser gewesen. Bei den Vinzentinerinnen habe sie gute Aufnahme gefunden. Das Erlernen der Krankenpflege, die Betreuung der behinderten und geistig zurückgebliebenen Kinder sei eine Aufgabe gewesen, die sie zuletzt voll ausgefüllt habe. Dazu hätten die Vinzentinerinnen auch kein Ewiges Gelübde gekannt, sondern ein Gelöbnis, das von Jahr zu Jahr erneuert wurde. Sie sagte das so nüchtern, als spräche sie von einer anderen.

Bereits in den ersten Tagen war es Elisabeth und mir nicht entgangen, daß sie sachlich und ohne Gefühlsregungen denkt. Selbst aus unserer Jugend war in meinem Gedächtnis mehr haften geblieben als bei ihr. Wohl ihr Lachen blieb ungezwungen und herzlich. Ein bekümmertes Gesicht zeigte sie uns in diesen Tagen nicht.

Bis zum Naturschutzgebiet mit dem reichhaltigen Wacholderbestand, wo ich oft mit Elisabeth war, als sie noch gehen konnte, kamen wir nicht. Gerne hätte ich ihr diesen einzigartigen Flecken gezeigt, wie es ihn sonst am Niederrhein nicht mehr gibt. Diese dunklen hochstrebenden Sträucher, mit den so wertvollen Beeren. Dazu den in der Nähe noch reichlich wachsenden wohlduftenden Gagel, der früher, als noch jeder Ort seine Bierbrauerei hatte, zum Bierbrauen verwendet wurde.

Hinter dem sich weit ausdehnenden Venekotensee, der sein Dasein dem Auskiesen riesiger Mengen Sand und Kies verdankt, mahnte sie zum Zurückgehen. Sie befürchtete, Elisabeth könnte sich sonst sorgen. Auf dem Rückweg ruhten wir uns in der offenen stabilen Waldbude auf einer der Bänke eine gute Viertelstunde aus. Sie sagte: „Die bisherigen Tage bei euch waren wunderschön. Schade, daß wir nicht mehr jünger sind."

Erst kurz vor dem Ortsteil Oebel begegneten uns wieder Menschen. In diesen Stunden hatte uns der Wald mit seinen breiteren und schmalen Wegen allein gehört. Allein mit seiner Stille, die wir mit keinem lauten Geschwätz beschwerten. Mit seiner Stille, die uns über weite Strecken still werden ließ, spürend, einen neben sich zu haben, an den man sich anschmiegen konnte.

An diesem vorletzten Abend ihres ersten Besuchs kamen unsere Kinder mit ihren Angetrauten. Es wurde ein sehr langer Abend. Dagegen war das Erzählen an den Abenden vorher matt gewesen. Erst jetzt bekamen wir es so recht mit, wo Gertrud mit einem ihrer Kinder in den letzten Jahren überall gewesen ist. Daß sie diese Landschaften nicht nur gesehen hat. Da wußte ich, welche Eindrücke sie von unserer Landschaft mit heimwärts nimmt.

Es war schon sehr spät, als Bruno, unser Sohn, sich ans Klavier setzte und die Pathétique von Beethoven spielte, wie er sie empfand und deutete. Nur diese Musik war im Raum. Als er danach noch kurz improvisierte, erinnerte ich mich der Stunde, als ich vor vielen Jahren, während meiner Lazarettzeit in Mühlhausen, Gertrud an der Orgel improvisieren hörte und nicht mehr sicher war, ob sie es war.

Als die Kinder sich verabschiedeten, ging ich mit ihnen nach draußen, während Elisabeth und Gertrud vor der offenen Türe blieben. Bruno und Dorothea, seine Frau, stiegen zuerst in ihren Wagen. Bevor Heinz und Elisabeth, unsere Tochter, in den ihren stiegen, flüsterte Elisabeth mir zu: „Eine bewundernswerte Frau!" Ich wußte, wie das aus ihrem Mund zu bewerten war. Genauso wußte ich, was es hieß, als Gertrud anschließend zu uns sagte: „Ihr habt ganz prächtige Kinder und Schwiegerkinder!" Vor der Verabschiedung hatte sie mit beiden vereinbart, bei ihrem nächsten Besuch auch zu ihnen zu kommen.

Am letzten Tag ihres ersten Besuchs zeigte ich ihr die verschiedenen Neubaugebiete unserer Gemeinde, mit den so schmucken, unterschiedlichen Häusern, wo jeder nach seinen eigenen Vorstellungen hat bauen lassen. Wo die Vorgärten miteinander zu wetteifern scheinen, als gelte es, Preise oder Bewertungen zu erreichen.

Als wir uns auf dem Heimweg befanden, umarmte sie mich auf einer kurzen freien Strecke. Sie sagte: „Ich habe kaum eine schönere Gemeinde kennengelernt als euer Brüggen." Da wußte ich, daß sie doch nicht so kühl geworden ist, wie es einige Male schien.

Wie schnell sind Tage, auf die man sich besonders freute, vorbei. So war es auch mit diesen acht Tagen. Als Gertrud Elisabeth im Flur die Hand zum Abschied reichte und sie umarmte, erinnerte sie sich, daß wir an diesen Tagen nicht einmal ein Lied zu dritt gesungen hatten. Auf unseren Spazierwegen durch den Wald hatten Gertrud und ich das nicht versäumt. Wenn auch das Luftholen dabei manchmal den Rhythmus störte. Das Singen zu dritt wollen wir bei ihrem nächsten Besuch, zu Elisabeths Geburtstag, im nächsten Januar nachholen. Bis dahin haben wir reichlich Zeit, aus ihren Aufzeichnungen ihr Leben der letzten vierzig Jahre kennenzulernen.

Auf dem Weg zur Bushaltestelle war in mir die Melodie des Liedes „Denn wir müssen wandern!" Wie oft haben wir es in jungen Jahren gesungen. Damals, als das Abschiednehmen uns noch fremd war. Als noch keiner erfahren hatte, wie bitter es ist, nach vierzehn Tagen Urlaub von den feldgrauen Klamotten, wieder die Stiefel anziehen zu müssen, ohne sicher zu sein, daß man nicht eines Tages irgendwo eingescharrt wurde.

Vor dem Bus blieb Gertrud bis zum letzten Augenblick bei mir. Es reichte noch zu einem flüchtigen Händereichen und ihren Koffer in den Bus zu schieben. Nach Sekunden war von ihr nichts mehr zu sehen. Aber ich wußte, ihr Bild, wie sie jetzt aussieht, ist nicht auszuwischen.

Wie ich vermutete: Ihre Aufzeichnungen beginnen mit dem Tag, an dem ich in Mühlhausen ins Lazarett eingeliefert wurde. Schon nach den ersten Zeilen wußte ich, wie knapp ihre damalige Zeit war, die ja nicht nur uns, den Landsern galt. Sie schrieb:

Ich hatte heute, am letzten Tag im August 1943, beim Unterarzt Mertens Schreibdienst. Auch wenn er seinen Namen geändert hätte, ich wußte sofort, wer einer der Neuzugewiesenen war, obwohl wir uns 13 Jahre nicht mehr sahen, und er schrecklich mager geworden ist. Hoffentlich hat er mich nicht erkannt.

Er war gut 19 und ich nicht ganz zwei Jahre jünger, als wir uns kennenlernten. Schon bald wußte ich, daß nicht ich, daß eine andere seine Frau wurde. Das war bitter. Dennoch war ich nie völlig ohne Hoffnung. Er war gut und herzlich zu mir. Nach vier Jahren wußte ich, der Weg hierhin schien für mich vorgezeichnet. Seit Jahren kann ich hier helfen. Helfen, daß andere nicht ohne Hoffnung sind. Von diesem Weg möchte ich nicht zurückgerufen werden. Hier habe ich das Spiel an der Orgel, wenn bohrende Fragen mich anfallen. Ich muß ihm fremd bleiben. Meine Hände gehören all denen, die sie benötigen. – Wenn auch er zu diesen gehört?

Er hat mich erkannt, und er verbirgt es nicht. Tiefe Unruhe hat mich erfaßt. Ich komme nicht mit mir zurecht. Ich weiß nicht, wem ich mich anvertrauen soll. Er wurde bei den schweren Fällen eingeordnet. Wie seine Kameraden habe ich auch ihn manche Wochen zu betreuen. Wie weiche ich seinen Fragen aus, ohne die Unwahrheit zu sagen? Kann ich zu ihm sagen: „Sie irren, ich bin es nicht, die sie in mir vermuten? Ich habe sie vor dieser Zeit nie gesehen?" Dann würde die Unruhe in mir zur Folter. Zu einer solchen Folter, die mich so lange peinigte und marterte, bis ich ihm sagte: „Ich bin es doch, ich habe die Unwahrheit gesagt."

Bis jetzt ist es mir noch immer gelungen, seinen Fragen auszuweichen, sie zu beantworten, ohne meine Augen verbergen zu müssen. Wenn es mir nicht mehr gelingt?

Warum gebe ich nicht zu, daß er recht hat, daß ich es bin, die in jungen Jahren oft an seiner Seite war, die er oft in seinen Armen hielt, nicht nur, wenn ich danach verlangte.

Was hält mich davon ab? Was befürchte ich? Warum kann es nicht ein Wiedersehen geben? Warum halte ich mich selbst gefesselt? Wer erwartet das von mir? Heute hätte ich diese Fessel durchbrechen können. Ich war bei der Arbeit, auf dem Feld, das zu unserem Hause gehört. Er kam zu mir, obwohl es verboten ist, den Park zu verlassen. Seine Fragen waren direkt. Es fiel mir schwer, ihnen auszuweichen. Wir waren allein. Sonst niemand in der Nähe. Warum sagte ich selbst jetzt nicht: „Ja, ich bin es!" Warum sagte ich nicht: „Vielleicht ist es Fügung, daß du unserem Hause zugewiesen bist", wie ich es empfinde. Warum erkundigte ich mich nicht nach seiner Tochter, die ich zur Taufe trug?

Nach Elisabeth, seiner Frau, warum nicht?

Muß er nicht annehmen, das Leben in der Gemeinschaft mit meinen Mitschwestern hätte mich so eingeengt, daß ich es selbst vor mir nicht mehr zugeben darf, daß ich einmal jung war?

Selbst das spätabendliche Spiel an der Orgel brachte mir keine Ruhe. Es wurden aneinandergereihte Töne. Kaum mehr als billige Glasperlen, wie ich sie als Kind auf eine Schnur reihte. Mochten sie noch so bunt und schillernd sein, es blieb Glas, einfaches Glas. Oberfläche ohne Tiefe. Und ich glaubte, mich in das Spiel so vertiefen zu können, daß ich ruhig werden müßte. Das war vor einer guten Stunde. Jetzt sitze ich bei einer Kerze, wie ich weiß, daß auch er immer bei einer Kerze schrieb.

Wünsche ich, daß er bald wieder verlegt wird, damit ich wieder freier durchatmen kann? Ist es die vor vielen Jahren von mir gefaßte Absicht, ihm nie mehr zu begegnen, die mich nicht frei gibt?

Heute waren wir uns so nahe, ich hätte seine Hand fassen können, was natürlich gewesen wäre.

Ich fürchte, sein Zustand ist sehr ernst. Es ist nicht nur sein Herz. Die Magen- und Darmgeschichte scheint bedenklicher. Besonders sein Durchfall ist nicht einzudämmen. Die bei ihm dafür angewandten Medikamente bleiben ohne Wirkung. Selbst ein von Dr. Achern verordnetes Radikalmittel, das sonst jeden Darm für Tage stillgelegt hätte, hat nichts gebracht.

Jetzt hofft Dr. Achern, mit der heute vorgenommenen Blutübertragung Erfolg zu haben. Er hat wie ich und einige andere Schwestern die Blutgruppe A. Ich war zur Blutspende bereit. Was wird er gedacht, empfunden haben, mein Blut, das ihm Besserung bringen soll? Ist das die Fügung unseres Zusammentreffens? Warum sträube ich mich dennoch weiterhin, mich ihm zu erkennen zu geben?

Oder war mein ihm zuletzt gezeigtes Lächeln das Eingeständnis: „Ja, ich bin es! Ich wäre dankbar und froh, wenn mein Blut dir Besserung brächte!"

Oder war mein Lächeln unbedacht? Ohne Absicht? Wie ich auch seinen Kameraden ein freundliches Gesicht zeige. Habe ich nicht die ganze Zeit zuvor mit streng verschlossenen Augen und zusammengekniffenem Mund vor ihm gelegen, ängstlich bemüht, keine Regung preiszugeben? Eine Statue, die nur die eine ihr zugegebene Haltung hat?

Und meine Gedanken, Empfindungen? Ich habe gebetet. Aber kein Gebet, das Gott beachten, erhören könnte. Zu viele Wege durchschritten meine Gedanken. Gedanken, die die Zeit durcheilten, in der wir jung waren. Wird er ähnliche Gedanken gehabt haben? Werden sie nicht weit eher bei Elisabeth, ihrem Kind gewesen sein? Waren sie auch früher bei Elisabeth, wenn er meinen Namen nannte? War es Täuschung, wenn er mich umarmte? Wenn er „Du, Gertrud" zu mir sagte, und ich es als Zuneigung empfand? Spielte er mir Gefühle vor, die nur Elisabeth galten?

Das waren die Fragen, die mein Beten überdeckten. Sind es diese Fragen, die durch sein Hiersein in mir wieder wach wurden, die es nicht zulassen, einzugestehen, daß ich es bin?

Wie könnte ein anderer mir dazu eine Antwort geben, wenn ich selber keine weiß. Wenn ich wie vor verschlossenen Türen stehe und mich nicht erinnere, wer die Schlüssel hat, sie zu öffnen. Und wenn sie geöffnet würden, und die Räume wären fensterlos und leer?

Jetzt weiß er, daß ich es bin. Mir ist, als hätte ich mich schuldig gemacht. Wir haben so eng beieinandergelegen, wie wir uns noch nie nahe waren. Dabei wollte ich nur ihn und er wollte mich schützen. Wäre das auch zwischen einem anderen und mir möglich gewesen, von dem ich nur Hände und Gesicht kenne? Es wäre nicht. Das ist es, was mich bedrückt, daß er mir in dieser Stunde mehr war, obwohl ich für alle da sein soll. Es war vor einigen Tagen, spät abends. Der furchtbarste Bombenangriff, den wir bis dahin erlebten. Alle hatten sich in den Keller oder Flur geflüchtet. Ich suchte ihn vergebens. Er lag in seinem Bett, als könnte ihm nichts passieren. Ich hatte Angst um ihn. Sie hätte nicht größer sein können, wenn er über einen leicht zugefrorenen See gelaufen wäre. Ich bedrängte ihn, wenigstens in den Flur zu gehen, der Splitter wegen. Ich dachte auch daran, daß sein Verhalten ihn vor ein Kriegsgericht bringen könnte. In mir waren furchtbare Vorstellungen. Ich erinnerte ihn an Elisabeth, erfuhr, daß sie zu ihrem Mädchen auch einen Jungen und einen Jungen seines Bruders haben. Er war nicht aus dem Bett zu bringen. Er fühle sich sicher, ihm passiere nichts. Als eine Bombe oder Luftmine wie dicht an dem Zimmer vorbeizischte, habe ich mich über ihn geworfen, mich an ihn geklammert, als könnte ich uns beide so schützen. Genauso spürte ich, daß er mich umklammert hielt. Jeder andere Gedanke war in mir erloschen, ich fühlte nur ihn. Sein Atem war dicht vor meinem Mund. Er lebte! Erst kurz vor der Entwarnung haben wir uns voneinander gelöst.

*

Ich habe der Oberin nichts verschwiegen, nichts ausgelassen, wie es früher zwischen uns war. Habe bekannt, daß ich mich bei keinem anderen, selbst wenn er noch mehr gefährdet gewesen, mich so geängstigt, so verhalten hätte. Habe gebeten, mir eine andere Aufgabe aufzutragen. Die Station der Schwerstverwundeten sei für mich die beste Aufgabe.

Wollte unsere Schwester Oberin mir eine Brücke bauen? Sie sagte: „Sie dachten bestimmt an das Kriegsgericht. Sie erinnerten sich, was ihm dann bevorstand, daß seine Frau dann wahrscheinlich ihren Mann, seine Kinder den Vater verloren hätten. Das war es doch, was Sie verhindern wollten!"

Ich gestand, daß diese Befürchtungen, als ich mich über ihn warf, nicht in mir waren. Daß es nur die Sorge, die Angst war, er könnte getroffen werden.

„Wie wollen Sie wissen, daß Sie sich bei jedem andern nicht genauso verhalten hätten?"

Ich sagte: „Bei jedem anderen wäre ich erzürnt, verärgert über solchen Leichtsinn gewesen. Bei keinem anderen hätte ich gelitten."

„Sie waren sich nicht der persönlichen Gefahr bewußt? Der Angriff, die Bomben!"

„Als ich bei ihm lag, fühlte ich nur ihn. Wahrscheinlich hätte ich mich nicht gesträubt, wenn er mich noch enger an sich gezogen hätte."

Lag in dem Blick der Oberin Verstehen, Mitfühlen? Sie sagte: „Sprechen Sie mit Pater Martin darüber. Er wird Ihnen die Buße auferlegen."

Noch nie hat mich das Wort Buße so getroffen.

Jetzt muß ich mich auch noch sorgen, daß mein Vater eines Tages abgeholt und eingesperrt wird. Er schrieb mir einen Brief. Er schrieb: „Wenn der Krieg nicht bald beendet wird, bleibt von Mönchengladbach nur ein Trümmerhaufen. Der bullige Großheld, von dem es heißt, selbst sein Nachthemd sei mit Orden dekoriert, muß sich längst einen anderen Namen zulegen."

Ich habe den Brief sofort vernichtet. Das andere war noch schärfer. Nicht auszudenken, der Brief wäre geöffnet, überprüft worden. Der Vater einer meiner Mitschwestern wurde schon vor Jahren abgeholt. Sie weiß nicht, ob er noch lebt.

Auch ich kann in meinen Gebeten nicht immer die Frage zurückdrängen, wie Gott das ertragen kann, ob er, ja, ob er nicht längst hätte eingreifen müssen, weil wir seinen Auftrag, uns die Erde untertan zu machen, so mißachten.

Ich erinnere mich noch gut, wie ich als Kind meine jüngere Schwester verprügelte, weil sie meiner Puppe ein Bein ausgerissen hatte. Meiner Puppe, die ich liebte.

*

Jetzt bin ich die vierte Woche auf der Station der Schwerverwundeten. Wie manchmal habe ich es bedauert, wenn ich das Weinen, Schluchzen, Schreien von vielen der hier Liegenden hörte, daß es mein Wunsch war, hierhin versetzt zu werden. Dann beruhigt es mich auch nicht, wenn andere Bein- oder Armamputierte zu mir sagten: „Schwester, Sie können nicht ahnen, wie glücklich wir sind, daß der Krieg für uns zu Ende ist. Draußen, vorne, ständig denken, wenn nicht dich, dann erwischt es mich, dann geh' ich drauf. Bei all dem Elend, hier sind wir wieder Menschen. Draußen ist keiner mehr ein Mensch. Keiner!"

So und so ähnlich mußte ich es öfter hören und dachte: Mein Gott, wo sind wir hingekommen, daß Menschen, die so getroffen wurden, glücklich sind, hier zu sein.

Oder, als ein anderer zu mir sagte: „Schwester, Sie brauchen nicht zu beten. Es gibt keinen Gott! Kein Gott, durch den alles geworden ist, ohne dessen Willen kein Spatz vom Himmel fällt, oder heißt es nicht so, könnte das mit ansehen."

Ich sagte: „Es ist nicht Gott, niemals ist das Gott, von dem das ausgeht. Und das mit dem Spatz, ist das nicht nur ein Gleichnis, ein Gleichnis, das sagen will, daß Gott selbst seinem kleinsten Geschöpf zugetan ist?"

Er höhnte und sagte: „Sagten Sie ‚zugetan'?" und schickte mir ein bitteres Lachen nach.

Was hätte ich ihm sagen können? Ich verstehe sie ja, leide mit ihnen. Spüre, wie gerne sie weiterhin an Gott glauben möchten. Weiß ich, was sie vorne alles sehen, was sie alles erdulden, mitmachen mußten? Wie erschrecken uns schon die Bombenangriffe!

Ein anderer, der seine rechte Hand verloren hat, raunzte mich gleich nach seiner Einlieferung an: „Gibt es hier nur Betschwestern, keine Sanis!"

Einige Tage später gestand er mir, daß er Konzertmeister in einem bekannten Orchester war und nie mehr eine Violine würde spielen können. „Beide Beine hätte ich überstanden. Aber nicht mehr spielen können, das ist kein Leben!" Er entschuldigte sich, weil er mich bei der Einlieferung angeraunzt hatte. Einige Tage später besuchte ihn seine Frau. Die Lazarettleitung hatte den Besuch zugelassen. Sie sollte aus Köln sein. Ich erinnerte mich nicht, daß nach so wenigen Tagen auf dieser Station Besuch gestattet war.

Die Frau wirkte ruhig, gefaßt. Ich war überzeugt, sie würde ihrem Mann zusprechen. Sie blieb mehrere Stunden. Ich war dabei, als sie sich verabschiedeten. Zumindest war ich in der Nähe. Für einen Augenblick dachte ich, das sei ein Abschied wie fürs Leben. Dann war ich sicher, daß ich mich getäuscht hatte. Sie küßte ihn herzlich.

Als ich ihm das Abendbrot brachte, und ihm behilflich war, lobte er seine Frau. Sie sei sehr tapfer. Sie hätten viele gemeinsame Konzerte gegeben. Sie sei eine gute Pianistin. Der Verlust seiner Hand treffe sie genauso wie ihn. Er war ruhiger als die Tage zuvor. Hatte sie ihm Mut zugesprochen?

Am nächsten Morgen war er tot. Besonders der Oberarzt war erschüttert. Zyankali. Der Oberarzt war sicher, seine Frau hatte es ihm mitgebracht. Ich faßte das nicht, seine Frau, die so herzlich zu ihm war und so gefaßt schien, sollte ihm zu diesem Tod beigestanden, ihm dazu verholfen haben? Der Oberarzt war sicher, daß es zwischen ihnen vereinbart gewesen sei, daß sie, wenn er eine Hand verlöre und das Leben dann für ihn keinen Sinn mehr habe, daß sie ihm dann behilflich sein mußte, sein Leben zu beenden.

Ich sagte: „Eine solche Frau liebt ihren Mann doch nicht!"

Der Oberarzt erwiderte: „Weil sie ihn nicht für sich behalten will? Nur für sich! Vielleicht gerade weil sie ihn liebte. Weil sie wußte, daß er ein solches Leben nicht ertragen hätte. Immer wieder Musik hören und selber nicht mehr den Bogen führen können. Er durfte alles verlieren. Selbst seine Augen. Nur keine seiner Hände. Er, aber auch seine Frau, sie werden sicher gewesen sein, daß das Leben dann für ihn zur einzigen Qual geworden wäre."

Dieser Tod erschütterte nicht nur den Oberarzt. Auch manche der schwerverwundeten Kameraden auf der Station und auch mich.

Spät am Abend trieb es mich in die Küche, vor das Bild des Gekreuzigten. Ich betete, betete, ruhiger wurde ich nicht. Er wußte um seinen Tod und entschuldigte sich zuvor, weil er mich angeraunzt hatte.

Die Nacht schlief ich nicht. Fragen, die sich unentwegt in mir wiederholten, fanden keine Antwort. Fragen, die ich nicht verdrängen konnte. „Herr Jesus Christus", flüsterte ich immer wieder, „Erbarme Dich unser! Erbarme Dich unser. Laß uns immer und immer wieder das Leben annehmen. Gleich wie lebensunwert es uns scheint!"

Erst danach wurde mir bewußt: In diesem Gebet lag auch ein Vorwurf gegen den aus dem Leben Geschiedenen, den ich zu verstehen suchte. Und seine Frau? Ich hätte es nicht vermocht.

Bevor ich mich den Vinzentinerinnen anschloß, fragte ich meinen Vater um seine Meinung. Er sagte: „Kind", er sagte fast immer Kind zu mir, „wenn die Mauern genügend Fenster haben und du eigene Gedanken haben darfst, ohne daß sie eingefangen werden, wenn man dir auch eigene Schritte läßt, ohne ein Netz um dich zu legen, das man in jedem Augenblick zuziehen kann, dann kannst du es versuchen. Schließlich sind es Vinzentinerinnen, die dir kein Ewiges Gelübde abverlangen. Dafür hast du zuviel von mir, das würdest du nicht schaffen. Und wenn die Stunde kommen sollte, in der dir eine Schnitte trockenen Brotes lieber ist, als an einem gedeckten Tisch zu sitzen und undurchdringliche, freudlose Gesichter neben dir, und die Stunde anhält, dann sieh zu, daß du den Platz findest, wo es diese Schnitte Brot für dich gibt. Wenn es dann deinen Vater noch gibt, weißt du, wo es diesen Platz gibt. Ich würde mich quälen, wenn ich wüßte, daß du dich quälst."

Nein, es war nicht die Schnitte trockenen Brotes, nach der ich hungerte. Es waren auch keine undurchsichtigen Gesichter neben mir. Unerreichbar war mir in dieser Nacht Gott und sein Sohn, unser Herr Jesus Christus.

Unmittelbar nach unserem gemeinsamen Morgengebet, bevor ich den Sanitäter, der Nachtdienst hatte, ablösen mußte, ließ mich der Leiter der Abteilung der Schwerverwundeten, Oberstabsarzt Professor Dr. Martens, zu sich rufen. Keine meiner Mitschwestern erinnerte sich, daß je eine von ihnen so früh gerufen wurde. Die schlaflose Nacht trug nicht dazu bei, ruhig zu werden.

Der Chef war allein. Nach der knappen Begrüßung fragte er: „Schwester, mit wem haben Sie über den Tod des Gefreiten Wolks gesprochen?"

Ich sagte, daß ich bis zum Schlafengehen in der Kirche war und keine Gelegenheit hatte, darüber zu sprechen.

Er schien erleichtert. Er sagte: „Das ist gut. Es ist nicht sicher, ob es Zyankali oder ein anderes Gift war. Sie haben doch Zugang zur Lazarettapotheke."

Ich spürte, daß ich blaß wurde. Sagte: „Nur wenn ich angewiesen bin, Medikamente zu holen."

„Bestimmt gab es einige Male Minuten, in denen der Apotheker nicht anwesend war."

Jetzt war mir, als stünde mein Vater an meiner Seite. Ich sagte: „Herr Oberstabsarzt ..."

„Beruhigen Sie sich, ich weiß, daß Sie völlig ohne Schuld sind. Die Situation kann für Sie allerdings äußerst peinlich werden, wenn wir die wahre Todesursache angeben. Nicht nur für Sie. Auch für Sanitätsunteroffizier Berger und Oberarzt Dr. Heinrichs. Wahrscheinlich ist Ihnen nicht unbekannt, welche Methoden gewisse Burschen anwenden, wenn sie jemand ans Kreuz schlagen wollen. Daß Ihre Tracht bei den Burschen besonders beliebt ist, müßten Sie wissen. Doch ich will Sie nicht länger beunruhigen. Der Ausruf von Oberarzt Dr. Heinrichs ‚Zyankali!' war unbedacht und unbegründet. Nach unserer genauen Untersuchung war es Herzversagen. Bedingt durch die Schwere der Verwundung und der seelischen Belastung. Sollte einer der Verwundeten den Ausruf von Dr. Heinrichs gehört haben – Sie kennen die amtliche Todesursache. Sollte es in Zukunft einen ähnlichen Fall geben, auf unserer Station gibt es keinen, der sich selbst tötet. Wem hier nicht zu helfen ist, ist ein Opfer des Krieges. – Sie haben mich verstanden: ein Opfer des Krieges! – Sofern Sie noch nicht gefrühstückt haben, Unteroffizier Wolks versieht seinen Dienst, bis Sie kommen."

Als ich zögerte, fragte er: „Haben Sie noch eine Frage?" – Ich verneinte.

Weitere Wochen sind vergangen. Das Jahr 1944 hat schon in den ersten Wochen weitere schwere Bombenangriffe gebracht. Heute morgen wurde ein schwer getroffener Bewohner aus Geldern eingeliefert. Ich weiß auch nicht, warum ausgerechnet in unser Lazarett. Ob die Krankenhäuser und anderen Lazarette noch überfüllter sind? Dieser Ärmste hat beide Augen verloren, sein rechter Arm total zerfetzt, so daß er amputiert werden mußte, und an seiner linken Hand fehlen einige Finger. Seine Frau ist bei dem Angriff getötet worden, was er unmöglich wissen kann. Der Chef und der Oberarzt haben sich Stunden um ihn bemüht. Heute Nachmittag, als er in meinen Abschnitt gebracht wurde, nachdem ich das Bett für ihn gerade fertig hatte, sagte Oberarzt Heinrichs zu mir: „Schwester, Sie können viel dazu beitragen, wie er die nächsten Tage übersteht. – Sie wissen, weder der Chef noch ich halten viel von Ihrem Beten. – Vielleicht! – Wir haben getan, was wir konnten. Wo nichts mehr ist, können auch wir nichts anbringen."

Zu mancher Stunde möchte ich laut aufschreien: ‚Gott, was hat dieser und jener Mensch Dir, oder seinen Mitmenschen getan, daß Du ihn so triffst? Was hat er getan? Steht es nicht in der Bibel, daß ohne Deinen Willen kein Spatz vom Himmel fällt?' Oder hat Christus es anders gemeint, die Bibel es falsch übernommen?

Wie oft habe ich in letzter Zeit diese Fragen gestellt, ohne eine gültige Antwort zu finden. Soll es heißen, der Spatz, der sich selbst nicht schützen kann, jedes Wesen, das sich selbst nicht schützen kann, steht unter dem besonderen Schutz Gottes? Und Kinder, Kleinstkinder?

Ich weiß, es sind Menschen, die dieses unsagbare Leid über ihre Mitmenschen bringen. Sind wir nicht alle Geschöpfe Gottes, diese und jene! Kein Gebet, kein Orgelspiel bringt diese Fragen in mir zum Schweigen.

Keine Augen, der rechte Arm amputiert, an der linken Hand fehlen Finger. Völlig hilflos. Für immer. Seine Frau getötet. Und zu allen Stunden die Schreie der Verstümmelten um mich. Nach ihren Müttern, ihren Frauen, ihren Kindern. Nach ihren Vätern nie. Ich liebe meinen Vater mehr als meine Mutter. Habe ihn immer mehr geliebt. Ihm konnte ich mich immer anvertrauen. Immer fühlte ich seine Hand. Die Augen meiner Mutter waren zu kritisch. Auch das war Sorge. Ihr fehlte das Vertrauen, das mein Vater hat.

War es feige, daß ich wünschte, der so schwer Getroffene möge erst in der Nacht, wenn der Sanitäter Dienst hat, zu sich kommen?

Wie froh war ich, als ich hörte, der Bekannte meiner Jugend wurde aus dem Wehrdienst entlassen. Denken, auch er würde bei einem Fliegerangriff so getroffen. Habe ich mich nicht über ihn geworfen, als ich das befürchtete?

Eine schwere Krankheit mag eine Prüfung sein. Ein Zurückrufen auf den verlassenen Weg oder ein Einweisen auf einen besonderen. Das Leid auf dieser Station ist eine einzige Anklage. Nie hat Gott dieses Morden, dieses Zuschlagen angeordnet. Das sind Wahnsinnige oder Verbrecher.

*

Honold heißt der so schwer Getroffene. – Ich wollte zuerst den Oberarzt rufen, als er erst am nächsten Morgen, als ich gerade den Dienst angetreten hatte, zu sich kam und schrie: „Was ist mit meinen Augen? Wo bin ich? Es ist alles so schwarz um mich!"

Ich legte meine Hand auf seine Stirn. Sagte: „Ich bin Schwester Eugenia, von den Vinzentinerinnen. Ich bin hier Ihre Nächste. Ich werde mich bemühen, gut zu Ihnen zu sein."

„Aber warum ist alles so schwarz vor mir? Warum sehe ich Sie nicht?"

„Wahrscheinlich bleibt es lange so schwarz um Sie. Wenn Sie mithelfen, kann es wieder ein wenig heller um Sie werden."

Seine Stimme flehte: „Schwester, was ist mit meinen Augen! Sagen Sie mir die Wahrheit! Wo ist meine Frau? Meine Kinder? Die Wahrheit, Schwester!"

Hatte ich mir zuviel zugemutet? Hätte ich doch besser den Oberarzt gerufen? Keine Hand von ihm, die ich hätte nehmen können. Was von seiner Linken geblieben war, dick umwunden. Ich fühlte mich mit ihm mutterseelenallein. Keiner an meiner Seite. Weder Gott, noch mein Vater.

Er schrie: „Schwester, warum sagen Sie mir nicht die Wahrheit? Die Wahrheit, Schwester! Bin ich blind? Bin ich blind? – Und mein Arm? Mein Arm?"

Hatte er versucht, seine Hand nach mir auszustrecken, um mich zu erreichen?

Ich sagte: „Herr Honold, jede meiner Mitschwestern, wir alle leiden mit Ihnen, wir alle möchten Ihnen helfen, möchten Ihnen geben, was Sie nicht mehr haben, was Ihnen durch Menschen, durch diesen Krieg genommen wurde."

Ich spürte, er hätte mich zurückgestoßen, wenn er es vermocht hätte. Er schluchzte: „Ich bin blind, ich bin blind, ich bin blind!"

Ich sank vor dem Bett in die Knie, mein Herz bettelte: ‚Gott, was kann ich tun? Was kann ich tun? Wie kann ich ihm helfen? Was ihm sagen? Nicht einmal eine Hand von ihm kann ich nehmen, daß er spürt, es sind nicht bloß Worte.'

Während ich um diesen einen litt, ging es mir ein, daß Gott in dieser einen Minute von Tausenden angerufen wurde, von Tausenden, die Hilfe erwarteten. Hilfe für das Leid, den Jammer, das Elend, das Menschen verursacht hatten und zu jeder Sekunde weiter verursachten. Zu jeder Sekunde!

Als der Oberarzt ihm mit einer Spritze Ruhe brachte, wußte er wie ich, nur für Stunden. Dabei wußte er nicht einmal, daß seine Frau nicht mehr lebte. Ich dachte nur: Armer Honold! Armer Honold, und fragte mich, wird er jemanden finden, der sein ganzes Leben sein Nächster ist?

An diesem Abend ging ich nicht zur Kirche. In mir waren Zweifel, ob Gott, selbst wenn er der Alliebende und Allmächtige ist, bei all diesem Leid, all diesen Bitten, helfen konnte. Auch das Spiel an der Orgel hätte nur Fragen aufgeworfen. In dieser Stunde wußte ich nicht, ob ich noch jemals spielen möchte.

Drei Tage hat er kein Wort gesagt. Nichts, gar nichts. Nichts gegessen. Nur ganz wenig getrunken. Ich spürte, immer war Abwehr in ihm.

Am vierten Tag besuchten ihn seine Schwiegereltern, die bei diesem Angriff ihr einziges Kind verloren hatten, und seine drei Kinder. Ein Junge. Er schien der Älteste. Als sie vor seinem Bett standen, warf die Jüngste sich über ihn und schrie: „Papa! – Papa!" Seine Schwiegereltern weinten. Sechzig schätzte ich sie. Ein leises Weinen, das mich angriff. Bestimmt dachten sie an ihre Tochter. Um den Mund von Honold war ein leichtes Zucken. Was mochte in ihm vorgehen, als er dieses ‚Papa' seiner Jüngsten hörte, und er konnte nicht mal ihr Haar streicheln. Der Junge, zehn, elf Jahre schätzte ich ihn, hielt die Hand seiner wohl um ein Jahr jüngeren Schwester. Er wirkte verkrampft, als hätte er sich gewaltsam gezwungen, keinen Laut von sich zu geben, als fürchtete er, laut zu schreien. Seine Schwester hatte ihren Kopf leicht auf seine Schulter geneigt, als erhoffte sie dadurch mehr Halt.

Würden seine Kinder ihm immer die Nächsten sein? Die Stütze, die er benötigte? Ohne Mutter. Nur ihre Großeltern. Ein Vater, der immer auf Hilfe angewiesen war.

Als die Kleine sich von ihrem Vater löste, fragte er: „Wo ist die Mama? Warum ist sie nicht mitgekommen? – Wo ist sie?"

Der Junge sagte: „Mama ist ..." Sein Großvater kam ihm zuvor. Er sagte: „Martha liegt woanders. Wir kommen gerade von ihr."

„Warum woanders? Warum nicht hier?"

„Hier, im Lazarett? Das ging nicht."

‚Woanders?' dachte ich. Sie waren gerade bei ihr. War sie nicht tot? Waren wir falsch informiert? Um wie vieles besser für ihn, wenn seine Frau noch lebte.

Honold fragte: „Hat es sie auch so erwischt wie mich?"

Es war wieder sein Schwiegervater, der antwortete: „Sie war verschüttet. Wir haben sie herausgeholt."

Ich hatte meine Hände gefaltet und dachte: Dank! Vielen, vielen Dank! Daß Honolds Schwiegermutter jetzt noch heftiger weinte, verstand ich nicht.

Honold sagte: „Wenn ihr sie wieder besucht, sagt nicht, wie es um mich steht."

Die Stimme seines Schwiegervaters blieb ruhig. Mir war es sowieso unbegreiflich, wie es ihm gelungen war, sein Weinen so zurückzudrängen, daß seine Stimme unbewegt blieb. Er sagte: „Denk zunächst an dich. Dich hat es zwar hart, sehr hart getroffen, aber du lebst, und wir sind immer für dich da. Fremd werden wir dir nie. Deine Kinder bestimmt nicht." Ich sah, wie es um seinen Mund zuckte. Er wandte sich ab. Ging einige Schritte zur Seite, weinte bitterlich. Ich ging zu ihm. Führte ihn noch einige Schritte weiter, flüsterte: „Kann ich was für Sie tun?" Er verneinte.

Ich ging zurück und sagte zu Honold: „Es ist besser, Ihr Besuch verläßt Sie jetzt. Ihre Kinder und Ihre Schwiegereltern können ja wiederkommen. Sie wissen jetzt, wie es ist."

Die Kinder gingen einzeln zu ihm. Strichen über den Verband, der seine Augen verdeckte. Der Junge weinte auch jetzt nicht. Sollte er unter der irrigen Vorstellung leiden: Jungen weinen nicht! Sollten sie das in dieser Zeit in der Schule, wahrscheinlich war er auch bei der Hitlerjugend, noch härter eingedrillt bekommen?

Ich begleitete sie auf den Flur und fragte: „Wie geht es Ihrer Tochter? Hier hieß es ...!"

„Sie ist tot!" stieß ihr Vater es unter bitterem Schluchzen hervor. „Heute morgen wurde sie mit den anderen Opfern beerdigt. Wir hatten ausgemacht, es unserem Schwiegersohn nicht zu sagen, ohne zu ..." Er vermochte nicht, weiter zu sprechen. Seine Frau hielt ihn umklammert. Sie schluchzte noch lauter: „Jakob! Jakob! – Unsere Martha, unsere arme Martha! Warum nicht wir!"

Jetzt weinte auch der Junge bitterlich. Ich war erschüttert. Ich mußte mich zusammenreißen; spürte, daß auch mir die Tränen in den Augen standen. Ich dachte an meinen Vater, wenn er mich so verloren hätte.

Als es ihm gelang, sein Schluchzen zurückzudrängen, flüsterte er: „Es war die Wahrheit. Sie liegt woanders. Auf dem Friedhof. Wir kamen von ihr!" Der Schmerz überwältigte ihn. Die Kinder suchten seine Hände. Fünf eng aneinander gedrängte Menschen; die bitterlich um diesen einen Menschen litten. An den Fronten wurde weiter getötet. Jede Nacht flogen hunderte Bomber, die über Tausende das gleiche Leid brachten, und Gott gab kein Zeichen.

Als sie sich ein wenig gefaßt hatten, ging ich mit ihnen bis zur Treppe und fragte, ob einer der Ärzte oder ich Honold sagen sollte, daß seine Frau ...

Sie schwiegen. Sie wußten es nicht. Ich sagte, immer sei es ja nicht zu verheimlichen.

Er suchte die Antwort bei seiner Frau, sie suchte sie bei ihm. „Nein, es läßt sich nicht verheimlichen!" stieß er heraus. „Es läßt sich nicht verheimlichen!" Sie gingen. Nur die Jüngste, sechs, sieben Jahre schätzte ich sie, reichte mir die Hand.

Mir war es unmöglich, jetzt zu Honold oder den anderen zu gehen, die ich zu betreuen hatte. Ich ging in das Zimmer des Oberarztes und fragte: „Kommen Sie nicht ohne mich zurecht? Ich schaff' es nicht! Ich schaff' es nicht!"

Er sagte: „Seine Kinder und seine Schwiegereltern waren bei ihm?" Ich bestätigte. Er sagte: „Ich kann Ihnen eine Spritze geben. Dann werden Sie ruhiger." Ich wehrte ab.

Er ging zum Fenster. Naßkalt war es draußen. Er sagte: „Denken Sie, der Chef und ich glauben nicht auch manchmal, es nicht mehr zu schaffen? Eins unterscheidet uns: Sie rufen zu Gott und sind betroffen, daß er nicht hilft. Wir wissen, daß wir selber helfen müssen. Immer wieder selber.

Obwohl wir oft, sehr oft auch einen herbeirufen möchten, der uns hilft, der fähiger ist als wir. Dann erinnern wir uns, daß es die gleichen Wesen sind wie wir. Die gleichen Wesen, die all das verursachen. Dann wissen wir, daß wir die Pflicht haben, ich sage die Pflicht, Sie greifen höher, Sie sprechen von der Liebe, die leider noch nichts bewirkt hat, die Pflicht haben, immer und immer wieder zu helfen, damit wir nicht vollends ausgerottet werden. Weil wir glauben, daß es außer uns noch etliche gibt, die es genauso halten. Weil wir glauben, daß derer immer mehr werden. Weil wir glauben, daß es unsere Aufgabe ist, dazu beizutragen, daß die Welt doch eines Tages heller wird, wenn diese Halbidioten, die sich für Götter halten, keine Chance mehr haben. Keine Chance! – Wenn uns das nicht gelingt, und ist es erst in der vierten, fünften Generation nach uns. Wenn das nicht gelingt ... dann? Aber es wird, es muß gelingen. Wenn wir nicht daran glauben, sargten wir uns am besten jetzt schon ein, dann könnten die Halbidioten sich totwürgen. – Sie kennen doch die Geschichte von Kain und Abel. Hat Gott es verhindert, daß Abel, obwohl er ihm ein Opfer brachte, von seinem Bruder ermordet wurde? Hat er das? Merken Sie nicht, wie falsch diese Geschichte sein muß?"

Er hatte die ganze Zeit mit abgewandtem Gesicht gesprochen. Jetzt kam er auf mich zu und sagte: „Ich will Ihnen Ihren Glauben nicht nehmen. Es gibt Stunden, da wünsche ich, ich hätte ihn noch. Gut drei Jahre bin ich jetzt hier. Mit jedem Tag ist ein wenig mehr davon abgebröckelt. Mit jedem Tag! Ich fürchte, Sie werden noch mehr Fälle wie Honold erleben. Und dann wissen Sie, was Ihre Pflicht ist, ohne daß Sie Gott anrufen. Jetzt gehen Sie. Honold oder ein anderer wird Sie benötigen. Wenn es nur Ihre Stimme ist."

Mir war nicht wohler geworden. Ich hätte diese Station nicht erleben dürfen. So arm wollte, durfte ich nicht werden. Nur noch aus Pflicht. Keine Liebe? Ich fragte: „Sie finden keine Zuneigung zu diesen Menschen, die Sie so leiden sehen?"

Er zögerte. „Zuneigung? Bei den ganz jungen denke ich manchmal, er könnte Dein Sohn sein. Zuneigung?"

Ich sagte: „Sehen Sie, das bewirkt der Glaube, die Liebe, wie unser Herr Jesus Christus sie uns lehrte."

Als ich zu Honold zurückkam, fragte er: „Wie sahen meine Kinder aus?"

„Sie haben gutaussehende Kinder."

„Keine Verletzungen? Gar nichts?"

„Ich habe keine bemerkt."

„Meine Schwiegereltern?"

„Sie sorgen sich sehr um Sie."

„Sorgen! Sorgen! – Er, er ganz allein trägt die Schuld."

„Ihr Schwiegervater? An den Bomben! Das ist nicht möglich."

„Er hätte den Keller besser abstützen müssen!"

„Den Keller besser abstützen? Die Bomben zerschlagen doch alles." Ich dachte: Hoffentlich sagt er das nie seinem Schwiegervater. Dann zerbricht der Mann. Seine Tochter, weil er den Keller nicht hinreichend abgestützt hatte?

An diesem Abend ließ Honold die belegten Brotschnitten und die Tasse Milch nicht zurückgehen.

Als der Sanitäter mich ablöste, wünschte ich Honold eine gute Nacht. Er fragte: „Schwester, bin ich wirklich völlig blind? Nie mehr sehen?"

Ich sagte: „Das müssen Sie den Oberarzt fragen. Sie wissen doch, heute gibt es selbst Herz- und Lungenoperationen, was vor noch nicht zu langer Zeit unmöglich war."

Dem Sanitäter hatte ich vorher zugeflüstert: „Wenn er nach seiner Frau fragt, Sie wissen nichts Genaues."

Es war eine gute Woche später. Das Wetter blieb weiterhin naßkalt. Kaum eine Vogelschwinge war in der Luft. Selbst die Spatzen, an denen ich als Kind wegen ihres ständigen Zirpens meine Freude hatte, waren selten. Als ich morgens den Sanitäter ablöste, sagte er zu mir: „Honold hat nur wenig geschlafen. Er war sehr unruhig. Sehen Sie zu, daß er über Tag zum Schlafen kommt. Vielleicht eine Spritze." Ich war also gewarnt. In den letzten Tagen war er mir gegenüber meist geduldig gewesen. An einem Tag hatte er sich sogar nach meinem Alter erkundigt. Er sagte: „Einige Jahre älter als meine Frau."

Nachdem ich ihn gewaschen, ihm den Kaffee und die Butterbrote zum Mund führte, merkte ich seine Unruhe. Er murrte: „Bei unseren drei Kindern mich als kleinstes Kind, das schafft meine Frau niemals. Das kann sie nicht schaffen."

Ich sagte: „Vielleicht bekommen Sie dann eine Hilfe. Und völlig hilflos sind Sie ja nicht. Mit Ihrer linken Hand bringen Sie noch manches fertig."

Ich merkte, er hatte Zorn, weil ich von seiner linken Hand sprach. Er höhnte: „Mit zwei Fingern!"

„Immerhin Daumen und Zeigefinger." Ich wagte nicht zu sagen: Damit vermögen Sie sehr viel. Er hätte mich bestimmt angefahren. Jetzt äffte er mir nach: „Immerhin Daumen und Zeigefinger! Welchen Orden bekommen Sie dafür?"

„Orden?"

„Das bringt Ihnen doch irgend etwas! Sie versuchen, genau wie die anderen, mich wieder auf die Füße zu bringen."

„Ja, das bringt mir was!" bestätigte ich. „Wenn mir das gelingt, bin ich froh, daß ich sagen kann: ‚Lieber Gott, Dank dafür'."

„Diese Freude würde ich Ihnen nicht machen, wenn ich nicht an meine Frau, die Kinder dächte. Wenn das nicht wäre, brächten Sie mir keinen einzigen Bissen zum Mund. Sie sind doch nur darauf bedacht, alle wieder frontreif zusammenzuflicken."

Ich blieb ruhig und sagte: „Von denen, die hier liegen, wird keiner mehr frontreif."

Als ich ihn mittags fütterte, wollte er wissen, wann er den Verband von den Augen bekäme, es dürfe nicht sein, daß er gar nichts mehr sähe. Warum er nichts von seiner Frau höre, warum seine Kinder ihn nicht mehr besuchten.

Ich sagte: „Sie scheinen nicht zu wissen, daß kaum noch Züge fahren, daß die Tiefflieger alles beschießen. Dazu müßten sie von Kempen bis hier zu Fuß. Das ist erst recht gefährlich."

„Und meine Frau? Was ist mit meiner Frau? Ich laß' mich nicht länger hinhalten."

„Sie haben doch gehört, was Ihr Schwiegervater Ihnen sagte."

„Das war vor mehr als acht Tagen. Was verheimlichen Sie mir? Hat es meine Frau genauso gepackt? Sie war verschüttet! – Hören Sie überhaupt zu?"

Ich sagte: „Herr Honold, machen wir uns nicht alle Mühe um Sie? Der Chef, der Oberarzt, der Sanitäter ...!"

„Aber meine Frau? Meine Frau? – Hat mein Schwiegervater, – er hat es mir doch nie vergeben, daß seine einzige Tochter meine Frau wurde. Nie hat er mir das vergeben."

„Keiner kann sich mehr um Sie sorgen als Ihr Schwiegervater!"

„Hören Sie auf!" schrie er mich an. „Sie wissen mehr über meine Frau!"

Ich hatte es wieder vor mir, wie erschüttert der Schwiegervater war, als ich bis zur Treppe mit ihnen ging.

„Gestehen Sie es doch, Sie wissen mehr von meiner Frau!" bedrängte Honold mich. „Wenn ich es nicht bis morgen weiß, bringen sie keinen Bissen in mich. Weder Sie, der Sanitäter, noch sonst einer. Keinen Bissen mehr!"

Konnte ich ihm sagen, daß sein Schwiegervater ihn nur seinetwegen getäuscht hatte? Nur seinetwegen, damit wenigstens er am Leben blieb. Konnte ich das? Ich fühlte, ganz gleich, welche Worte ich oder ein anderer versuchte, ob Chef, Oberarzt, wer es auch wäre, das würde er nicht überstehen. Dann würden seine Kinder, schon bald, auch keinen Vater mehr haben.

Ich war hilflos, völlig hilflos. Hätte sein Schwiegervater, seine Schwiegermutter oder sein Junge oder die Kleine es ihm nicht doch besser gesagt? Wenn eins seiner Kinder zu ihm gesagt hätte: ‚Papa, du mußt gesund werden, sonst haben wir keinen mehr, wir haben nur noch dich!' Nur das, nur das wäre richtig gewesen.

Ich sprach mit dem Oberarzt und sagte ihm: „Honold will bis morgen wissen, was mit seiner Frau ist, sonst nimmt er keinen Bissen mehr zu sich."

Er fragte mich: „Vermögen Sie, es ihm zu sagen?"

„Bevor seine Kinder hier waren, hätte ich das vermocht, jetzt nicht mehr."

„Ich vermag es auch nicht."

„Nur die Kinder, eins seiner Kinder! Können Sie nicht in Geldern irgendeine Dienststelle anrufen, daß seine Kinder unter allen Umständen morgen hierhin kommen?"

Er überlegte: „Irgendeine Dienststelle, gut. Haben Sie eine Ahnung, wo Honold in Geldern wohnte?"

„Die Stadtverwaltung wird es bestimmt wissen. Sagen Sie unter allen Umständen, es sei dringend, sehr dringend. Nur die Großmutter möchte mitkommen. – Nein, sagen Sie das nicht. Sie möchten an der Pforte nach Schwester Eugenia fragen."

„Sie glauben wirklich, daß die Kinder ...?"

„Telefonieren Sie, wenn Sie nicht wollen, daß den Kindern auch noch der Vater genommen wird. Besser ein blinder, fast hilfloser Vater als kein Vater."

„Sie scheinen einen guten Vater zu haben."

„Dafür danke ich jeden Tag." Nach 16.00 Uhr sagte mir der Oberarzt: „Die Kinder kommen. Die Stadtverwaltung hat richtig geschaltet."

Knapp drei Stunden später wurde es schlimm. Kurz bevor der Sani mich ablösen mußte, heulten die Sirenen. Minuten später standen die Leuchtschirme rund um das Lazarett. Zumindest schien es so. Genau wie vor Monaten, als ich mich um meinen Jugendbekannten sorgte. Alle, die sich eben bewegen konnten, halfen, die Betten der Schwerverwundeten in den Flur zu schieben. Honold wehrte sich. Er sagte: „Ich bin Zivilist. Ich kann selber bestimmen, was mit mir geschieht."

Der Oberarzt war verärgert. Er sagte: „Soll die ganze Mühe, die wir uns Ihretwegen gemacht haben, vergebens gewesen sein?"

„Womöglich soll ich Ihnen dafür danken!"

Ich war verärgert, hatte Zorn auf ihn und sagte: „Herr Honold, so wenig liegt Ihnen an den Ihren, Ihren Kindern!"

„Und meine Frau? Was ist mit meiner Frau? Warum verschweigen Sie mir das?"

„Sie sind ungeduldig! Die meisten von denen, die hier liegen, wissen nicht, wie es mit den Ihren daheim ist. Sie wissen zumindest, wie es mit Ihren Kindern ist."

„Was haben die Kinder von einem Vater, der ein Torso ist!"

Ich sah es dem Oberarzt an, er hatte eine böse Antwort auf den Lippen. Er versagte sie sich und ging hinaus. Unmittelbar danach kam er wieder und sagte: „Schwester Eugenia, ich entbinde Sie von der Pflicht, jemanden zu betreuen, der es nicht einsieht, daß er durch sein Verhalten auch andere gefährdet!"

Honold fuhr mich an: „Ich benötige Sie nicht! Ich benötige Sie wirklich nicht!"

Vielleicht hörte nur ich es, vielleicht bildete ich es mir auch ein, daß seine Stimme mehr nach einem bitteren Schluchzen klang. Ich sagte: „Ich bleibe!" Im gleichen Augenblick verlosch das Licht. Der Oberarzt hatte uns verlassen. Um mich war die gleiche Dunkelheit, die Honold immer umgibt.

„Warum gehen Sie nicht?"

„Ich sorge mich um Sie und Ihre Kinder. Noch haben Ihre Kinder einen Vater. Wissen Sie nicht, daß Ihre Kinder Sie lieben? Vielleicht mehr als je zuvor."

Als ich keine Antwort mehr erwartete, sagte er: „Und Sie? Und Sie? Warum bleiben Sie bei mir?"

„Warum, weil ich gelobt habe zu helfen."

„Weil Sie gelobt haben zu helfen? Nur weil Sie gelobt haben?"

Ich sagte: „Ich habe in jungen Jahren ein Stück mit aufgeführt. Es hieß ‚Liebe'. Es handelte von einem jungen Mann, der überzeugt war, mit Gleichgesinnten die Welt verändern zu können. Mit ihnen wollte er sich für die Schwachen, die Unterdrückten, die Getretenen einsetzen, damit die Welt auch für sie heller würde. Wollte sich dafür einsetzen, daß das Mißtrauen, der Neid aus der Welt kämen, daß sie friedlicher würde."

„Daß sie friedlicher würde. Was für ein Fantast! Was für ein Fantast! Das glauben Sie?"

In diesem Augenblick heulten die ersten Bomben. Honold flehte: „Gehen Sie! Ich ertrüge es nicht, wenn Sie ..."

Ich ließ kurz meine Taschenlampe aufblitzen, die wir immer bei uns haben mußten. Ich stand dicht vor seinem Bett und sagte: „Sie haben Füße. Ich helfe Ihnen. Dann gehen wir gemeinsam in den Flur. Bestimmt würden auch Ihre Frau, Ihre Kinder Sie darum bitten." Ich schlang meinen Arm um ihn. Er sträubte sich nicht. Das Dröhnen der Bomben hielt an. Das lange Liegen hatte sein Gehen unsicher gemacht. Gemeinsam gelangten wir in den Flur. Der Oberarzt mußte in unmittelbarer Nähe der Tür gestanden haben. Er flüsterte mir zu, damit nur ich und Honold es hörten: „Wie haben Sie das vermocht?"

Ich flüsterte genauso: „Ich hatte in jungen Jahren einen Bekannten, der schrieb ein Stück, das hieß ‚Liebe'."

Als ich wieder ganz kurz meine Taschenlampe aufblitzen ließ, führten wir Honold zum nächststehenden Bett und setzten ihn auf die Bettkante und hielten ihn beide umarmt.

Das Toben und Heulen der Luftminen hielt lange, unendlich lange an. In mir war keine Angst.

Honolds Kinder und seine Schwiegereltern kamen am nächsten Nachmittag, bald nach dem Essen. Die Gelderner Stadtverwaltung, oder wer es war, hatte noch ein intaktes Fahrzeug und einen Fahrer. Ich sagte, warum sie so dringend kommen mußten und sprach mit den Kindern: „Nachdem ihr keine Mutter mehr habt, wollt ihr bestimmt euren Vater behalten, auch wenn er blind und sonstwie schwer behindert ist." Sie brauchten nicht zu antworten. Ich fragte die Kleine: „Bringst du es ohne zu weinen fertig, zu deinem Vater zu sagen: „Papa, kommst du nicht bald nach Haus? Wir haben nur noch dich!" Ich hob sie zu mir und sagte es ihr nochmals vor: „Papa, kommst du bald nach Haus? Wir haben nur noch dich!" Wenn ich nicht gedacht hätte, es geht um das Leben ihres Vaters, und sie sollten keine Vollwaisen werden, hätte ich ein übles Gefühl gehabt – wie bei einer kitschigen Szene in einem Theaterstück. Aber ich sah sonst keine Möglichkeit, ihrem Vater den Tod ihrer Mutter kürzer und schonender beizubringen. Unter Tränen gelang es der Kleinen, es mir mehrmals nachzusagen. Als ich sie auf dem Arm hielt und ihr liebes, tränenfeuchtes Gesicht sah, kam mir erstmals der Gedanke, wenn du ihrem Vater folgtest, wenn er in einigen Wochen entlassen wird, um ihm die Stütze zu sein, die er benötigt, für die seine Kinder noch zu jung und seine Schwiegereltern wahrscheinlich nicht geeignet sind.

Zu Honolds Schwiegervater sagte ich: „Einer der Ärzte möchte Sie sprechen. Sie können danach zu Ihrem Schwiegersohn kommen." Ich hatte das so mit dem Oberarzt besprochen. Ich fürchtete, Honold hätte das Dabeisein seines Schwiegervaters in dem Augenblick, in dem ihm klar wurde, daß seine Frau nicht mehr lebt, nicht ertragen. Ich führte den Schwiegervater in das Arztzimmer. Der Oberarzt war anwesend. Ich wußte, es würde ihm gelingen, den Schwiegervater Honolds die erste halbe Stunde festzuhalten. Den Kindern und ihrer Oma schärfte ich ein, nicht vor zehn Minuten zu kommen.

Das war keine Rührszene wie aus einem miesen Schaustück, wie die Kleine schluchzend vor dem Bett ihres Vaters stand. Keine Mutter mehr zu haben, das war tiefer, kindlicher Schmerz.

Ich konnte Honold genau beobachten. Zuerst glaubte ich, herbeieilen zu müssen. Sein Mund öffnete sich wie zu einem lauten Schrei. – Als hätte er eine Vision, so entspannte sich sein Gesicht. Erst nach einer langen Minute sagte er zu seinem Töchterchen: „Ich komme, bald!" Seine zwei Finger, die verbandfrei waren, suchten die Kleine, lagen auf ihrem Haar. Was bewegte ihn tiefer, daß er in seinem Zustand keine Frau mehr hat, oder daß die Kinder nunmehr ohne Mutter sind? Sein Mund verriet nichts. Ich wandte mich ab. Hier wurde ich vorerst nicht benötigt. Ich wandte mich den anderen zu, die auf Hilfe angewiesen waren.

Wenn sich in den Dramen von Shakespeare die Morde aneinanderreihen und einen Einblick in die damalige englische Geschichte vermitteln, sind es auf dieser Station die erschütterndsten Szenen, die einen winzigen Einblick in das grauenvolle Leid des Krieges freigeben – nur einen ganz winzigen Einblick, dennoch von einer solch erbarmungslosen Härte, daß ich sie nicht ertrage. Noch einen Wolks, Honold und einige andere, dann zerbreche ich oder ich werde zu einem Kaktus, der nichts an sich heranläßt. Beides darf nicht sein. Dieses tägliche Requiem aus Blut, Eiter, Kot, Schreien, Jammern und Flüchen. Jeder, der noch Mitempfinden hat und dieses Elend nur einige Tage erlebt, müßte schreien: ‚Hört auf mit diesem Wahnsinn, mit diesem Verbrechen!' Leider würde es wie an einer Mauer zerschellen. – Solange es diese Wahnsinnigen, diese Fanatiker und alle, die an diesem Krieg verdienen, noch gibt, wird dieser Brand weiter wüten.

Hatten nicht die meisten nach dem Ersten Weltkrieg geglaubt, so etwas würde sich nie wiederholen. Dieses furchtbare Geschehen habe den Krieg für immer ausgelöscht. Noch gut erinnere ich mich an die Aufführung der Tragödie „Das Grabmahl des unbekannten Soldaten" von Paul Raynal in der Mönchengladbacher Kaiser-Friedrich-Halle durch das Düsseldorfer Schauspielhaus, die ich mit meinem Jugendbekannten besuchte. Dieser namenlose Soldat des Ersten Weltkriegs erhielt unmittelbar vor einer Schlacht, nach langer Dienstzeit, einen kurzen Urlaub, um mit seiner Verlobten die Ehe zu schließen. Der Soldat wußte, daß er nach dem Urlaub an der Front einen Sonderauftrag durchführen mußte, bei dem ein Zurückkommen aussichtslos war. Es wurde eine Eheschließung, an der weder ein Beamter noch ein Pfarrer teilnahm. Ein von der Truppe abgesandtes Telegramm verkürzt den kurzen Urlaub. Ein vor der Rückfahrt zur Truppe mit seinem Vater geführtes Gespräch, in dem die verschiedenen Ansichten der beiden Generationen aufeinanderprallen, macht dem

Soldaten klar, daß die, die den Krieg entfachen, dafür verantwortlich sind und sich immer in Sicherheit befinden. Daß sie in ihrer Gefühlskälte von den Leiden der anderen nicht betroffen werden.

Dieses Stück über das Schicksal der drei Personen, das Geschehen und die Gespräche, hat meinen Bekannten und mich manchen Abend beschäftigt. In unserem Jungsein waren wir überzeugt, daß es nie mehr einen Krieg gäbe. Die wenigen Tausend, die ihn wollten, würden von den Millionen, die ihn fürchteten, darunter zu leiden hätten, zurückgedrängt werden.

Das Stück von dem unbekannten Soldaten, das in meiner Erinnerung fast untergegangen war, ist, seitdem ich auf dieser Station Dienst habe, wieder in mir lebendig geworden. Es war ein braves Wünschen, der Krieg sei mit dem Ersten Weltkrieg für immer in den Abgrund gezogen worden. Die wenigen Tausend, die glaubten, nichts befürchten zu müssen, waren wieder mächtiger, roher. Oder waren wir anderen alle zu träge? Oder haben sich die weitaus meisten blenden lassen?

Wieder sind Tage vergangen. Das Wetter ist offener geworden, es läßt den Frühling ahnen.

Als ich Honold heute morgen das Frühstück brachte und ihm behilflich war, fragte er: „Wissen Sie, wann ich entlassen werde?"

Ich wußte es nicht. Ich hatte mit dem Oberarzt noch nicht darüber gesprochen und glaubte auch nicht, daß seine Heilung weit genug vorangeschritten war und sagte es ihm.

„Können Sie sich vorstellen, was dann aus mir wird? Die Kinder bedürfen selber noch der Fürsorge. Meine Schwiegermutter? Unmöglich. Mein Schwiegervater hat Dienst. Wir würden auch nicht miteinander fertig."

„Haben Sie selber keine Eltern und Geschwister mehr?"

„Mein Vater ist im ersten Krieg verblieben, meine Mutter vor fünf Jahren gestorben. Ich war ihr einziges Kind. Was soll ich also noch? Meinen Kindern werde ich eines Tages zur Last. Oder können Sie sich vorstellen, daß es irgendeinen Menschen gibt, der sich ein ganzes Leben an mich fesselt? Können Sie das? Ich selber möchte dieser Mensch nicht sein. Ich kann nämlich sehr unbequem werden. Das war mit ein Grund, warum mein Schwiegervater, der darum wußte, gegen eine Heirat seiner Tochter mit mir war."

„Sie wissen doch, daß Ihre Kinder Sie mögen und es kaum erwarten können, daß Sie heimkommen."

„Von dem Heim kann nicht viel übrig geblieben sein."

„Irgendwo leben Ihre Schwiegereltern und Kinder ja – und unbequem –, wir alle haben unsere Fehler. Ein Mensch, der Sie liebt, erträgt Ihre Fehler."

„Der mich liebt! Einen Torso wie mich! Vielleicht Mitleid. Mitleid ertrag' ich nicht."

„Und Mitfühlen?"

„Mitfühlen! Vielleicht für zwei, drei Wochen. Vielleicht nicht einmal so lange."

Ich rückte näher an ihn heran. Er überließ mir seine zwei Finger, als ich die vernarbten Stellen betrachtete. Ich sagte: „Um Sie ist alles dunkel. So dunkel sollten Ihre Gedanken nicht sein. Ich bin überzeugt, für Sie wird es eines Tages sogar wieder einmal eine Aufgabe geben. Dann wird der, der Ihnen seine Hilfe bietet, auch auf Ihre angewiesen sein."

„Das sind Geschichten wie im Märchen. Wenn Sie aber so sicher sind, daß es das gibt, wenn Sie so sicher sind, dann folgen Sie mir doch. Ich erwarte nicht, daß Sie mich mögen. Aber ich bin überzeugt, daß Sie meine Kinder eines Tages mögen. Es sind liebe Kinder. Sie haben alles von meiner Frau. Alles!"

Wie er das ‚Alles' betonte, bestätigte er, wie er seine Frau gemocht, geliebt hat, was er mit ihr verlor. Wahrscheinlich würde er in jeder Frau, die ihm folgte, seine Frau sehen. Als ich nicht gleich antwortete, sagte er: „Sehen Sie, Sie schweigen. Schön reden läßt sich leicht!" Es klang bitter, wie er es sagte.

Ich sagte: „Ich mag Ihre Kinder schon jetzt."

„Dann folgen Sie mir doch! Nicht zum Heiraten. Eine Frau wie meine läßt sich nicht vergessen. Sie würde immer zwischen uns stehen. Aber ohne jemanden, der für mich sieht, der mein rechter Arm ist, gehe ich unter. Und Sie hätten meine und die Kinder meiner Frau, die Sie auch eines Tages gerne haben – dessen bin ich sicher. Helfen, zu helfen haben Sie doch gelobt!"

„Und die anderen? All die anderen hier, denen ich auch zu helfen habe? Die genauso auf meine Hände, meinen Dienst angewiesen sind wie Sie?"

Er zog seine zwei Finger zurück, die ich noch immer hielt, und sagte: „Vergessen Sie es. Es waren Gedanken, Vorstellungen, die in den letzten Tagen in mir waren. Vergessen Sie es."

Mir war, als ob ich den letzten Rest Hoffnung, der noch in ihm war, zerschlug. Ich sagte: „Sind Sie doch nicht so ungeduldig. Gönnen Sie mir noch einige Tage. Mir ist selber der Gedanke gekommen, ob es möglich ist, hier freizukommen, um Ihnen, sofern Sie es wünschen, zu folgen." Erst jetzt dachte ich an die anderen, die ich genauso zu betreuen hatte, die auf meine Hilfe, meinen Zuspruch warteten. Wenn sie auch nicht so getroffen sind wie Honold, und die meisten von ihnen in ihrem späteren Leben nicht stets auf Hilfe angewiesen sind, aber jetzt erwarteten sie mich bestimmt. Das ist auch meine Sorge, daß ich deshalb hier nicht freikomme und die Hoffnung von Honold zerstöre. Ein wenig schreckt mich auch sein Wort: ‚Ich kann sehr unbequem werden.' Immerhin war es ehrlich. Seine Kinder, ich habe sie erst einige Male gesehen. Ich mag sie wirklich. Ich würde ihnen wie eine Mutter sein. Eine Mutter wie mein Vater ein Vater ist. Von dem ich weiß, daß er sich bis an sein Lebensende, so lange er zu denken vermag, um mich sorgt. Ich bin sicher, er hätte nichts dagegen, wenn ich Honold folgte. Meine Mutter würde bestürzt ihre Hände über dem Kopf zusammenschlagen und sagen: ‚Genau unsere Gertrud! Unüberlegt.'

Wenn ich ihm folge, das Aufgeben der Kirche, der Orgel, des Parks mit seinen Bäumen und Sträuchern, ihrem Grünwerden, ihrem Blühen, die Vielfältigkeit der Farben im Herbst, den Garten, das Feld, die Gemeinsamkeit, aber auch oft mein Alleinsein, mit Gedanken, Vorstellungen, die nur mir gehören, das wird ein schwerer Weg – noch bin ich hier. Und die Oberin? Sie wird nichts unversucht lassen, mich zu halten – anbinden kann sie mich nicht. Ich will ja weiterhin helfen – ist es wirklich nur das? Nur das?

Nach den Angaben des Oberarztes wird Honold in den ersten Wochen noch nicht entlassen. Die Station könne unmöglich auf mich verzichten. Es gebe bestimmt irgendeine andere, die sich um Honold mühe. Ich sagte: „Irgendeine!" Er prüfte mich kritisch: „So ist das!"

Ich war verärgert. „Einen weiteren Honold, dann kipp' ich um. Es hat nicht jeder Ihre Haut."

Sein Blick blieb kritisch. Er sagte: „Sie kippen selbst beim dritten und vierten Honold nicht um. Wissen Sie warum? Sie würden es niemals zugeben, daß Gott, von dem Sie glauben, daß Sie ihn für sich gepachtet haben, nicht nur Sie, ich meine sie alle, schwach werden ließ!"

Ich unterdrückte zu sagen: ‚Was wissen Sie um meine Nächte? Was wissen Sie um unsere Hilflosigkeit in unseren Gebeten. Gott für uns gepachtet! Keinem kann er zu manchen Stunden ferner sein als mir.' In diesem Augenblick schrie Honold, von dem wir ziemlich entfernt standen, wie ich ihn bis dahin noch nie schreien hörte. Der Oberarzt war schneller bei ihm. Mein Rock behinderte mich. Die Stimme des Oberarztes war mitfühlend. Er fragte: „Lieber Herr Honold, was haben Sie? Schwester Eugenia und ich, wir sind bei Ihnen. Wir verlassen Sie nicht."

Honold versuchte, sich aufzurichten. Der Oberarzt war ihm behilflich. Honold schien sich erst jetzt zu erinnern, wo er war. Er sagte: „Ich habe furchtbar geträumt. Ich war Soldat. An der Front. Mann gegen Mann. Ich weiß nicht mal, welche Uniform ich, welche er trug. Ich bat: ‚Nicht schießen, nicht schießen, ich schieße auch nicht!' Ein grauenhaft scheußliches grinsendes Gesicht. Sein Mund äffte mir nach: ‚Nicht schießen, nicht schießen!' und schoß mir beide Augen aus."

Der Oberarzt und ich wir schwiegen. Ich dachte: ‚Mein Gott, hoffentlich war es ein einmaliger Traum. Er darf sich nicht wiederholen.'

Honold bat: „Herr Doktor, wie lange behalten Sie mich noch hier? Ich möchte zu meinen Kindern. Möchte zu dem Grab meiner Frau."

„Sobald wir glauben, es verantworten zu können, werden Sie entlassen."

„Wann glauben Sie, das verantworten zu können?"

„Herr Honold, Sie wissen, wie es um Sie steht. Es wird schwer genug für Sie. Wir möchten nicht, daß Sie sich dann noch zusätzlich mit Schmerzen quälen müssen, von denen wir überzeugt sind, daß wir hier die Ursache beheben können."

„Bin ich völlig blind? Nicht einmal einen Schimmer?"

Der Oberarzt setzte sich zu ihm: „Nein, nicht einmal einen Schimmer. Sie haben keine Augen mehr. Dem Chef und mir ist es ein Rätsel, wie das geschehen konnte. Sie wurden Ihnen ausgedrückt. Auch Ihre Augenlider sind wie abgeschnitten. Keiner könnte sie Ihnen nochmals ausschießen. Ich sag Ihnen das so genau, damit sich der Traum nicht wiederholt."

Ich hätte schreien, laut schreien können, als Honold sagte: „Keiner kann sie mir nochmals ausschießen!" Das Gesicht des Oberarztes verriet, was auch in ihm vorging. Honold schrie: „Gehen Sie! Gehen Sie! Sie beide!"

Der Oberarzt nahm mich bei der Hand: „Kommen Sie!" Er zog mich mit sich, als ich zögerte. Er flüsterte mir zu: „Wissen Sie, daß ich heulen, laut heulen könnte, nicht nur wegen Honold. Honold ist eines der vielen Opfer. Ich könnte heulen, weil noch immer die Falschen gehängt werden. Noch immer die, die auf meiner, ich nehme an, auch auf Ihrer Seite stehen. Einige Dutzend von denen, die das zu verantworten haben, dann hätte dieses Grauenhafte ein Ende. Es hätte früher, weit früher geschehen müssen – weit früher, als klar wurde, was diese Verbrecher beabsichtigen. Es ist doch keinem verborgen geblieben, daß es Landsknechte waren, die sie mit ihrer SS und der SA um sie scharten. – Ich halte nichts vom Fluchen, aber unsere Generäle könnte ich dreidutzendmal verfluchen. Sie konnten es verhindern. Wahrscheinlich haben sie alle gedacht, mit solchen Burschen schaffen wir es. Das sind keine Jammerlappen, die weiche Knie bekommen."

Ich nahm seine beiden Hände und flehte: „Bitte, sprechen Sie niemals zu einem anderen so. Niemals! Dann gehören Sie auch zu denen, die gehängt werden."

„Denken Sie, der Chef dächte anders? Haben wir nicht geschworen, das Leben zu erhalten! Ein niederträchtiger Lump, der anders denkt. Lassen Sie nie bei einem, von dem Sie nicht wissen, ob er absolut dicht ist, Ihre Zunge vorlaut werden. Diese Burschen quetschen Sie aus, so daß Sie selbst ein Dutzend Morde gestehen, obwohl Sie niemandem auch nur eine Ohrfeige gegeben haben, doch wir haben zu tun." Mit schnellen Schritten verließ er mich. In diesen Minuten hätte ich kein quälendes, mir die Kehle abschnürendes Gefühl, wie zu oft auf dieser Station. Ich schäme mich fast, es zu bekennen, ich hätte ein Lied singen können. Ich mußte mich zwingen, daß ich nicht summte. Nicht nur Honold, alle auf dieser Station, das wußte ich, waren gut aufgehoben. Hier wurde keiner aufgegeben, so lange noch ein Fünkchen Leben in ihm war.

An diesem Abend wurden es an der Orgel nicht nur Töne in Moll. Stunden vorher, als ich Honold das Abendessen brachte, war ich nicht einmal zu sehr betroffen, als er sagte: „Nehmen Sie alles wieder mit, jeder Bissen käme zurück. Gehen Sie!" Er wurde laut, als er merkte, daß ich dem nicht gleich folgte: „Sie haben doch gehört: wie ausgedrückt! Wie ausgedrückt, keinen Schimmer! Keinen Schimmer! Wissen Sie warum? Es waren Nägel! Nägel! In einem Balken. Mein Schwiegervater hatte sie nicht 'rausgezogen – mein Gott!", jammerte er, „wegen dieser Nachlässigkeit!"

Ich sagte: „Verdächtigen Sie doch nicht immer Ihren Schwiegervater. Sie müssen doch wissen, daß auch er leidet. Es waren die Bomben, nur die Bomben, der Krieg!"

Er schrie: „Gehen Sie! Gehen Sie! Kommen Sie nie mehr in meine Nähe! Nie mehr! Ich will Sie nicht!"

Nein, ich war nicht einmal zu sehr betroffen. Ich wußte ja, daß er unbequem werden kann. Und war nicht die letzte Hoffnung in ihm ausgelöscht worden, wenigstens noch einen Schimmer sehen zu können? Auf der Station gab es immer einige, die glaubten, nicht satt zu werden. Unter ihnen teilte ich das für Honold bestimmte Essen auf.

Habe ich mich zu sehr um Honold bemüht? Habe ich andere dadurch vernachlässigt? Das muß ich mich jetzt ernsthaft fragen.

Ein junger Mann, dreiundzwanzig Jahre alt ist er. Er hat den rechten Arm und den rechten Fuß verloren. Vom Tag seiner Einlieferung an schien er ruhig und gefaßt. Ich dachte: ‚Das ist einer von denen, die froh sind, daß der Krieg für sie zu Ende ist.' Er schien schlecht schlafen zu können. Fast jeden Abend ließ er sich von meiner Mitschwester oder mir eine Schlaftablette geben. Als ich ihm heute das Abendbrot brachte, sagte er: „Schwester, in meiner Konsolenschublade liegen die Schlaftabletten, die ich mir abends geben ließ. Ich hatte gedacht, ich müßte sie eines Abends gebrauchen, um Schluß zu machen. Ich brauche sie nicht."

Ich war erschrocken. Erst nach Sekunden fragte ich: „Wer hat Sie davor bewahrt? Wer war Ihr Schutzengel?"

Er lächelte: „Schutzengel! Daran glauben Sie doch selber nicht. Dann haben alle, die es traf, keinen gehabt."

„Was hat Sie davor bewahrt?"

„Meine Verlobte. Ich hatte ihr geschrieben, sie habe einen ganzen und keinen halben Kerl gewollt. Sie könne das Verlöbnis als nicht gewesen betrachten. Schon in ihrem ersten Brief fragte sie, ob ich noch gescheit sei. Es habe sich nichts geändert. Für sie sei ich derselbe geblieben. Da habe ich gedacht, anständig von ihr. Sie will dich vorerst schonen. Wie kann eine gesunde, junge Frau einen Krüppel wie mich noch mögen. Gestern erhielt ich ihren vierten Brief, seit ich hier liege. Sie fragt, ob ich noch immer nicht entlassen würde. Sie könne es kaum noch abwarten, um es mir auch zu sagen, was sie mir bereits mehrmals geschrieben hätte. Sie wisse ja, daß ich noch meinen Kopf und mein Herz habe. Auch mit einem Arm und einem Fuß könne man leben und gut zueinander sein. Wahrscheinlich hätte sie mich jetzt noch lieber." Seine Augen waren feucht, als er sagte: „Sie ist glücklich, daß sie nicht zu den vielen Kriegerwitwen ohne Trauschein gehört."

Ich sagte: „Schreiben Sie Ihrer Braut, auch ich sei ihr sehr dankbar, daß ich mir keine Vorwürfe zu machen brauche, wenn Sie ... Aber nein, schreiben Sie das nicht. Sie braucht nicht zu wissen, in welcher Gefahr Sie sich befanden."

Erst jetzt kam mir der Gedanke, wie kann er ihr überhaupt schreiben ohne rechten Arm?

Er sagte: „Ich bin Linkshänder. Ich habe in der Schule manche Prügel bekommen, weil ich partout nicht mit der rechten Hand schreiben wollte."

Ich strich ihm über die Augen. Er küßte meine Hand. Das erste Mal, daß einer meine Hand küßte. Ich nahm die Schlaftabletten an mich. Es waren dreiundzwanzig. Sein sicherer Tod. Hätte der Oberarzt dann wiederum gesagt: ‚Ein weiterer, an der Front Gefallener?' Er fragte: „Schwester, was schätzen Sie, wann ich hier entlassen werde?" Ich versprach ihm, den Oberarzt zu fragen. Das mit den Schlaftabletten sollte keiner erfahren. Wie konnten meine Mitschwestern und ich nur so leichtfertig sein, ihm so oft eine Schlaftablette zu geben, ohne mit dem Arzt darüber zu sprechen. Sind wir den anderen gegenüber zu nachlässig geworden, seitdem Honold hier liegt? Ich weiß nicht, ob ich das verkraftet hätte. Ist das nicht ein Zeichen, daß ich die Station nicht verlassen darf?

Honold brachte ich stets als Letztem das Essen. Schon seit Tagen gelang es ihm, die kleingeschnittenen Butterbrote mit seinem Daumen und dem Zeigefinger allein zum Mund zu führen. Beim Trinken mußte ich ihm weiterhin behilflich sein.

Als ich ihm schon eine ‚Gute Nacht' wünschen wollte, sagte er: „Schwester, Sie dürfen es mir nicht nachhalten, ich war vor einigen Tagen wieder einmal sehr ungehörig zu Ihnen. Doch, doch", bestätigte er, als ich seine Entschuldigung nicht für nötig hielt.

Mit keinem Wort erinnerte er an seinen Wunsch, ich möchte ihm bei der Entlassung folgen. Hat er sich damit abgefunden, daß das noch einige Wochen dauert?

Bei unserem gemeinsamen Abendgebet unter uns Schwestern sprechen wir seit einigen Wochen auch ein kurzes

Gebet für unsere Feinde. Schwester Oberin hat es so angeordnet.

Als wir es heute abend beten wollten, sprang die Schwester, die bei einem Bombenangriff ihre Eltern verloren hatte, auf. Sie schrie: „Ich kann und will das nicht beten! Wochenlang habe ich mich gezwungen. Habe mir gesagt, du mußt, du mußt! Ich kann es nicht. Kann nicht weiterhin lügen. Für meine persönlichen Feinde kann und würde ich beten. Würde ich bitten, ‚Herr vergib, ich hab ihnen vergeben?' Die, die diesen Krieg verursacht haben, ihn weiterführen, sind nicht nur unsere Feinde, sie sind die Feinde Gottes und unseres Herrn Jesus. Sie vernichten die Schöpfung. Dazu gehörten nicht nur meine Eltern, dazu gehörten alle, die in diesem Krieg getötet, ermordet wurden. Diejenigen, die weiterhin getötet und ermordet wurden. Wenn ein einzelner tötet, ist das ein schweres Vergehen gegen Gott und gegen die, die es trifft. Warum, warum ist es nie mit aller Eindringlichkeit gelehrt worden, daß alle, die an einem Krieg schuldig sind, die ihn möglich machen, schwerste, allerschwerste Verbrechen gegen Gott und seine Schöpfung begehen? Daß wir alle, die wir darum wissen, verpflichtet sind, das zu verhindern. Wie können wir etwas von Gott erwarten, was wir selber zu tun nicht bereit sind!"

Meine Mitschwestern und ich waren nicht nur bestürzt, wir waren wie erstarrt. Ob es eine solche Auflehnung an dieser Stätte jemals gab? „Ich erwarte Antwort!" begehrte die Schwester. „Antwort, die ich annehmen kann, sonst werde ich in den nächsten Tagen unser Haus verlassen. Ich kann nicht länger mit dieser menschenmordenden Lüge leben, dieser Lüge, daß Menschen das Recht haben sollen, andere in den Tod zu treiben!"

Wie mochte die Oberin das empfinden, als Auflehnung gegen sie?

Mein Blick wechselte von der Oberin zu der anklagenden Schwester. Kamen mir nicht an manchen Abenden und in nächtlichen Stunden ähnliche Gedanken? Mußten sie nicht jedem kommen, der noch eigene Gedanken hat, der den Krieg nicht wie ein von der Natur gegebenes Schicksal annimmt?

Die Oberin sagte: „Meine Mitschwestern, Ihr alle, denen ich wie eine Mutter sein soll, denkt Ihr, mir kämen nicht manchmal ähnliche Gedanken! Wenn ich seit Wochen auch für unsere Feinde beten ließ, dann doch nur, daß Gott in ihr Denken, in ihr Streben Einzug findet und es zu wandeln versucht. Doch nicht, damit sie weiterhin in ihrem verbrecherischen Handeln fortfahren. Nur Gott kann doch einen solchen Sinneswandel bei ihnen bewirken. Es sei, sie haben sich in ihrem Willen so weit von ihm abgewandt, daß sie sich selbst für Götter halten, die die Geschicke der Welt bestimmen. Dann Schwestern sollen wir diese Menschen umbringen? Ich vermag das nicht. Genauso, wie Christus es nicht vermochte, die zu töten, die seinen Tod begehrten. Ich kann nur beten, beten und immer wieder beten und gut zu denen sein, die mir begegnen, obwohl ich oft innerlich genauso verzweifelt bin wie manche von Euch. Ich bitte Euch, nennt mich von jetzt an nur Schwester. Wenn selbst wir nicht mehr zu glauben, zu lieben vermögen, von wem könnten wir es dann erwarten? Und wenn ich von unseren Feinden sprach, habe ich an die Feinde in unserem eigenen Land wie an die in den anderen Ländern gedacht. An all die, die das Töten und Morden anordnen." Sie ging auf die klagende Schwester zu und nahm ihre Hand: „Gehst du mit mir zur Kirche, und betest mit mir zu Gott, daß diese Geißel von uns genommen wird. Es muß doch selbst diesen Menschen die Einsicht kommen, wie verbrecherisch ihr Handeln ist."

Wir alle folgten den beiden. Es wurde wiederum spät.

Honold wurde bald entlassen. Er hat mich erneut gebeten, ihm die Stütze zu sein, ohne die er glaubt, nicht leben zu können.

Ich bin wieder einer klaren Antwort ausgewichen. Ich vermag sie mir selber nicht zu geben. Welche Aufgabe verlangt mich mehr?

Die anderen, die nach Wochen, Monaten entlassen werden, wenn auch irgendwie behindert, aber doch so, daß sie meist ohne fremde Hilfe zurechtkommen, oder er, von dem ich weiß, daß er wohl für immer auf eine Stütze angewiesen ist? Noch können seine Kinder ihm diese Stütze nicht sein. Und bürde ich meinen Mitschwestern nicht noch mehr Arbeit auf, wenn ich sie verlasse? Weiß ich, ob ich es überhaupt schaffe, nur für ihn für längere Zeit da zu sein? Dazu ungeduldig, wie er manchmal sein kann. Steht er mir näher als jeder andere? Kann nicht schon morgen oder irgendwann einer hier eingeliefert werden, den es genauso hart getroffen hat wie ihn?

Wenn ich in mich forsche, ob er mir inzwischen mehr bedeutet als ein jeder der anderen, dann weiß ich, es ist nur seine größere Hilflosigkeit, die mich mehr an ihn bindet. Tiefere Zuneigung ist es nicht. Könnte ich ihm überhaupt in nächster Zeit schon folgen? Ist es nicht mein eigenes, freiwillig abgegebenes Gelöbnis, das mich noch für einige Monate bindet? Ich muß in den nächsten Tagen mit ihm sprechen. Haben nicht auch die Ärzte des Hauses Anspruch auf meine Hilfe? Sind wir nicht alle dienstverpflichtet?

Dienstverpflichtet von denen, die gegen Gott, damit auch gegen uns stehen? Dienstverpflichtet von denen, die es zu verantworten haben, daß die Menschen zu Krüppeln wurden, die wir zu betreuen haben? Kann es Wahnsinnigeres geben? Warum, warum lehnen wir uns nicht alle gegen diesen Wahnsinn auf? Bangen wir so um unser Leben, obwohl wir wissen, daß auf unserer Seite das Recht und das Mitfühlen mit dem Nächsten steht?

Auch die Oberin ist nur ein Mensch. Auch sie vermag viele Zweifel nicht auszuräumen. Auch sie ist von diesen Zweifeln belastet.

Die Oberin sagte: „Schwester, warum zwingen Sie mich dazu, mich gegen einen Menschen zu stellen, von dem wir alle wissen, daß kaum einer leidvoller getroffen werden kann? Treiben Sie damit nicht auch mich in eine tiefe Gewissensnot? Nach dem Empfinden meines Herzens müßte ich zu Ihnen sagen: ‚Es ist eine gute Aufgabe, der Sie folgen. Ich werde dem Bischof schreiben, daß er Ihr Gelöbnis, das Sie noch bis zum 1. Juli an unsere Gemeinschaft bindet, löst.' Wahrscheinlich würde der Bischof Ihrer und meiner Bitte nachkommen, weil Ihre Absicht genau unserer Regel entspricht zu helfen, für den Schwächeren da zu sein.

Schwester, ich kann es nicht! Ich kann es nicht! Sie erleben es doch, daß Ihre Mitschwestern jeden Tag genauso erschöpft sind wie Sie. Ja, ich gestehe Ihnen, daß es mich manchmal bedrückt, wenn ich dann doch darauf bestehe, die uns vorgeschriebenen Gebete zu verrichten. So löblich Ihre Absicht ist, so unlöblich ist es, Ihren Mitschwestern noch mehr Arbeit aufzubürden.

Wenn es aber eine tiefe Zuneigung ist, die Sie für Honold empfinden, eine Zuneigung, wie zwei Menschen sie empfinden, die sich für ihr ganzes Leben verbinden wollen, dann fürchte ich, können meine Einwände Sie nicht halten."

*

Ich sagte, daß ich diese Zuneigung nicht verspürte, daß es nur die grenzenlose, menschliche Hilflosigkeit wäre, in der Honold sich befände.

Sie sagte: „Ich kann weder Sie, noch irgendeine Ihrer Mitschwestern halten, die glaubt, eine größere Aufgabe vor sich zu haben. Aber bis zum 1. Juli bitte ich Sie zu bleiben. Ich selber bin vor vielen Jahren unserer Gemeinschaft beigetreten, weil ich mich strengeren Regeln nicht unterwerfen wollte. Auch ich wollte mir die Freiheit, notfalls austreten zu können, erhalten. Schwester, Sie selber müssen abwägen und sich entscheiden. Sie wissen, was gegen Ihre Absicht spricht."

Ich erwiderte: „Schwester, keine meine Mitschwestern hat Martin Honold in diesen Monaten so kennengelernt wie ich. Keine hat so mit ihm gelitten. Keine weiß wie ich, daß er zerbricht, wenn er nicht den Stab bekommt, den er benötigt. Bitte, schreiben Sie das dem Bischof, oder entscheiden Sie selber. Ich habe mich entschieden. Meine Mitschwestern werden mir vergeben, dessen bin ich sicher."

Kritisch prüfte die Oberin mich mit ihren schmalen Augen, deren Farbe ich auch jetzt nicht genau feststellen konnte. Sind sie grau, grün oder doch von einem schwachen Blau? Noch nie habe ich sie mit einer Brille gesehen. Soll sie nie um einen Menschen gelitten, nie einen mehr als alle anderen geliebt haben? Liebe ich Honold mehr als die anderen? Wie ich vor vielen Jahren den Bekannten meiner Jugend liebte, so liebe ich ihn nicht. Sind es auch nicht Honolds Kinder, von denen ich glaube, daß es ihnen recht ist, wenn ich zu ihnen komme. Die Oberin sagte: „Wie stellen Sie sich das Zusammenleben mit Herrn Honold vor? Wollen Sie ihn heiraten?"

„Heiraten! Der Gedanke ist mir noch nie gekommen. Ich möchte nur so lange an seiner Seite bleiben, so lange er mich benötigt. Ich will ihm beistehen, bis er eine Aufgabe gefunden hat. Eine Aufgabe, die sein Leben ein wenig aufhellt, die ihn manchmal vergessen läßt, daß alles um ihn düster ist."

„Wenn es diese Aufgabe nicht gibt? Es sind ja nicht nur seine Augen!"

„Irgendeine Aufgabe muß es für ihn geben, sonst kann ihn keiner halten. Keiner. Ein lebender Toter!"

„Sehr zuversichtlich scheinen Sie nicht!"

„Doch, doch, ich bin zuversichtlich! Ich muß ihm diese Zuversicht geben."

„Wenn nicht heiraten, wie denken Sie sich dann Ihr Zusammenleben?"

„Kann ich nicht einstweilen unser grau-blaues Kleid und die Haube behalten? Wir haben ja auch vor dem Krieg, als wir noch unser eigenes Haus hatten, in den Wohnungen der Kranken geholfen."

„Das war doch völlig anders. Wie wollen Sie jeden Morgen nach Geldern und abends wieder nach hier zurückkommen? Ich sehe keine Möglichkeit, Sie einstweilen freizugeben."

„Dann ... Schwester, dann bringen Sie mich in eine schwere Versuchung!"

„Schwester, doch nicht ich."

„Wer denn!"

„Sie sich selber!"

„Ich mich selber! Mich selber, weil ich helfen, nichts anderes als helfen will! Einem Menschen, der nicht härter getroffen werden konnte. Schwester, haben Sie nicht auch gelobt, immer Verständnis für uns zu haben? Haben Sie nicht gelobt, uns immer wie eine Mutter zu sein? Schwester, ich sehe nur die Hilflosigkeit dieses Menschen, die keiner so miterlebt hat wie ich. Nur wegen dieser Hilflosigkeit, bitte, Schwester, nehmen Sie mir das ab, nur deshalb werde ich mein Versprechen nicht einhalten, bis zum 1. Juli hierzubleiben. An dem Tag, an dem Honold entlassen wird, werde ich ihn begleiten. Wenn es ein Vergehen ist, Honold vor seinem Untergang, seinem totalen Untergang zu bewahren, dann, nein, dann wird dieses Vergehen mich nie belasten. Mein Vater würde sich genauso entscheiden. Ich bin froh, das von ihm mitbekommen zu haben."

„Wann wird Herr Honold entlassen?" – „In der nächsten Woche." Gemeinsam gingen wir zur Kirche. Das ‚Ewige Licht' glühte vor dem Bild des Gekreuzigten.

*

Der Krieg ist seit sechs Monaten zu Ende. Seit gut vier Monaten sind Martin und ich verheiratet. Wir wohnen in Geldern, in dem stark zerstörten Haus der Eltern von Martins erster Frau. Das Haus, das Martin mit seiner Frau und seinen Kindern bewohnte, war völlig zerstört, als ich nach Geldern kam. Es ist fast wie ein Wunder, daß die Kinder unverletzt blieben.

Jetzt ist Geldern fast ein einziger Trümmerhaufen. Sehr schlimm war es im Oktober 1944 und am Aschermittwoch 1945.

Zu dieser Zeit hatten die meisten Menschen Geldern verlassen. Es war durchgesickert, daß Geldern und einige andere niederrheinische Städte ausradiert werden sollten.

Martin war nicht zu bewegen, Geldern zu verlassen. So sehr ich ihn anflehte, an die Kinder zu denken. Die Kinder könnten mit ihren Großeltern ausweichen. Wenn mir so viel am Leben liege, könnte ich mitgehen. So blieben wir alle.

Der Aschermittwoch war wolkenlos. Die Bomber hatten klare Sicht. Zuerst Spreng-, dann zwei Stunden Brandbomben. Dichtgedrängt saßen wir in einem heilgebliebenen, gut abgestützten Kellerraum. Es waren für mich die bis dahin längsten Stunden. Mein Versuch, mit den Kindern zu beten, war nur ein Stammeln. „Wir gehen doch alle drauf!" war das einzige, was Martin zu diesen unendlich langen Stunden sagte.

Als ich mich nach der Entwarnung nach draußen wagte, brannte ganz Geldern. Ein solcher Brand war bis dahin für mich unvorstellbar. Bei uns waren keine Brandbomben gefallen. Was hätten sie noch zerstören können, was nicht schon zerstört war? Ich war froh, daß Martin das nicht sehen konnte. Aus seinen Andeutungen wußte ich, wie er Geldern liebt.

Jetzt, nachdem der Krieg ein halbes Jahr zu Ende ist, kann es nur besser werden. Fünfviertel Jahr lebe ich jetzt mit

Martin, seinen Kindern und seinen Schwiegereltern auf allerengstem Raum. Eine Zeit, die nicht oft Hoffnung zuließ. Wie oft war das Wort der Oberin in meinen Ohren, das sie mir bei meinem Abschied sagte: „Schwester, Sie gehen einen schweren, einen sehr schweren Weg! Die Türen unseres Hauses bleiben für Sie offen."

War es Starrsinn, daß ich diesem Wort nicht folgte? Wie oft habe ich gedacht, es ist unmöglich, ein solches Leben durchzustehen. Wie oft Martins Stöhnen in den Ohren: „Warum laßt ihr mich nicht krepieren!" Wie oft habe ich verzweifelt gebetet: „Gott, laß es irgendeine Aufgabe für ihn geben!" und hatte keine Vorstellung, worin eine solche Aufgabe bestehen könnte. Wie oft hat er sich geweigert, selbst das karge Essen zu sich zu nehmen, das sowieso nur so eben reichte, das Verhungern zu verhindern. Dann doch geheiratet!

Nicht Martin, die Kinder haben mich gehalten. Die Kinder und Martins Schwiegervater. Die Kinder glaubte ich, daß sie an meinen Händen hingen, daß sie sich an mich klammerten, wenn ich glaubte, es nicht mehr ertragen zu können. Wenn ich vollends am Ende war, kein Beten, kein Hilferufen Hilfe brachte.

Was wären wir alle zu mancher Stunde ohne Martins Schwiegervater gewesen? Dieser Mann war uns allen ein Vater. Dieser Mann, der seine einzige Tochter verlor. Dieser Mann, der so oft von Martin angeschrien wurde und ruhig blieb. Sein Beispiel hat mich selbst dann gehalten, wenn die Kinder es nicht mehr vermocht hätten. Es gab in dieser bedrückenden Enge Szenen; ich bezweifle, daß sie je auszustreichen sind. Stunden, in denen ich mich so tief verletzt fühlte, daß nur noch sein Schwiegervater Entschuldigungen für Martin fand.

Seit Wochen bin ich sicher, das kann und wird sich nicht wiederholen. Ich bedaure nicht mehr, geheiratet zu haben. Martin hat jetzt eine Aufgabe.

Schon wenige Tage nach der Besatzung durch die Engländer hatten wir schon alle gehofft, daß er diese Aufgabe erhalten würde. Die Engländer hatten ihn zur Kommandantur bestellt, und ich war mit ihm gegangen, denn sie benötigten einen Dolmetscher. Wahrscheinlich hatten Martins frühere Kollegen in der Stadtverwaltung, die um seine guten Kenntnisse der englischen Sprache wußten, ihn dafür empfohlen. Nur vierzehn Tage dauerte es, dann wurde Martin nicht mehr gebraucht. Das, dessen bin ich sicher, hat er nicht verkraftet. Ohne diese vierzehn Tage wäre für uns alle das Leben erträglicher gewesen. Warum es damals nur für vierzehn Tage war, warum er wie einer, der nichts mehr zu bieten hat, gehen mußte, wurde ihm nicht gesagt. Jetzt hat er die feste Zusage, daß er für längere Zeit benötigt wird.

Auch unsere Wohnsituation hat sich ein wenig gebessert. Martins Schwiegervater und die Kinder haben aus unserem und aus anderen zerbombten Häusern Balken und Bretter herausgesucht und daraus eine Bretterbude gezimmert. Sie ist für Martin, mich und die Kinder unser Schlafraum. Bis dahin hatten wir nicht nur über Tag mit sieben Personen in einem Raum gehaust, es war auch unser einziger Raum zum Schlafen. Bei dieser Enge fühlte Martin sich überall im Weg. Dabei war es ein Glück, daß es ihm verborgen blieb, daß das Ofenrohr durch ein Fenster geleitet war, und eine Konsole, ein lädierter Tisch, drei nicht bessere Stühle, Kisten und alte Matratzen, zwei Kessel, vier Teller, genauso viele Tassen unser einziger Hausrat waren. Es war kein Trost, daß es bei den meisten anderen nicht besser aussah. Jetzt haben wir sogar irgendwo eine alte Zinkbadewanne aufgestöbert. Zum Glück hatten wir wenigstens Wasser und meist auch elektrisches Licht.

Ein einziges Mal – vor unserer Heirat – glaubte ich, daß Martins Vater am Ende sei. Martin hatte ihn wieder einmal angeschrien und ihm alle Schuld am Verlust seiner Frau und an seinem eigenen Elend zugeschoben. Da stieß sein

Schwiegervater ihn hart an und schrie genauso laut zurück: „Wir wissen, daß es dich hart getroffen hat. Aber deine Frau war unsere Tochter, unser einziges Kind!" Dann, und das war fürchterlich, bekam er einen Weinkrampf. Zu oft war er tief verletzt worden. Es war ergreifend, wie seine Frau sich um ihn bemühte, wie sie versuchte, ihn zu beruhigen. Weder die Kinder, die bitterlich weinten, noch ich vermochten ihm zu helfen.

Ganz schlimm war es in den letzten Monaten des Jahres 1944, als ich noch nicht lange mit ihm zusammenlebte. Da schien es, als würde Martin niemals mehr von seinen Depressionen befreit werden. Dann hockte er Stunde um Stunde auf einem der drei Stühle und lauschte mit überspitzten Ohren, damit ihm auch nicht der geringste Laut entging. Dabei stieß er oft unartikulierte Schreie aus. Ganz gleich, ob sich ihm die Hände seiner Kinder oder die meinen boten, er stieß sie zurück.

Einmal, als ich nach einem überstandenen Bombenangriff „Gott sei Dank" sagte, schrie er mich an: „Dank! Wofür Dank? Weil dein vermeintlicher Gott verschont und Tausende andere umkommen ließ? Bildest du dir ein, du seist mehr wert als diese anderen, mehr wert als meine Frau? Wo ist er, dein Gott? Warum ließ er mich nicht umkommen?"

In dieser Zeit war ich mehr als einmal nahe daran zurückzugehen, um die Oberin zu fragen, ob die Türe für mich noch offen sei. Es war das grenzenlose Elend, die ungeschickte Hilflosigkeit von Martins Schwiegermutter, die Kinder und ihr Großvater, die mich hielten. Wie oft sah ich Tränen in den Augen dieses Mannes, wenn Martin ihn überfiel, er solle sich zum Teufel scheren und ihm nicht ständig unter die Füße kommen.

Ich weiß, ich habe es bereits erwähnt. Ich komme nicht davon los, diese Szenen waren zu erschütternd. Dabei war Jakob, so heißt Martins Schwiegervater, unentwegt bemüht, unser Leben zu verbessern. Jeden krummen Nagel, den er fand, jedes Stück Draht wußte er zu verwerten. Er hat mich in diesen Wochen und Monaten gelehrt, daß selbst die nichtigsten Dinge ihren Wert haben. Schon als er mich am zweiten Tag meines Hierseins bat, ich möchte „Jakob" zu ihm sagen, wußte ich, daß ich diesem Mann beistehen müßte.

Was in diesen Monaten bis zum Ende des Krieges das Leben nicht leichter machte, war das Verhalten der Behörden. Es wird ihnen nicht unbekannt sein, daß Martin auf die Nazis nicht gut zu sprechen war. Wenn ich um Bezugsscheine für dieses und jenes bettelte – wir hatten ja kaum mehr als das, was wir auf dem Leib trugen –, wurde mir gesagt, wir müßten alle Opfer bringen. Entschädigung gäbe es erst nach dem errungenen Sieg.

Jakob und Karl haben jetzt auch die Bretterbude verdichtet. Im vergangenen Winter zog es durch alle Ecken und Kanten. In manchen Nächten gefror unser Atem auf den Fetzen, die wir zum Zudecken hatten, zu Eis.

In dieser Zeit war es mir unmöglich gewesen, meine Aufzeichnungen fortzusetzen. Nicht nur, weil ich kein Papier dazu hatte, sondern weil ich wie Martin kaum an ein Überleben glaubte.

*

Ich schrieb es schon, Martin hat jetzt eine feste Aufgabe. An manchem Tag hat das auch für unsere äußerst kargen Mahlzeiten eine kleine Aufbesserung gebracht. Nicht nur, weil Martin jetzt mittags bei den Engländern sein Essen bekommt, hin und wieder bringt er auch einen Kanten Brot und sonstiges an Essen mit. Der Soldat, der ihn begleitet, übergibt es uns. Vielleicht würde Martin es nicht einmal annehmen.

Jetzt leidet Martin auch nicht mehr an Depressionen. In vielem ist er selbständiger geworden: mit seinem Daumen und Zeigefinger weiß er sich geschickt mit Waschlappen zu waschen und zu rasieren. Er stochert auch nicht mehr mit der Gabel so unbeholfen im Essen herum. Wer sollte ihm bei den Engländern beim Essen behilflich sein?

Wenn er spätnachmittags gebracht wird, grüßt er kaum zurück, wenn der Engländer ihm für den restlichen Tag einige gute Stunden wünscht. Auch mit uns spricht er wenig. Als er einmal sagte: „So ein Blödsinn, die sind bescheuert", schwieg er, als ich wissen wollte, was er damit meinte. Dieses Schweigen ist immerhin weit besser als seine früheren Ausbrüche. Wenn wir abends auf unseren Matratzen liegen, ist sein „Gute Nacht!" sehr knapp. Ich bin überzeugt, selbst nach diesen Monaten, seitdem wir verheiratet sind, denkt er weit mehr an seine erste Frau als an mich. Wird das so bleiben? Er ist mein Mann. Ich habe gelobt, ihn nie im Stich zu lassen, und seine Kinder mag ich auch, und sie mögen mich. Schon ihretwegen braucht sich die Klostertür für mich nicht mehr zu öffnen.

Wieder sind Wochen vergangen. Vorgestern besuchte uns ein Siedler, der in der Umgebung von Geldern ein kleines Anwesen hat. Er erkundigte sich nach Martin. Ich erfuhr, daß Martin ihm während des Krieges in einer verzwickten Angelegenheit geholfen hat. Aus Andeutungen wußte er um den Zustand von Martin und wollte wissen, ob er uns ein wenig helfen könnte, viel habe er nicht, aber auch zwei Ziegen gäben Milch. Wenn der Weg bis zu ihm nicht zu weit wäre, könnten wir jeden zweiten Tag einen halben, auch schon mal einen ganzen Liter haben.

Er sah sich den Schutt hinter unserem Haus an und sagte: „Wenn der Schutt weggeräumt wäre, könnten wir dort gut Gemüse ziehen."

Er sah ein, daß wir den Schutt nicht mit den Händen wegräumen konnten. Er wollte uns zwei Schubkarren leihen und an einem Tag in der Woche mithelfen. Er müsse einen Beitrag dafür leisten, daß er unbeschädigt davongekommen war.

Jakob, der dabeistand, nickte nur hin und wieder mit dem Kopf. Zweifelte er daran, daß dies zu einer Zeit möglich war, in der jeder genug eigene Probleme hatte? Erst als der Siedler sich verabschiedete und daran erinnerte, daß schon morgen ein halber oder ein Liter Milch geholt werden könnte, fragte Jakob: „Und die Arbeit hier? Wann können wir damit anfangen? Kann ich nicht jetzt schon mit Ihnen gehen und eine Schubkarre und eine Schaufel bekommen?"

Der Siedler war zwar mit dem Fahrrad unterwegs, aber ihm war es recht. Erst jetzt holte er von seinem Fahrrad einen Beutel mit einem schönen Wirsing und zwei prächtigen Köpfen Salat. Er sagte: „Sie brauchen nicht zu danken. Das und noch weit mehr schulde ich Ihrem Mann."

Als ich beiden nachblickte, dachte ich, Jakobs Gang sei straffer geworden. Lag das an der Aufgabe, die er vor sich sah, den Schutt wegzuräumen, damit dort ein Stück zum Ernten umgearbeitet werden kann?

Ich stand mit dem Beutel in den Händen da. Was mußten andere dafür hergeben, um so etwas zu bekommen? Dazu jeden zweiten Tag Milch. Es war doch bekannt, was die Bauern, denen dies geboten wurde, dafür forderten. War es im Ersten Weltkrieg, und die Zeit danach, nicht genauso gewesen? Jetzt kam dieser Mann, der nur einen kleinen Betrieb mit einigen Ziegen bewirtschaftete und erinnerte sich daran, daß auch ein anderer ihm einmal geholfen hatte. Es gab bei mir keinen Zweifel, darüber würde auch Martin sich freuen. Karl schlug fast einen Purzelbaum, als er mit den beiden Mädchen aus der Schule kam, die seit Wochen wieder provisorisch geführt wurde. Die Mädchen sprangen, als wollten sie Ringelreihen tanzen. Ihre Großmutter kam zu uns. Als sie den Grund unserer Freude hörte, sagte sie: „Das war der Martin von früher!"

Ich sagte: „Wenn er früher so war, bringen wir ihn wieder dahin", ohne daß ich wußte, aus welchem Anlaß der Siedler glaubte, danken zu müssen.

Jakob brachte zu der Schubkarre zwei Schaufeln mit. Ich habe die erste Schubkarre gefüllt – nur, wohin mit dem Schutt, das muß noch geklärt werden.

Was war ich dumm! Wie eine Nonne habe ich mich verhalten und Martin war nicht klüger. Ich habe das von ihm erwartet, was er von mir erhoffte. Jetzt weiß er, daß es nicht nur Mitgefühl von mir war, als ich ihn heiratete. Jetzt weiß er, ich bin seine Frau, ganz seine Frau. Ich glaubte, war überzeugt ... wie dumm, wie unvorstellbar dumm! Sollte er in mir tatsächlich immer noch die Klosterschwester gesehen haben? Vom ersten Augenblick an hätte ich mich dicht an ihn schmiegen sollen. Bis zuletzt war in mir der Gedanke, zwischen ihm und mir befände sich seine erste Frau. Konnte ich sie vertreiben, wo ich ihm doch hauptsächlich nur Stütze, Hilfe sein wollte? Vielleicht hätte ich ihm manche Stunde erhellt, wenn ich ihm die Gewißheit gegeben hätte, ich bin in allem seine Frau. Nicht nur das: Martin sollte Bürgermeister werden! So glücklich ich darüber bin, daß es nichts Trennendes mehr zwischen Martin und mir gibt, so unsicher bin ich, ob ich mich darüber freuen soll, daß er Bürgermeister einer total zerbombten Stadt werden soll. Ein blinder Bürgermeister, der zwar nicht seine Sprache und seinen Verstand verloren hat, der aber keinen einzigen Buchstaben mehr schreiben kann. Martin sieht keine Schwierigkeiten, nur das gilt. Er sagte zu mir: „Wenn die, die mich vorgeschlagen haben, denken, einen Blinden könnten sie hinters Licht führen, werden sie sich wundern." Er klärte mich darüber auf, daß der Bürgermeister nach dem System, das die Engländer einführen wollten, kaum mehr als der Vorsitzende des Rates der Stadt ist. Der neue Rat würde in Kürze von den Engländern eingesetzt. Nur Frauen und Männer, von denen bekannt ist, daß sie Gegner der Nazis waren, zumindest keine Bindung mit ihnen eingegangen sind, sollen diesem Rat angehören. Von diesem Rat, der höchstens ein Jahr im Amt bleibt bis ein neuer frei gewählt ist, soll er der Vorsitzende sein.

Ich hatte an früher gedacht, als der Bürgermeister, als erster Mann der Stadt, für alles verantwortlich war. Ich war erleichtert darüber, daß eine solche Arbeit auf Martin nicht zukommt. Ich bin sicher, Vorsitzender eines Rates zu sein, dazu hat Martin selbst in seinem Zustand das Zeug in sich. Wer will es mir verdenken, daß sich dabei der Gedanke an eine bessere Wohnung bei mir einschlich. Obwohl ich weiß, daß es kaum irgendwo eine bessere gibt. Martin weiß nicht einmal, wo der Rat zusammenkommen soll, denn das Rathaus war zerstört. Einige von denen, die auch dem Rat angehören sollen, waren hier, um Martin für eine neu zu bildende Partei zu gewinnen. Den Weg zu uns hätten sie sich sparen können. Martin sagte zu ihnen, für den Anfang seien Hände und Köpfe, die helfen wollten, wichtiger als Parteien. Bisher seien es ja Parteien gewesen, die uns zugrundegerichtet hätten. Auf ihren Einwand, es sei der Wunsch der Engländer, daß Parteien gegründet würden, erinnerte er sie daran, daß er das wisse, das könne seine Ansicht nicht ändern. Jetzt wissen sie, daß er niemandem nach dem Mund redet, daß er nur das macht, für was er geradestehen kann. Augen habe ich. Sie müssen für ihn mitsehen.

*

Ich bin stolz auf Martin. Keine Frau könnte auf ihren Mann stolzer sein. Das haben die Engländer bestimmt nicht erwartet. Ich bin sicher, dann hätten sie ihn nicht zum Bürgermeister gemacht.

Ein Angestellter der Stadt, der die Einführung des Rates protokollierte, hat mir eine Durchschrift zugeschickt. Ich habe sie nicht einmal, ich habe sie mehrere Male gelesen. Meine anfänglichen Sorgen, die Engländer könnten es Martin spüren lassen, daß er so unabhängig ist und sich auch nicht vor ihnen duckt, habe ich weggefegt. Keiner soll mir nachsagen, ich sei eine ängstliche Krämerseele.

Nachdem Martin weiß, daß ich, seitdem ich ihn kennenlernte, einiges aufgeschrieben habe und weiterhin aufschreibe, um es ihm später einmal vorzulesen, war es für mich wie eine Pflicht, kein Wort von dem auszulassen, was Martin bei der Einführung des Rates gesagt hat. Der Angestellte bestätigte mir, er hätte Wort für Wort stenografiert. Ich wußte, Martin würde nicht katzbuckeln. Aber diese Haltung!

Er sagte: „Herr Kommandant, meine Herren Offiziere! Sie haben uns, die wir vor Ihnen sitzen oder stehen, ausgesucht, in nächster Zukunft Entscheidungen für die Menschen unserer Stadt zu treffen. Wir wissen noch nicht, wie weit die Grenzen gezogen sind, in denen wir Entscheidungen treffen können. Wir hoffen, daß diese Grenzen so weit gezogen sind, daß wir es mit Dankbarkeit empfinden, wieder frei zu sein. Frei, nach langen Jahren furchtbarer Unterdrückung. Einer Unterdrückung, wie sie selten von einem Volk ertragen werden mußte.

Sie selber sind Bürger einer Nation, in der die Freiheit und die Würde eines jeden geachtet werden sollte. Sie haben mich ausersehen, Bürgermeister unserer Stadt zu sein. Sie haben mir damit Ihr großes Vertrauen bewiesen, aber auch eine harte Bürde auferlegt, genau wie allen anderen Auserwählten. Wir werden uns bemühen, dieses Vertrauen zu rechtfertigen.

Sie wissen, unsere Stadt hat infolge des Krieges und der Bombenangriffe sehr stark gelitten. Sie ist, so habe ich mir sagen lassen, fast völlig zerstört. Ich selber bin ein Opfer dieser Bombenangriffe. Meine erste Frau wurde, wie viele andere Frauen, Männer und Kinder unserer Bevölkerung, bei diesen Angriffen getötet. Verübeln Sie es mir nicht, daß ich das erwähne. Ich bin mir bewußt, ich kann es nur mit dieser Offenheit, weil Sie uns die Freiheit dazu eingeräumt haben.

Sie haben uns auserwählt, nachdem Sie sich überzeugt haben, daß keiner von uns den Nazis angehört hat. Diesem System, das furchtbares Unheil über Menschen vieler Völker gebracht hat. Unheil von solchem Ausmaß, daß ich mich schäme, daß dieses Unheil von Menschen unseres Volkes verursacht wurde. Ich schäme mich. Ich bin überzeugt, die meisten unseres Volkes werden so empfinden. Aber schuldig, auch das wird für die meisten gelten, fühle ich mich nicht. Wir waren durch eigene Landsleute so geknebelt, daß jeder Versuch, sich daraus zu befreien, den sicheren Tod und Verfolgung der Angehörigen bedeutete. Ich bitte Sie, meine Herrn Offiziere, das immer zu bedenken. Engen Sie die Freiheit, die Sie uns zurückbrachten, nicht durch Beschlüsse und Verordnungen ein, die unser Leben belasten. Empfinden Sie sich nicht als Sieger über unser Volk, sondern über ein System, das ausgerottet werden mußte, das auszurotten wir zu schwach waren. Erinnern Sie sich auch an Ihren großen Dichter Lord Byron, der sich nicht nur für die Freiheit der Griechen einsetzte und, obwohl vom Tode gezeichnet, dafür Opfer brachte und auch zu den gefangenen Türken großmütig war.

Meine Herren, Sie wissen, für mich bleibt es für immer dunkel. Dunkel wie auch für Tausende andere, die in diesem Krieg erblindeten. Dieses Schicksal wird für uns bestimmt erträglicher, wenn wir wissen, daß alle, die an diesem schrecklichen Geschehen beteiligt waren, all dem abschwören, wodurch sich ein gleiches Geschehen wiederholen könnte. Nur dann – aber auch nur dann hätte dieser Krieg ein wenig bewirkt.

Herr Kommandant, mit Ihrer Zustimmung wurde ich Dolmetscher, bekam ich die Aufgabe, den verschiedenen Sprachen das Fremde zu nehmen. Mit dieser Aufgabe gaben Sie mir wieder den Mut zum Leben. Mit dieser Aufgabe verhinderten Sie, daß sich in mir der Haß festfraß und mein Leben in der absoluten Dunkelheit endete. Dafür danke ich. Das gibt mir den Mut, Sie zu bitten, setzen Sie sich dafür ein, daß wenigstens die Versorgung unserer Kinder gebessert wird. Unsere Kinder sind genauso schuldlos wie alle Kinder der Welt. Mein Beruf verlangt es, mich immer für die Einhaltung des Rechts einzusetzen. Genauso habe ich immer die Partnerschaft angestrebt. Nach dieser erbarmungslosen, grausamen Zeit sollen wir alle eine aufrichtige Partnerschaft anstreben. Ich möchte noch manches sagen, was sich in mir angestaut hat. Ich danke Ihnen für Ihre Geduld. Sorgen Sie mit dafür, daß es nie mehr dazu kommt, daß es Menschen gibt, die eine solche Macht und Gewalt über andere haben."

Nach dem Protokoll antwortete der Kommandant kurz. Er sagte: „Wir Briten haben gelernt, Vorwürfe zu ertragen. Was Ihre Kinder betrifft: Was wir nicht haben, können wir nicht geben."

Nach dem Protokoll hat Martin dann gesagt: „Herr Kommandant, dennoch wiederhole ich meine Bitte. Auch ein Bittender braucht die Wahrheit nicht zu verschweigen. Die Kinder sind ohne Schuld. Und lassen Sie uns den Weg zu einer Sprache finden."

Als Martin einige Stunden später nach Hause gebracht wurde, sagte ich zu ihm: „Ich habe das Protokoll von eurer gestrigen Amtseinführung. Ich lese es dir vor."

Er wehrte mit seinem verbliebenen Arm ab und sagte: „Jetzt nicht, vielleicht später. Sonst wurmt es mich, was ich alles ausgelassen und alles durcheinandergebracht habe."

„Du warst großartig. Ich bin stolz auf dich!"

„Stolz! Ich hätte am liebsten die ganze Zeit geheult wie ein Schuljunge, der sich zu Unrecht gestraft weiß. Alles düster, düster! Schwarz, wie nichts schwärzer sein kann. Nur Geräusche, keine Regung sehen zu können. Nichts, gar nichts! Ich, der einzige Geschlagene in diesem Kreis, völlig schuldlos. Dann betteln! Betteln, vor diesen, die ich am liebsten angeschrien hätte: ‚Was habt ihr getan, um das Morden zu verhindern? Was haben die Großen eures Landes getan, um die wirklich Schuldigen zu treffen? Diese Schuldigen schon vorher unschädlich zu machen? Dieser Wahnsinnige mit seinem Schurrbärtchen und seine Helfershelfer haben es doch nie verschwiegen, was sie wollten. Sie haben es doch nicht nur hinausgeschrien, sie haben es doch auch drucken lassen, damit es keinem entgehen konnte.' Stattdessen habe ich wie ein Abiturient vor ihnen gestanden, der eine gute Note erbittet. Ich habe mich selten so erniedrigt, so gedemütigt gefühlt. Ich weiß nicht einmal, wie es in diesen meinen Empfindungen mir möglich war, das zu sagen, was ich gesagt habe. Ich weiß es nicht. Ich war ja auch nicht frei von eigenen Schuldgefühlen, wenn auch weniger von persönlichen. Ich kann es doch nicht ausstreichen, daß es bei uns viel zuviele waren, die ohne eigene Gedanken diesen Schurken zujubelten, anstatt sie einzusperren, oder auf eine entfernte, unbewohnte Insel zu verfrachten, wo sie sich gegenseitig umbringen konnten. In dieser Stunde unserer Amtseinführung hat keiner, keiner ... doch wozu? Niemals, niemals kann ich mich damit abfinden. Nicht ein einziges Gesicht, nicht ein einziges Gesicht, um zu sehen, was in diesem Menschen vorgeht. Gibt es Hoffnung, daß ihr Denken zu ändern ist? – Nichts, gar nichts! – Ich hätte dieses Amt nicht annehmen dürfen. Gestern habe ich es gemerkt. Ich lausche dem Ton der Worte nach, und Mißtrauen bleibt in mir, Mißtrauen, das ich ausrotten wollte, weil ich weiß, welches Unheil Mißtrauen anrichtet."

Ich war tief getroffen. Vorher in mir dieses Jubilieren, daß ich am liebsten laut gesungen hätte, jetzt dieser Sturz. Das Hineingestoßenwerden in das Empfinden Martins. Ich sagte: „Martin, ich bleibe dabei, du hast großartig gesprochen. Es bleibt bestimmt nicht ohne Wirkung. Ich glaube dir, daß kein Sehender es sich ausdenken kann, wie das ist, Menschen um sich zu wissen und nicht die geringste Regung sehen zu können, die sie nach solch eindringlichem Appell zeigen. Selbst wenn du manches unterdrückt hast, war das, was du gesagt hast, so deutlich, daß selbst das Unterdrückte nicht zu überhören war. Und wenn du meinst, du hättest das Amt nicht annehmen sollen, keiner hätte wie du das Recht gehabt, das zu sagen, was du gesagt hast. Keiner!"

Der Mißmut um seinen Mund blieb. Ich faßte ihn bei seinen Schultern. Er ist ein wenig kleiner als ich. Daher entgeht es mir nicht, daß sein ehemals braunes Haar immer grauer wird. Ich sagte: „Glaub mir, ich fühle mit dir. Versuche nachzuempfinden, wie dir ist, möchte dir manchmal meine Augen leihen und leide, daß es nicht geht. Leide, nicht, weil ich Mitleid mit dir habe, das habe ich bestimmt, ich leide, weil ich dich mag! Daran sollst du immer denken. Weil ich dich mag! Was es auch ist, du kannst alles bei mir loswerden. Alles bei mir abladen. Du bist mein Mann. Keinen könnte ich lieben wie dich."

Heute, einen Tag danach, Jakob und die Kinder waren, obwohl es schon dämmerte, wie an fast jedem Tag nach der Schulzeit beim Schuttwegräumen. Martins Schwiegermutter war in der letzten Zeit, zu dieser Stunde, wenn Martin heimgebracht wurde, meist bei einer Nachbarin, die einige Quadratmeter mehr Platz hatte. Ich sah es sofort, Martin hielt zwischen seinem Daumen und dem Zeigefinger ein Schachbrett. Der Soldat, der ihn brachte, stellte eine Dose und eine größere Büchse Corned beef auf die Kommode. Martin sagte: „Vom Kommandanten, weil ich mich in der englischen Literatur auskenne." War ich froh! Jetzt konnte ich Jakob und den Kindern ein paar kräftige Butterbrote machen. Sie konnten sie gebrauchen.

In der hölzernen Dose waren die Figuren zu dem Schachbrett. Als der Soldat uns verlassen hatte, sagte Martin: „Der Kommandant meint, es sei besser, wenn ich über eine Schachpartie sinniere, als mir über Dinge den Kopf zu zerbrechen, die vorbei sind."

„Kannst du überhaupt Schach spielen?"

„Ich hab es gekonnt. Früher war hier ein Schachklub. Jakob und ich waren Mitglied. Jakob war ein guter Spieler. Vor ungefähr 30 Jahren hat er den Klub mitbegründet. Durch das Schachspiel habe ich seine Tochter Martha, meine erste Frau, kennengelernt."

Nach langer Zeit erwähnte er wieder einmal seine erste Frau. Ich fragte: „Spielte deine erste Frau auch?"

„Nicht besonders."

„Glaubst du, daß du in deinem Zustand ...? Ich habe keine Ahnung vom Schachspiel."

„Der Kommandant meint, nach einer gewissen Zeit müßte ich bei einem guten Gegenspieler blind spielen können. Ich brauche nur anzugeben, welche meiner Figuren gezogen werden soll."

„Denkst du an Jakob?" – „Ich weiß nicht!"

„Glaubst du noch immer, Jakob ...?"

„Du kannst dir nicht vorstellen, wie das ist. Du grübelst und grübelst, sinnierst, sinnierst, nicht das geringste Fünkchen, dunkel, wie es nicht dunkler sein kann, – dann ... Jakob hatte den Keller abgestützt. In einen Balken, die er unter der Betondecke gezogen, hatte er einige Nägel eingeschlagen, zum Aufhängen von Kleidungsstücken und sonstigen Sachen. Es waren bestimmt die Nägel, die meine Augen ..."

„Ist dir vorher je der Gedanke gekommen, sie könnten?"

„Ich weiß, ich hätte sie herausziehen können. Die ganze Abstützung schien mir nicht massiv genug. Habe es Jakob auch mehrmals gesagt."

„Glaubst du tatsächlich, bei diesen Angriffen, Bomben, die alles zerschlugen, da hätte Holz?" – Als Martin schwieg, sagte ich: „Jakob hat zwar nicht wie du seine Augen und seine Frau verloren. Er selbst ist unverletzt geblieben. Glaube mir, kaum ein Mann kann mehr leiden als er. Ich weiß nicht, ob er sich Vorwürfe macht wegen der Abstützung. Ich weiß nur, wenn mein Vater mich so verloren hätte! Ich bin nicht die einzige, wie deine erste Frau ihre einzige war."

Als Martin weiterhin schwieg, sagte ich: „Was meinst du, soll ich mit Jakob sprechen wegen des Schachspiels? Vielleicht wäre es auch für ihn gut. Du erlebst es nicht, wie er zu manchen Stunden schuftet. Ich muß mich dann manchmal abwenden. Deutlich steht es dann in seinem Gesicht, was ihn quält. Ich ertrüge es nicht, wenn ich das bei meinem Vater erlebte. Ich bin überzeugt, es würde ihm viel, sehr viel bedeuten, wenn du zu ihm sagtest: ‚Jakob, ich habe ein Schachspiel bekommen. Was meinst du, sollen wir es noch einmal versuchen?'"

Als Martin selbst jetzt noch schwieg, nahm ich seine beiden Finger zwischen meine Hände und sagte: „Lieber Mann, jeder, der dich kennt, weiß, wie hart du getroffen bist. Jeder würde dir helfen, wenn er es vermöchte. Selbst der Kommandant hat dich spüren lassen, daß ihm dein Schicksal nicht gleichgültig ist. Aber keiner kann dir deine Augen, deinen Arm oder deine erste Frau zurückgeben. Aber selbst du kannst noch hoffen. Hilf Jakob! Nur du kannst es. Die Türen und Fenster kannst nur du aufstoßen."

Mit seinem Arm zog er mich an sich. Er brauchte nichts zu sagen.

Ich habe mich immer für duldsam gehalten und meine, es auch jetzt noch zu sein. Aber das wird allmählich unerträglich.

Martin ist kaum von seinem Dienst bei den Engländern zu Hause, dann steht die Türe zu unserer Bretterbude nicht mehr still. Ich hätte es nicht für möglich gehalten, daß es so viele gibt, die noch weniger haben als wir. Die Klagen, die dann in unserer Bretterbude zu hören sind, bestätigen die Armut, die der Krieg über uns alle gebracht hat.

Wenn es für Geldern ein Dutzend Bezugsscheine für Strümpfe, Socken, Hosen, Schuhe, was es auch ist, gegeben hat, scheint sich das auf Flügeln ausgebreitet zu haben. Jeder, der sich dann wie ein Bettler hier einfindet, ist überzeugt davon, daß es keiner nötiger hat. Wenn ich daran erinnere, daß ich unser kaputtes Zeug kaum noch flicken kann, ist Martin starrköpfig und sagt: „Nackt laufen wir ja noch nicht herum." Er kann ja nicht sehen, wie es um unsere Sachen bestellt ist. Bei dem Bombenangriff, der fast das ganze Haus zerstörte, haben die Schwiegereltern von Martin und die Kinder so gut wie gar nichts retten können. Was ich für mich aus dem Kloster mitbrachte, war das, was ich bei meinem Eintritt mit eingebracht hatte. Was daraus für die Mädchen zu ändern war, habe ich gemacht. Das war vor zwei Jahren. Nur für die Kinder und Martin gibt es noch Wäsche zum Wechseln. Wenn ich samstags alles gewaschen habe, lauf' ich fast halbnackt herum: in einem Kleid, darüber einen Mantel – und das den ganzen Winter über. Es ist kaum zu begreifen, daß keiner von uns krank geworden ist. Wenn Karl nicht für zusätzliche Kohlen vom Güterbahnhof gesorgt hätte, sobald Waggons abgeladen wurden, weiß ich nicht, wie der Winter zu überstehen gewesen wäre. Martin weiß nicht einmal – ich nehme es zumindest an –, daß er seit Monaten eine ehemalige englische Uniform und einen dazu passenden Mantel trägt. Vor Monaten brachte der Soldat, der Martin holt und zurückbringt, die Sachen mit.

Für Martins Schwiegereltern habe ich bei einem Arzt, der auch dem Stadtrat angehört und dessen Wohnung fast völlig heilgeblieben ist, einige Kleidungsstücke erbettelt. Jakob wollte sie nicht annehmen, wenn nicht auch ich welche nahm. Ich habe ihn beruhigt. Er sieht ja nicht, daß ich von samstags bis montags, bis die Sachen trocken sind, unter meinem Kleid eine ältere, abgeschnittene Hose von Martin trage. Wenn meine Eltern darum wüßten, das heulende Elend würde über sie kommen. Karl war mir einige Tage böse. Er hatte irgendwo ein neues wollenes Männerhemd aufgetrieben. Ob er es stibitzt hatte, ich hab' ihn nicht danach gefragt. Er gab es mir und sagte: „Das kannst du auch tragen!" Ich habe ihn umarmt und ihm ins Ohr geflüstert: „Du bist ein Prachtkerl! Du weißt nicht, wie nötig dein Vater das hat." Da hat er sich losgerissen, mit den Füßen gestampft und mehrmals wiederholt: „Für dich!" Ich war so gerührt und habe mich abgewandt, er sollte meine Tränen nicht sehen. Er scheint es dann doch herausbekommen zu haben, daß sein Vater das Hemd trägt. Vielleicht hätte ich es wirklich für mich behalten sollen. Vielleicht hätte Martin dann eingesehen, daß auch wir den einen oder anderen Bezugsschein benötigten.

Nicht nur das ist es, sondern auch die Enge bei den Bittbesuchen. Bis auf unsere gemeinsamen Mahlzeiten, die wir in dem einen heilgebliebenen Zimmer einnehmen, befinden sich Martin und ich, wenn er den Dienst hinter sich hat, meist in der Bretterbude. Sicher, die meisten Bittsteller hausen kaum besser, aber sie bleiben unter sich und werden nicht immer gestört. Einstweilen sehe ich nicht, wie und wann sich das bessern soll.

Wenn ich zum Einkaufen über Gelderns ehemalige Straßen gehe, um das Wenige nach Hause zu bringen, was uns auf den Karten zusteht, sehe ich immer wieder, wie das aussieht, was ehemals Geldern war. Ich kann mir nicht vorstellen, wie all das wieder einmal aufgebaut werden soll. Allerdings werden nicht nur bei uns die Steine aus dem Schutt sortiert und geputzt. Überall regen sich Hände. Dennoch, welche mühselige Arbeit.

Noch vor einer Woche sah ich keine Aussicht, daß es in absehbarer Zeit für uns eine bessere Wohnung geben könnte. Nach der letzten Ratssitzung kam Martin nach Hause und sagte: „Wir können in den nächsten Tagen umziehen. Der Arzt, der unserem Rat angehört hat, stellt uns zwei möblierte Zimmer zur Verfügung."

Mir war, als hätte mir einer den Einzug ins Paradies verkündet. Ich fragte Martin: „Hast du darum gebeten, oder ist er von selber daraufgekommen?"

Ich spürte den Groll aus Martins Stimme: „Von selber! Er denkt bestimmt: ‚Besser wir als Ostvertriebene!'"

Ich wußte aus der Zeitung, die es seit Monaten wieder gibt, daß millionen Menschen im Osten aus ihrer Heimat vertrieben wurden. Die Siegermächte hatten das angeordnet. Die Russen erhalten polnisches Gebiet und die Polen ostdeutsche Provinzen. Martin und ich haben mehrere Abende darüber gesprochen und es als schreiende Ungerechtigkeit empfunden. Menschen, von denen bestimmt die meisten, genau wie wir, ohne persönliche Schuld sind, aus ihrer angestammten Heimat zu vertreiben, aus Städten und Dörfern, in denen schon ihre Ahnen gelebt haben. Jetzt erfuhr ich von Martin, daß selbst unser fast völlig zerstörtes Geldern einige hundert dieser Ostvertriebenen unterbringen muß. Martin ist fest davon überzeugt, nur deshalb stelle der Arzt uns die beiden Zimmer zur Verfügung; er will sich Ostvertriebene aus dem Haus halten.

Martins Schwiegermutter, die bisher zurückhaltend zu mir war, hat mich vor einigen Tagen gebeten, ich möchte sie mit Hedwig ansprechen. Jakob und sie sind dabei, sich ein zweites Zimmer, das nicht so sehr beschädigt war, herzurichten. Ein Schreiner, den sie kennen, fertigt ihnen dafür ein Fenster und eine Tür. Sie freuen sich mit uns, daß wir nunmehr eine gescheite Wohnung bekommen.

Die größte Freude machten mir die drei Kinder. Ich war zuerst bestürzt, als sie vorgestern, kurz bevor Martin nach Hause gebracht wurde, alle drei zu mir kamen. Ich dachte, sie haben bestimmt nichts Gutes. Sie waren verlegen. Als ich nicht fragte, was sie hätten, sagte Karl: „Wir möchten von jetzt an ‚Mama' zu dir sagen." Sie waren bewegt, ich war es auch. Ihrem Alter entsprechend standen sie vor mir. Karl, Maria, Martha. Dem Aussehen nach könnten sie wirklich meine Kinder sein. Sie sind blond und haben blaue Augen. Maria hat sogar etwas breitere Backenknochen, wie ich sie habe. Mit gut fünfzehn, vierzehn und zwölf Jahren sind sie älter, als ich sie anfänglich beim Lazarett geschätzt habe. Ich zog sie alle drei an mich, sagen konnte ich nichts. Sie sollten spüren, daß ich mich immer bemühen werde, ihnen ihre wirkliche Mama zu ersetzen. Daß ich so für sie da bin, als hätte ich sie geboren. Dann gingen sie wieder nach draußen, Schutt wegräumen und Steine säubern. Schon jetzt sind fünfzehn bis zwanzig Quadratmeter des ehemaligen Blumengartens frei von Schutt. Jakob will in den nächsten Tagen damit anfangen, das Stück umzugraben. Er kann es kaum abwarten, daß er hier säen und pflanzen kann.

Zu manchen Stunden habe ich die Melodie unserer früheren Wanderlieder auf den Lippen. Noch wage ich es nicht, eins zu singen. Ich denke an Jakob und Hedwig, die es im Gedenken an ihre Tochter vielleicht nicht ertrügen.

Seit Wochen wohnen wir in unserer neuen Wohnung: zwei große Zimmer, dazu ein Abstellraum, der auch Karls Schlafraum ist, dazu einen gescheiten Herd, Schrank, Tisch, Stühle, zwei breite und ein schmaleres Bett. Wir könnten tanzen, dennoch ist mir nicht ganz wohl. In den letzten Tagen kamen die für Geldern bestimmten Ostvertriebenen an. Eine völlig heruntergekommene Frau mit ihren beiden Töchtern, sechs- und achtjährig, wurden in unserer Bretterbude eingewiesen. Die Mädchen, die genauso mitgenommen aussahen wie ihre Mutter, sagten mir, daß ihr Vater in russischer Gefangenschaft sei. Ihre Mutter vermochte kaum zu sprechen, wahrscheinlich hat sie nicht einmal bemerkt, wie kümmerlich die Bude ist. Ich habe ein ungutes Gefühl. Haben sie nicht noch mehr verloren als wir, noch Härteres erdulden müssen, und wir haben die bessere Wohnung? Was hat diese Frau, was hat ihr in Kriegsgefangenschaft befindlicher Mann, was haben ihre Kinder getan, daß dieses Leid, dieses himmelschreiende Unrecht über sie kam?

*

Ich erinnere mich daran, wie erbost mein Vater nach dem Ersten Weltkrieg darüber war, daß die Geschlagenen wieder einmal die Schuldigen und die anderen die Gerechten waren.

Ich bin nur eine einfache Frau und habe viele Jahre in einer Gemeinschaft gelebt, in der alle gelobt hatten zu helfen, wo Hilfe benötigt wurde. Sie alle sind schuldig? Wo ist da der Verstand? Wo das Recht?

Schuldig sind doch die, die die Macht haben, über Krieg und Frieden zu entscheiden. Die weitaus meisten, die keine Gelegenheit haben, sich irgendwie von dem Zwang freizukaufen, den die Mächtigen auf sie ausüben, sind doch gezwungen, den Anweisungen der Mächtigen zu folgen. Wenn es schief ausgeht, werden sie zusätzlich von den anderen geprügelt, weil sie folgen mußten.

Soll es immer so bleiben, daß wir Menschen mit verschobenen Hirnen und versteinertem Empfinden, wie mein Vater sagte, untertänig sind? Wird es auch in Zukunft so sein, daß die, die zu bestimmen haben, was Recht, was Unrecht ist, außerhalb von Recht und Unrecht stehen? Vielleicht wäre die Welt eine völlig andere geworden, wenn die ersten Folterwerkzeuge, zuerst bei denen angewandt worden wären, die sie ausgeheckt haben.

Jakob schien zu merken, was in mir vorging, als ich vor der Frau und ihren beiden Kindern stand, die vorerst in unserer Bretterbude untergebracht wurden. Er sagte zu mir: „Mädchen, wir kümmern uns um die drei." Das erste Mal, daß er Mädchen und nicht Gertrud zu mir sagte. Stehe ich ihm schon so nahe, daß er in mir seine Tochter sieht?

Vielleicht sind die drei in unserer armseligen Bretterbude noch besser untergebracht als die meisten der anderen, die unserer Stadt zugeteilt wurden. Sie wurden in ein altes Fabrikgebäude eingewiesen.

Auf Anregung von Martin hat der Rat beschlossen, daß der in Geldern noch vorhandene Wohnraum aufgemessen und gerecht aufgeteilt werden soll. Die dann Betroffenen werden sich über diesen Beschluß nicht freuen und bestimmt diejenigen verwünschen, die diesen Beschluß faßten.

Der Rat ist auch sonst in den wenigen Wochen nicht untätig geblieben. Auf sein Bemühen hin wurden Schienen und Loren für Kleinbahnen aufgetrieben. So weit wie die Schienen reichten, wurden sie in den Straßen verlegt. Der nicht mehr verwertbare Schutt wird auf ein freies Gelände geschafft. Wenn weitere Schienen und Loren aufzutreiben sind, werden die Schienen bis zu den alten Festungsgräben verlegt. Die sollen mit dem Schutt gefüllt werden.

Die auf Karten zugeteilte Verpflegung ist noch dürftiger geworden. Diejenigen, die noch Wertsachen haben, tauschen sie bei den in der Umgebung wohnenden Bauern gegen Lebensmittel. Die Bauern, die von ihrem Überfluß geben, wissen bestens zu ihrem Vorteil zu rechnen. Martin, der um diesen Handel weiß, ist nicht nur verärgert, sondern tief betroffen, daß die, die fast alles verloren haben, jetzt auch noch von denen ausgeplündert werden, die reichlich haben. Er brachte mir gestern eine Liste von der Molkerei mit, bei der die Bauern die Milch abzuliefern haben. Wer diese gering angegebenen Mengen sieht, den muß Scham über diese Menschen befallen.

Wie anders dagegen unser guter Siedler, bei dem wir noch immer die uns zugesagte Milch gegen papierenes Geld bekommen und bei dem so manches Mal auch der eine oder andere prächtige Gemüsekohl für uns abfällt.

Selbst in unserem so zerstörten Geldern gibt es jetzt im Mai 1946 noch einige Obstbäume, die blühen. Auch die Straßen sehen aufgeräumter aus. Wohnhäuser, die weniger zerstört waren, haben wieder neue Fenster und Türen. Die aus dem Krieg heimgekehrten Landser und die aus der Kriegsgefangenschaft Heimgekehrten haben sich kaum einen Tag Ruhe gegönnt. Genauso müßte es ein Loblied für die bis dahin von den Frauen und Kindern geleistete Arbeit geben. Da bedurfte es keines Aufrufs. Alle haben die Hände gebraucht und brauchen sie weiter, oft mit nur primitivem Werkzeug. Wo es keines gab, wurde es aus Blech- und Holzresten gebastelt, dennoch wird es Jahre dauern, bis wieder all das aufgebaut ist, was in Stunden zerstört wurde.

Für mich gab es einen besonderen Auftrag. Der Pfarrer der Pfarrgemeinde, der wir angehörten, war bei uns. Er kam fast gleichzeitig mit Jakob, der mir zwei Salatköpfe brachte, die er unter Glasscherben in dem neu angelegten Garten geerntet hatte. Jakob war genauso überrascht wie ich, als der Pfarrer bei uns eintrat. Wegen Martin hätte ich nichts dagegen gehabt, wenn er bereits vor einem Jahr das eine oder andere Mal gekommen wäre. Er sagte: „Vor Kriegsende habe ich von der Oberin der im Lazarett Mühlhausen eingesetzten Vinzentinerinnen gehört, daß Sie Orgel spielen. Der Organist unserer Kirche ist gefallen. Ein Lehrer, der in unserer Notkirche in der Turnhalle der Westwallschule das Harmonium spielt, möchte manchmal abgelöst werden. Ich wäre Ihnen sehr dankbar, wenn Sie dann das Harmonium spielten."

Nie und nimmer hätte ich an ein solches Ansinnen gedacht. Ich fragte: „Sie kennen die Oberin?"

„Ich weiß, ich hätte weit früher kommen müssen. Ich sollte Sie in meinen Augen behalten und es der Oberin mitteilen, wenn Sie hier nicht zurechtkämen."

Jetzt war ich erst recht sprachlos. Der Pfarrer sagte: „Ist es nicht natürlich, daß die Oberin sich um Sie sorgte?"

„Und Sie? Was haben Sie ihr geschrieben?"

„Daß ich den Eindruck hatte, daß Sie es schafften."

Ich blickte Jakob an, sah, er hatte Zorn. Er sagte zu dem Pfarrer: „War es da nicht erst recht Ihre Pflicht, weit früher zu uns zu kommen?"

„Ich weiß", gestand der Pfarrer. „Ich befürchtete, Herrn Honold anzutreffen. Befürchtete, für seine Fragen keine Antwort zu haben. Für viele eigene Fragen habe ich bis heute keine gefunden. Werde vielleicht nie eine dafür finden."

Jakobs Stimme wurde ruhiger. Er sagte: „Vielleicht finden wir für diese Fragen alle keine Antwort."

Ich schätze den Pfarrer auf sechzig Jahre. Er kann nach seinem Aussehen auch siebzig Jahre alt sein. Ich sagte zu, den Lehrer bei der einen oder anderen Messe abzulösen, müßte aber vorher Gelegenheit haben, mich wieder ein wenig einzuspielen.

Als der Pfarrer sich verabschiedete, nachdem er sich nach Martin erkundigt hatte, bekannte er, daß das für ihn ein schwerer Gang war. Er versprach, der Oberin zu schreiben, daß sie die Türe für mich nicht weiter offen zu halten braucht.

Kaum war er draußen, sagte Jakob zu mir: „Wer hat für diese Fragen gültige Antworten?"

Ich kenne diese Fragen, es sind auch die meinen und nicht nur abends, wenn ich nicht einschlafen kann. Bestimmt sind es auch die Fragen von Martin, vielleicht sogar die Fragen der Kinder. So jung waren sie ja nicht, als das geschah. Warum sprechen wir nicht mehr darüber? Bomben fielen vom Himmel. –

Nein, nein, so nicht! So nicht!

Ich war schon einige Male in der Notkirche und habe mich auf dem Harmonium ein wenig eingespielt. Ich habe noch nie vor einem Harmonium gesessen. Anfänglich gelang es nicht gut, mit den Füßen dafür zu sorgen, daß für die Töne genügend Luft da ist. Als ich sicherer war, bat ich Martin an einem Abend mitzugehen. Ich nahm ihn an seinem verbliebenen Arm. Vor manchem Stein mußten wir ausweichen. Er hörte aufmerksam zu, als ich einige Marienlieder spielte und anschließend ein wenig improvisierte und dabei immer wieder auf die Melodie des Liedes kam „Wir wollen zu Land ausfahren!" Eins der vielen Lieder, die wir vor vielen Jahren auf unseren Wanderwegen und bei unseren Gruppenabenden sangen.

Ob Martin auch mit mir geht, wenn ich das erste Mal in einer Messe spielen soll? Noch habe ich ihn nicht danach gefragt. Die Kinder können es kaum abwarten.

Die Kinder haben mich heute richtig zum Lachen gebracht. Dennoch ist es eine bitterböse Sache.

Die beiden Mädchen kamen damit. Sie konnten es nicht schnell genug loswerden. Karl hätte bestimmt kein Wort davon gesagt, obwohl es hauptsächlich ihn betraf.

Während der Schulpause hatte ein Bauernbursche, der auch das Gymnasium besucht, ein dick mit Speck belegtes Butterbrot meistbietend zum Verkauf angeboten. Möglich, daß er sich damit nur einen Scherz erlauben wollte. Für Karl war es kein Scherz. Er entriß ihm das Butterbrot, gab es einem, der nicht verheimlichen konnte, daß er gerade vor dem Verhungern bewahrt wurde, Peter Veckes heißt er. Unmittelbar danach nahm Karl ihm das Butterbrot wieder ab und sagte: „Ein ganzes, dann rebelliert dein Magen." Brach das Brot halb durch, gab ihm die Hälfte zurück und die andere Hälfte einem, der es auch nicht verleugnet, daß es bei ihnen keine Wertgegenstände mehr gibt, die eingetauscht werden könnten. Als der Bauernbursche auf Karl losgehen wollte, warfen sich alle anderen über ihn, die ihn verprügelten. Karl gelang es, daß sie von ihm abließen. Er sagte: „Das machen wir anders." Zu dem Bauernburschen sagte er: „Du weißt, daß du fliegst, wenn wir dem Direktor melden, was du für ein Lumpenkerl bist. Wir melden es nicht. Dafür bringst du jeden Morgen drei dieser Butterbrote mit, die du ablieferst. Wir werden sie dann reihum, jeden Morgen, an sechs von uns verteilen. Wehe, wenn du das nicht machst. Dann verschweigen wir nicht, was für ein dreckiges Schwein du bist!"

Der Bursche kam kaum hoch, so knebelten ihn die anderen. Er gab keinen Ton von sich.

Durch die Schilderung der Mädchen war mir, als sei ich dabeigewesen. Kurz kam mir der Gedanke, es Martin nicht zu sagen. Er ist auf die Bauern nicht gut zu sprechen. Karl ist sein Junge. Ich sage es ihm. Er wird sich über Karl freuen.

Das erste Mal, daß ich Martin lächeln sah. Ich hatte den Eindruck, er sah, wie Karl dem Burschen das Butterbrot entriß. Martin sagte: „Der Bursche konnte nicht anders. Er hat es so übernommen. Der Bauer fragt nur nach dem Wert, ob beim Feld, der Ernte, dem Vieh, den Angehörigen, nur nach dem Wert! Du siehst es in der Natur. Eines vernichtet das andere, Liebe ist hier fremd."

Ich fragte: „Und wie ist das mit uns? Ich denke nicht an die Tausende, die für mich keine Menschen sind. Aber alle anderen, zumindest die weitaus meisten. Sorgen wir uns nicht um den anderen? Sorgst du dich nicht um deine Kinder? Hast du dich nicht um deine erste Frau gesorgt, sie nicht geliebt?"

„Wir sprachen von den Bauern!"

Ich fand das hart und glaube es nicht. Ein Bauer soll die Seinen nur nach ihrem Wert einschätzen? Sollte ein Krüppel an seinem Tisch keinen Platz haben? Sorgte er nicht dafür, daß sie alle vor gefüllten Schüsseln saßen, auch der Krüppel, wenn er zu den Seinen gehörte? Gleichzeitig dachte ich an das derzeitige Verhalten der weitaus meisten von ihnen. Hatte Martin doch Recht? Ich schwieg. Es brachte nichts, ihm zu widersprechen. Eine einmal von ihm gefaßte Ansicht blieb seine Ansicht. Als ich ihm das einmal als schweren Fehler ankreidete, sagte er: „Bevor ich mich zu einer Ansicht bekenne, ist sie so gründlich durchdacht, ausgewogen, so daß ich überzeugt bin, es kann nicht anders sein."

Ich bezweifle das. Es gibt krumme und gerade Wege, die zum Ziel führen. Meist sind es die krummen, auf denen die Augen nicht stets geradeaus gerichtet sein müssen, die mehr Farben haben. Sonnenauf-, Sonnenuntergänge, auch Regenbogen verweilen auf krummen Wegen länger.

Dennoch: Es ist nicht nur Mitfühlen, ich liebe Martin. Wie könnte ich mich sonst spätabends, wenn wir im gemeinsamen Bett liegen, dicht an ihn schmiegen.

*

Was hätte sich in den letzten Wochen gelohnt, aufgeschrieben zu werden? Daß der Bauernbursche regelmäßig die Butterbrote mitbringt, daß sie aufgeteilt werden wie besprochen? Daß es dem Burschen jetzt selber Freude zu machen scheint, daß er ein ganz klein wenig hilft und daß es auch schon mal Eier waren, die er mitbrachte. – Ich weiß es von den Mädchen. Karl spricht nicht darüber.

Kurz nach meiner letzten Eintragung brachte Jakob mir wieder einen Salatkopf. Er war verwundert, als er das Schachbrett sah. Ich klärte ihn auf und fragte, ob er es sich zutraue, mit Martin hin und wieder zu spielen. Ob das überhaupt möglich sei, mit einem Blinden? Er überlegte kurz und meinte, das müsse gehen. – Ja, er traue es sich zu. Es läge bei Martin.

Seitdem sitzen sie sonntagnachmittags beisammen. Ich habe keine Ahnung vom Schachspiel. Wenn ich zusehe, bleibt es mir ein Rätsel. Martin gibt an, wohin Jakob die ihm gehörenden Figuren setzen soll. Springer G4 oder Turm A3 oder so ähnlich, nachdem Jakob ihm gesagt hat, wie er eine seiner Figuren gezogen hat. Martins Gesicht verrät, daß es dann für ihn nur das Spiel gibt. Gewonnen wird unterschiedlich. Sollte Jakob, wenn Martin gewinnt, dabei helfen?

Der Lehrer, der mit mir abwechselnd bei den Messen in der Notkirche das Harmonium spielt, scheint jetzt öfter keine Zeit oder keine Lust zu haben. Mehr als bei einer Messe kann ich sonntags nicht spielen und wochentags nur selten.

Nachdem Martin dreimal mitgegangen ist, hat er kein Interesse mehr. Die Lieder seien fast stets die gleichen. Den Predigten fehle die Tiefe. Bei den Anklagen sei die Hand nur auf andere gerichtet. Die Kinder gehen regelmäßig mit, auch Hedwig. Jakob habe ich einmal gefragt, er blickte mich nur an. Da wußte ich, daß er noch nicht so weit ist. Die Kinder sind, glaube ich, stolz, mich am Harmonium zu sehen. Wenn sie mit anderen über mich sprechen, werde ich dann auch ihre Mama sein? Wozu der Gedanke?

In der Stadt wird weiter gearbeitet. Es gibt sichtbare Fortschritte. An manchen Stellen werden die gesäuberten Steine wieder vermauert. Das Wohnen verbesserte sich nur für Jakob und Hedwig und für uns. Für die Frau aus dem Osten und deren Mädchen gab es noch keinen besseren Raum, das bedrückt die Frau weniger. Ich habe mich öfter mit ihr unterhalten. Für sich und die Kinder ist sie glücklich, hier in Sicherheit zu sein und die Strapazen der Flucht hinter sich zu haben. Die Strapazen müssen furchtbar gewesen sein. Von den Mädchen weiß ich, daß ihnen ein dreijähriges Brüderchen gestorben ist und daß sie es irgendwo im Sand, mit den Händen und zwei Löffeln, eingegraben haben, nur so tief, daß keine Tiere ihn ausscharren konnten. Aus zwei Birkenstämmchen, die sie mühsam zurechtgebrochen hätten, hätten sie ein Kreuz gemacht. Ihre Mutter habe nicht einmal geweint und auch nicht gebetet. Sie habe lediglich gesagt: „Jetzt braucht er sich nicht mehr abzuquälen."

Von ihr weiß ich, wie sehr sie sich um ihren Mann sorgt. Selbst wenn er aus der Gefangenschaft entlassen würde, wie solle er sie und die Kinder finden?

Wieviele der Frauen aus dem Osten werden sich mit ähnlichen Gedanken quälen? Als ich sie fragte: „Wenn Ihr Mann als Krüppel und blind zurückkommt?" Sie blickte mich verwundert mit ihren blaugrauen Augen an, ob ich meinen Mann denn nicht mehr liebte?

Sie weiß nicht, daß ich Martins zweite Frau bin, daß Martin bei dem Bombenangriff, bei dem er so getroffen wurde, seine erste Frau verlor. Daß der Krieg an uns nicht vorübergegangen ist, weiß sie von den zerstörten Häusern. Einmal mit zur Kirche zu gehen, dazu konnte ich sie nicht bewegen. Einen Gott könne es nicht geben. Ein Gott, der gütig und barmherzig sein soll, könne keine Menschen erschaffen haben, die so grausam waren. Ich fragte, ob ein solches Denken sie nicht noch unglücklicher mache? Sie blickte mich lange an und schwieg. Ihr Gesicht blieb starr, nicht steinern – ein ansonsten gutgeformtes Gesicht. Jedesmal, wenn ich mich von ihr verabschiedete, möchte ich sie an mich ziehen, sie soll spüren, daß ihr Geschick mir nicht gleichgültig ist. Es geht mir nahe. Ich werde es auch beim nächsten und übernächsten Mal, wahrscheinlich werde ich es immer unterlassen. Warum fällt es uns so schwer zu zeigen, daß wir nicht nur grausam, sondern auch gut zueinander sein können?

*

Ich bin schwanger: im dritten Monat. Dr. Röhrig, bei dem wir wohnen, hat es bestätigt.

Als ich es Martin abends im Bett sagte, schwieg er eine ganze Weile. Dann betastete er mit seinen zwei Fingern meinen Bauch, fragte: „Was wünschst du dir?" Ich sagte: „Ob Junge oder Mädchen, es wäre von uns beiden." Daß ich mich sorge, verschwieg ich. Wenn es im nächsten Jahr Ende Februar, Anfang März geboren wird, bin ich fast 39 Jahre. Ich bete, bete, daß alles gutgeht.

Schon jetzt weiß ich, ich werde dieses Kind lieben wie sonst nichts auf der Welt. Ich werde immer für es sein.

Wie gerne hätte ich immer ein eigenes Kind gehabt. Wie habe ich während der Zeit bei den Vinzentinerinnen die jungen Mütter beneidet, wenn ich sie mit ihren Kinderwagen sah. Wie oft dachte ich daran, ein Kind von einem Mann zu haben, den ich liebe? Als ich Martin sagte, daß ich schwanger bin, mußte er spüren, daß ihm meine tiefe Zuneigung gehört und daß zwischen ihm und mir kein anderer steht.

Als ich schon dachte, er sei eingeschlafen, Schlafschwierigkeiten hat er keine, die habe nur ich, fragte er: „Machst du dir keine Sorgen?"

Ich drängte mich in dem breiten Bett, in dem bestimmt schon die Großeltern von Dr. Röhrig geschlafen haben, an ihn und fragte: „Du meinst, weil ich schon so alt bin?"

„Ich möchte nicht auch noch dich verlieren!"

„Du verlierst mich nicht! Ich wünschte, es wären nicht noch sechs lange Monate!"

„Und sonst sorgst du dich nicht, die Zeit? Noch wissen wir nicht, ob es jemals besser wird."

„Sollen deshalb keine Kinder mehr geboren werden? Ich werde mich bemühen, daß es ihm an nichts fehlt. Du wirst das auch."

Er neigte sich zu mir und küßte mich. Dann war er bald eingeschlafen.

Ist es nicht natürlich, daß ich jetzt manchmal an die Zeit vor achtzehn Jahren denke, als ich dabei war, als Elisabeth, die Frau meines Jugendbekannten, ihr Töchterchen zur Welt brachte. Es war eine sehr schwere, äußerst schmerzhafte Geburt. Als dann die Kleine ihren ersten Schrei in die Welt tat, war Elisabeths Gesicht völlig entspannt. Der Schmerz schien vergessen. Ihr Gesicht war von einem hellen Schein überzogen. Die letzte Sorge schien von ihr gewichen, als sie hörte, daß bei ihrem Mädchen keine Glieder fehlten. Ihr starker, lebensbedrohender Blutverlust schien sie nur wenig zu bedrücken. Bis sie erschöpft zusammensank, galt für sie nur das Kind.

Die beiden waren damals arm. Sie waren dabei, sich eine Existenz aufzubauen. Aber alles, was sich in ihrer Wohnung befand, war ihr eigen. Elisabeth hatte für die Kleine gut vorgesorgt, das Geld für die Hebamme war zurückgelegt. Wenn unser Kindchen zur Welt kommt, ist selbst das

Bett, wie fast alles in unserer Wohnung geliehen. Die Wäsche muß ich mir wahrscheinlich auch größtenteils zusammenbetteln. Die Versorgung mit allem ist noch immer hundsmiserabel. Aber das bedrückt mich nicht. Selbst wenn ich unser Kindchen für die erste Zeit wie Maria und Josef auf Stroh betten müßte. Wenn es nur gesund ist. Alles Fehlende wird eines Tages wieder da sein.

Ich bin überzeugt, Elisabeth würde nicht zögern, wenn ich sie im nächsten Februar bäte, für einige Tage zu uns zu kommen. Je nachdem wie ich mich fühle, werde ich mit Martin darüber sprechen. Maria und Martha sind noch reichlich jung. Ob sie es schaffen würden, ihrem Vater behilflich zu sein? Ich bezweifle es. Ich glaube, den Gedanken mit Elisabeth kann ich abschreiben. Martin würde es nicht wollen. Und meine Schwester, die in der Nähe von Würzburg wohnt, zu der ich kaum noch Kontakt habe? Hedwig würde wahrscheinlich jammern, wenn nicht alles normal verliefe. Meine Mutter würde klagen: ‚Wie konntet ihr nur, in einer solchen Zeit?'

Warum soll ich es verschweigen, daß mich manchmal der Wunsch überfällt zu erfahren, wie es den beiden in Brüggen und ihren Kindern geht? Wie sie den Krieg überstanden haben? Daß Brüggen im letzten halben Jahr des Krieges zwangsevakuiert war, habe ich bereits hier von einem Dachdecker erfahren. In Brüggen gibt es große Dachziegelfabriken. Das habe ich noch in Erinnerung.

Unruhe wie noch vor vier Jahren im Lazarett kann nicht mehr über mich kommen, das ist ausgelöscht.

Was mich bedrückt: Martin wird dieses Kind nie sehen können, kann es nicht einmal richtig umfassen. Eine Prothese will er nicht. Es würde zu vieles verdeckt oder sei unecht. Zu viele liefen mit einer Maske herum. Er ist nun auch nicht mehr Bürgermeister. Der von den Engländern eingesetzte Rat wurde bereits vor Monaten durch einen freigewählten abgelöst. Er hat es weiterhin abgelehnt, sich einer Partei anzuschließen oder, wie einige andere, als Unabhängiger zu kandidieren. Viele hätten es begrüßt, wenn er weiterhin Bürgermeister geblieben wäre. Keiner konnte ihn dazu bewegen. Zu mir sagte er: „Sie wollen mich nur als Aushängeschild."

Ich bin überzeugt, er übernahm nur deshalb das Amt, um in aller Öffentlichkeit sagen zu können, daß mit ihm viele ohne Schuld an den schrecklichen Geschehnissen sind.

*

Jetzt ist ein Geschäftsmann Bürgermeister, der während der Nazizeit ein kleiner Parteifunktionär war. Sind das die Masken, die Martin meint?

Wie lange er noch bei den Engländern bleiben kann? Es gibt keine Abmachung, hoffentlich noch lange. Daran zu denken, er könnte eines Tages wieder ohne Aufgabe sein und sich überflüssig vorkommen und wieder in Depression verfallen, fällt mir schwer. Ich bete täglich dafür, daß er und wir davon verschont bleiben.

Als ich den Kindern mitteilte, daß ich schwanger bin, macht nur Karl ein betroffenes Gesicht. Die Mädchen scheinen sich zu freuen. Meine Eltern und Jakob und Hedwig wissen es noch nicht.

Klaus wurde am 26. Februar 1948 geboren. Es war ein naßkalter Tag: Regen, Graupeln und Schnee. Die Luft war den ganzen Tag nicht klar. Kurz vor zehn Uhr hatte ich 26 qualvolle Stunden hinter mir, Stunden, in denen ich manchmal glaubte, ich könnte sie nicht überstehen.

Martin war am 25. Februar gerade zum Dienst gegangen, da setzten die ersten Wehen ein. Die Kinder waren zur Schule und ich war allein. Die Wohnung war kaum geheizt. Kohlen waren keine da, nur ein kleiner Rest Holz. Die Stadt hatte nur die Hälfte des zugesagten Holzes aufgetrieben. Martin hatte hin und wieder von den Engländern eine Tasche Holz oder Kohlen mitgebracht, sonst hätte ich manchmal nicht einmal unser karges Essen kochen können. Wegen der Schulaufgaben hatte Karl nur noch selten Zeit gehabt, wie andere auf dem Güterbahnhof unter den Waggons nach heruntergefallenen Kohlen zu suchen oder dafür zu sorgen, daß von den beladenen etliche Schaufeln voll herunterfielen. Vergebens hatte ich versucht, Martin zu bewegen, einen Fabrikanten anzusprechen, der mit ihm im ersten Rat war. Darin wird Martin sich nie ändern. Nie wird er um etwas bitten, von dem er glaubt, daß er Anspruch darauf hat. Selbst das würden wir von den Engländern wahrscheinlich nie bekommen, wenn der Soldat es nicht mitbrächte. Der Gedanke, kein Wasser warm machen zu können, bedrückte mich mehr als die ersten Wehen. Da kam mir der richtige Gedanke. Von Martins Zeit als Bürgermeister haben wir noch das Telefon. Ich rief den Fabrikanten an, der mit Martin im Rat war. Ich brauchte nicht lange zu erklären und zu bitten. Nach einer guten Stunde brachte ein Arbeiter mit einer Karre einige Zentner Kohlen.

Nachmittags wurden die Wehen stärker. Karl rief die Hebamme an. Nur ihr Mann war zu Hause. Sie kam erst, als es schon dunkel war. Einige Minuten später wurde Martin gebracht.

Die Hebamme war durchfroren. Sie war froh, daß sie sich bei uns aufwärmen konnte. Martin schien es nicht einmal zu merken, daß besser geheizt war. Ich sah, wie er litt, wenn ich das Stöhnen nicht unterdrücken konnte. Die Wehen waren manchmal so heftig, daß ich dachte, auseinandergerissen zu werden. Die Scheide wollte und wollte sich nicht genug öffnen. Einige Male muß ich so geschrien haben, daß die beiden Mädchen laut weinten, und in ihrem Weinen zu beten versuchten. Karl war meist näher an meinem Bett als Martin und die Hebamme. Seine Hand war oft auf meiner Stirn, wenn er mir den Schweiß abwischte. Es muß nach Mitternacht gewesen sein, als er hinauslief. Ich weiß nicht, wie lange er durch die Stadt gelaufen, oder wo er geblieben ist. In mir war nur Feuer und Schmerz.

Nicht nur die Hebamme, auch Dr. Röhrig, den die Hebamme hinzugerufen hatte, war besorgt. Halbwegs bekam ich mit, daß sie den Kaiserschnitt erwähnten. Sie verständigten sich auf spätestens elf Uhr. Trotz der Schmerzen entging es mir nicht, was sie erwägten. Dr. Röhrig ging in seine Praxis, um das Krankenhaus zu verständigen. Ich weiß, daß ich schrie: „Nicht ins Krankenhaus! Nicht ins Krankenhaus!" Dann muß ich ohnmächtig geworden sein.

Als ich wieder zu mir kam, dämmerte bereits der neue Tag. Die Mädchen waren nicht mehr im Zimmer. Wahrscheinlich hatte die Hebamme sie vertrieben. In meinen Schmerzen war die Sorge, kein gesundes Kind zur Welt bringen zu können. Wenn die Wehen kurz aussetzten, versuchte ich zu beten. Es gelang mir nicht. Nur die Frage: „Gott, was habe ich getan, was habe ich getan, daß du mich so quälst? Warum gönnst du mir kein Kind?"

Dann, nach unendlich langer Zeit, hörte ich bitterliches Kleinkinderweinen. Ich war so verwirrt, daß ich keine Erklärung dafür fand. Da sagte die Hebamme: „Ein Junge!" Ich sah, wie sie etwas zappelndes Rosiges Dr. Röhrig übergab. Der sagte: „9.49 Uhr." Da wußte ich, es war Martins und mein Kind. Nur schemenhaft erkannte ich Martin. Ich spürte nicht einmal, daß ich genäht wurde. Spürte nur schwach Martins Finger auf meiner Stirn. Eine weitere Ohnmacht überfiel mich.

Jetzt ist Klaus zwölf Wochen alt. Es waren kummervolle Wochen. An manchen Tagen gab es kaum ein Fünkchen Hoffnung. Seit einigen Tagen dürfen wir aufatmen. Wir hoffen, er hat es geschafft.

In den ersten Tagen nach der Geburt war ich glücklich, als ich spürte, wie sein Mündchen sich bewegte, wenn ich ihn an meine Brust anlegte, und er so lange saugte, bis sein Köpfchen ermüdet absank. Es schien keine Komplikationen zu geben. Wenn er satt war, machte er sein Bäuerchen, wie wir das nennen, und schlief ein. Das änderte sich nach dem zehnten Tag. Er saugte weniger kräftig. Das meiste, was er zu sich genommen hatte, spuckte er dann aus. Ich beruhigte mich und dachte, er hätte zu hastig getrunken. Als es sich am zweiten und dritten Tag nicht änderte, war ich überzeugt, es läge an meiner Milch. Ich benachrichtigte die Hebamme. Sie fand keine Erklärung. Sie besorgte mir Milch von einer anderen Mutter, die kürzlich geboren hatte. Es traf mich bitter, daß es an meiner Milch liegen sollte. Auch diese Milch spuckte er aus. Dr. Röhrig verschrieb Zitretten, die ich in heißer, verdünnter Kuhmilch so lange verrühren mußte, bis sie sich aufgelöst hatten. Es wurde nicht besser. Klaus litt an Magenpförtnerkrampf. Tag und Nacht haben wir bei ihm gewacht, stets voller Angst, er würde in den nächsten Minuten aufhören zu atmen. Kaum eine Folter kann peinigender sein als dieses Gefühl. Ich betete und haderte mit Gott und dachte: „Du hast kein Recht, ihn mir wieder zu nehmen. Was wäre das für ein Sinn, ihn qualvoll zu gebären, um ihn mir dann zu nehmen? Was für ein Sinn, das Kind so zu quälen!" Es waren ungute Gedanken. Wer ähnliches durchlebt, wird sie kennen. Jeden Tag habe ich bitterlich geweint, wenn ich sah, wie der kleine Kerl stets magerer wurde, wie seine zarten Knochen immer mehr hervortraten. Bestimmt hat Martin in diesen Tagen nicht weniger gelitten als ich. Wenn er es auch nicht sah, ist es ihm an meinem und dem Verhalten der Kinder nicht verborgen geblieben, wie es um Klaus stand. Wenn er zu mancher nächtlichen Stunde neben mir am Bettchen von Klaus saß, wird ihm keine meiner Bewegungen entgangen sein. Erst recht nicht das oft so jämmerliche Weinen von Klaus. Aber auch die Kinder haben mit uns gelitten und gewacht.

Vor vier Tagen ist der Umschwung eingetreten. Seitdem hat Klaus ein Pfund zugenommen. Heute morgen hat er zum ersten Mal gelächelt. Ein Lächeln, das mir Tränen aus den Augen trieb vor Glück. Ich konnte es kaum abwarten, bis die Kinder und Martin nach Hause kamen, um es ihnen zu sagen. Karl, der Martin und mir über den Kopf gewachsen war, ging hinaus. Er wollte verbergen, was in ihm vorging. Die Freude der Mädchen war lauter. Ich glaube, erst da ist mir aufgegangen, daß es längst Frühling geworden war. In dem parkähnlichen Garten von Dr. Röhrig war alles grün. Wie helle Sterne blühte allüberall der Löwenzahn.

Auch Dr. Röhrig weiß nicht, wodurch es zu diesem Umschwung gekommen ist. Ich möchte es hinausjauchzen: „Unser Klaus lebt!"

*

Wie lange habe ich keine Eintragung mehr gemacht! Mehr als zwei Jahre sind darüber vergangen. Was hätte ich nicht allein alles über Klaus schreiben können, wie er sich nach der schlimmen Krankheit entwickelte, wie er nach und nach das verlorene Gewicht aufholte, wie er oft still, in sich gekehrt, da lag. Wie er aufhorchte, wenn er aus unserem Radiogerät Musik hörte oder wenn ich ein Lied sang, oder wenn er mit seinen Händchen spielte.

Jetzt läuft er längst durch die Zimmer oder sitzt am Boden und spielt mit Holzklötzchen, die er von Jakob hat und die er aneinanderreiht oder aufzutürmen versucht. Er ist in jeder Weise ein stilles Kind. Nur wenn es dunkel wird und ich nicht gleich das Licht einschalte, wird er ängstlich. Auch wenn ich ihn abends schlafen lege, muß ich bei ihm bleiben, bis er eingeschlafen ist.

Was mag in Martin vorgegangen sein, als er zum erstenmal hörte, daß der Kleine „Papa" sagte. Dabei bin ich nicht sicher, ob Klaus weiß, wer oder was damit gemeint ist, ob es nur zwei Laute sind. In Wirklichkeit scheint er vor seinem Papa ein wenig Angst zu haben. Ob es die dunkle Brille, der fehlende Arm, der suchende Gang von Martin ist?

Jakob ist er zugetan. Er hat sich nie gesträubt, wenn Jakob ihn auf seinen Schoß nahm. Wenn Martin ihn mit seinem einen Arm an sich nimmt, muß ich ganz in der Nähe sein.

Dann suchen seine ängstlichen Augen mich. Hin und wieder gelingt es mir dann, ihn mit meinen spielenden Fingern zum Lächeln zu bringen. Öfter hat er dann sein Mündchen zum Weinen verzogen. Von seinen älteren Geschwistern ist ihm Martha die liebste. Ihr läuft er entgegen, wenn sie aus der Schule kommt. Karl kann noch so herzlich zu ihm sein, den rechten Zugang fand er bis jetzt nicht. Das gilt auch für Hedwig, nicht, daß sie ihn nicht mag. Wenn sie ihn zu sich nimmt, versucht er jedes Mal, ihr die Brille abzureißen. Er will es nicht begreifen, daß das kein Spielzeug ist.

Leicht machte er es meinen Eltern, die uns vor einem guten Monat das erste Mal besuchten. Was mich wunderte, Klaus schenkte meiner Mutter mehr Aufmerksamkeit als meinem Vater. Mehrmals versuchte mein Vater, ihm mit den Holzklötzen einen Turm zu bauen. Jedesmal warf Klaus ihn um und freute sich schelmig, wenn die Klötze durcheinanderpurzelten.

Mein Vater und Martin fanden schnell zueinander. Der Krieg, wie es dazu kommen konnte und die Vorgänge danach boten ihnen reichlichen Gesprächsstoff. Ihre Ansichten lagen kaum auseinander. Wegen meiner Mutter war ich froh, daß wir seit einigen Monaten eigene Möbel haben. Der mit Jakob befreundete Schreinermeister hat sie uns nach meinen Vorstellungen gemacht. Begreiflich, daß ich dabei an meinen Jugendbekannten dachte, dem ich in der Zeit, als ich in Brüggen war, manchmal bei der Arbeit zugesehen und geholfen habe. Nicht nur daher weiß ich, welchen Wert handwerklich gearbeitete Möbel im Vergleich zu den in Masse gefertigten haben. Dazu sind sie auch noch nach meinen Wünschen. Ich bin sicher, auch Martin wäre damit zufrieden, wenn er sie sehen könnte.

Daß der Meister, der sie anfertigte, sauber arbeitet, hatte ich schon bei den Türen und Fenstern festgestellt, die er für Jakob und Hedwig angefertigt hat. An dem Haus der beiden wird fleißig gearbeitet. Nur wenige Wochen nach der schweren Krankheit von Klaus wurde das bis dahin fast wertlos gewordene Geld durch stabiles abgelöst. Bereits Tage danach, als das Geld wieder seinen echten Tauschwert hatte, war in den wenigen noch vorhandenen Geschäften wieder alles zu kaufen. Als wäre all das, was es bis dahin angeblich nicht gab, wie durch Zauberei herbeigeschafft worden. Wie voll müssen in Wirklichkeit die Lager gewesen sein? Bestimmt ist nicht nur mir deshalb die Galle hochgestiegen.

Von dem Tag an war es auch mit den Geschäften der Schwarzhändler und Bauern vorbei, die sich schamlos an der Not der weitaus meisten bereicherten und die sich nicht scheuten, viele bis aufs Hemd auszuplündern. Genauso wie es schon bald vergessen sein wird, wie viele es waren, die nie schnell genug ihre Hand zum Hitlergruß hochbekamen, so bald wird es auch vergessen sein, wer zu diesen Ausplünderern gehörte. Keinem ist dadurch die Nase länger geworden. In der Zeit, in der andere darbten und meist nur halbsatt wurden, wurden sie fett und fetter. Menschen wie den Siedler mit seinen nur wenigen Morgen Land gab es fast keine.

Die Frau aus dem Osten wohnte jetzt mit ihren beiden Mädchen auch etwas besser. Jakob hatte ihr das dritte Zimmer, das in seinem Haus fertig wurde, zur Verfügung gestellt. Von ihrem Mann hat sie noch immer keine Nachricht.

*

Karl hat mit gutem Ergebnis sein Abitur geschafft. Er will Theologie studieren und Priester werden. Martin ist gar nicht damit einverstanden. Auch ich habe damit nicht gerechnet.

Martin sagte zu Karl: „Wenn ein Studium, dann Jura! Das Recht ist zu lange vergewaltigt, mit Füßen getreten worden. Zuviele, die es hüten sollten, haben sich dem Willen der Nazis gebeugt, haben gekatzbuckelt, anstatt Haltung zu zeigen. Das darf sich nie mehr wiederholen. Nie mehr darf es vorkommen, daß diejenigen, die die Macht haben, das Recht beugen können. Jeder, der den Verstand und den Willen hat, das zu verhindern, ist verpflichtet dazu."

Er ging auf Karl zu. Ich hatte sie bis dahin noch nie so dicht voreinander gesehen und sagte: „Du hast den Verstand, ich nehme an, auch den Willen dazu. Vielleicht habe selbst ich in dieser Zeit manchmal die Fäuste in die Taschen gesteckt, anstatt sie gegen die Burschen zu erheben."

„Nein, Vater, das glaube ich nicht!" widersprach Karl.

„Dann Junge, werde Jurist. Nur dann kannst du verhindern, daß der, der wie ein Bettler daherkommt, abgewiesen und der andere, der gelackt und gewichst erscheint, mit Verbeugungen empfangen wird. Werde das, Junge, was ich nicht mehr sein kann."

Ich sah es Karl an, es fiel ihm schwer, seinem Vater zu widersprechen. Er sagte: „Vater, glaub mir, ich habe selber lange daran gedacht, Jurist, Rechtsanwalt oder Richter zu werden."

„Warum willst du es jetzt nicht mehr?"

„Vater, als Priester hättest du selber bei den Nazis den zu Tode Verurteilten beistehen können, was du als Jurist nicht gekonnt hättest."

„Du glaubst, daß das denen etwas geholfen hat?"

„Wenn sie gespürt haben, daß da einer war, der mit ihnen litt, der mit dem Herzen zu ihnen sprach, der ihnen der Nächste war, zu dem sie volles Vertrauen haben konnten und dem sie glauben konnten, was er sagte, der nichts vortäuschte. Vater, als Priester kann ich selbst dann noch helfen, wenn der Jurist es nicht mehr vermag. Bestärkt worden in meinem Entschluß bin ich durch den Vorfall vor gut 14 Tagen. Du weißt, der arme Teufel, der nach jahrelanger Kriegsgefangenschaft nach Hause kam und bestätigt bekam, daß seine Frau und seine beiden Kinder bei einem der letzten Bombenangriffe umkamen. Glaubst du, daß er sich auch dann unter den Zug geworfen hätte, wenn sich einer seiner so angenommen hätte, wie es nötig war? Ich mache keinem einen Vorwurf. Ich kann verstehen, daß nach dieser totalen Zerstörung jeder glaubt, seine Hände nur für sich zu haben. Ich will meine Hände nicht nur für mich haben."

Als Martin schwieg, sagte Karl: „Vater, ich weiß, du kannst sagen, ich sei mit meinen 19 Jahren zu jung, um mich klar entscheiden zu können. Aber der Krieg, auch die Zeit danach, ist an mir und bestimmt an vielen meiner Generation nicht ohne Spuren vorübergegangen. Ich habe zu früh erlebt, wie furchtbar bedrückend es ist, nicht helfen zu können. Ich möchte helfen, soweit Hilfe überhaupt möglich ist."

Martin sagte: „Warum dann ausgerechnet Geistlicher? Warum nicht Arzt?"

„Auch daran habe ich gedacht. Warum nicht? Weil ich fürchte, zuletzt genauso schematisch zu arbeiten wie zuviele von ihnen. Als Priester, wenigstens glaube ich das, – ich weiß nicht, wie ich es dir sagen soll. Als Priester habe ich selbst für den da zu sein, um den sich kein Arzt kümmert, kümmern kann. Sofern ich wirklich ein Priester bin. So einer möchte ich werden."

Erst nach geraumer Zeit sagte Martin: „Hoffentlich siehst du bald ein, daß du in falschen Vorstellungen lebst. Hoffentlich bald! Auch ich habe in deinen Jahren an Sterne geglaubt und schon bald erkennen müssen, daß es diese Sterne nicht gibt."

„Vater, es sind andere Sterne, an die ich glaube. Ich wünsche, daß ich immer daran glauben kann."

Ich spürte, Karl war bewegt. Er ging in sein Zimmer, vielmehr in den Abstellraum, wo noch immer sein Bett steht. Ich sagte zu ihm: „Junge, ich fürchte, das wird ein harter Weg."

„War deiner leichter? Vielleicht hat der deine dazu beigetragen, daß ich einen ähnlichen gehen möchte."

Als Martin und ich spätabends in unseren nunmehr getrennten Betten lagen, sagte er: „Wenn du Karl geboren hättest, würde ich sagen, das hat er von dir."

Ich legte mich zu ihm und sagte: „Wir haben doch Klaus. Vielleicht wird er einmal ein guter Jurist."

„Klaus, denkst du, daß ich das noch erlebe?"

Ich strich über seine Stirn, seine leeren Augenhöhlen und sagte: „Ein Blinder braucht darum keinen Tag früher zu sterben."

Ich wußte, wie sehr sein Haar ergraut war. Ich sagte: „Du siehst es nicht, aber ich sehe, wie rüstig Hedwig und Jakob noch sind" und dachte dabei auch an meine Eltern, die sich im gleichen Alter befinden.

*

Karl ist jetzt schon im 2. Semester in Bonn. Er wohnt dort im Albertinum. Er konnte unmöglich täglich von hier nach Bonn fahren.

Seitdem er gesehen hat, wie der Krieg überall gewütet hat und wie stark auch die anderen Städte zerstört worden sind, ist sein Entschluß noch mehr gefestigt.

Mein Vater sagte einmal zu mir: „Du bist ein Körnchen der Saat, die wir dringend gebrauchen." Will Karl dieses Körnchen werden? Könnte er das nicht auch als Jurist, als Arzt? Martin bleibt enttäuscht. Als Priester ist er in eine Ordnung eingebunden, die ihn einenge. Als Jurist oder Arzt sei er weitaus freier. Er befürchtet, Karl könnte es einmal bedauern, eine falsche Entscheidung getroffen zu haben. Dann sei es vielleicht zu spät, und es gebe für ihn dann kaum noch einen Tag, an dem er mit sich selbst zufrieden sei.

Karl ist nicht Martin. Der Krieg als Ursache für den Tod seiner Mutter und die Verstümmelung seines Vaters wird einen tiefen Schnitt in sein junges Leben getan haben. Ich wünsche, daß er ein guter Priester wird, daß er sich insbesondere der Geschlagenen und Getretenen annimmt, all derer, die sich auf der Schattenseite des Lebens befinden, denen der Glaube an das Gute genommen wurde.

Vielleicht lernt er dann auch einmal den Aufsatz meines Vaters kennen, den dieser 1930 unter dem Titel „Arbeit und Ethik" in einer Zeitschrift des Mönchengladbacher Volksvereins unterbrachte. Andere Zeitungen hatten ihn abgelehnt. Wie konnte ein einfacher Weber es auch wagen, sich mit einem solchen Thema zu beschäftigen? Wie konnte er es wagen, in die Welt der Philosophen einzudringen, von denen nur wenige die Luft einer Fabrik kennenlernten?

Waren es nicht überwiegend schlichte Arbeiter, die bei den Nazis zuerst dran glauben mußten? Kaum ein Arbeiter, der zu denken vermochte, hätte den Nazis zugejubelt, wenn es nicht sechs Millionen Arbeitslose gegeben hätte. Die, die doch am ehesten vor diesen Burschen ihre Verbeugungen machten, waren doch überwiegend diejenigen, die schon immer auf gut gepolsterten Stühlen und Sesseln saßen. Den meisten von ihnen wurden diese Stühle und Sessel wieder untergeschoben. Das ist es, was Martin so fuchst.

Jakob brachte mir einen Korb selbst geernteter Äpfel von einem Baum, der nur noch wenige Äste hat. Wäre es nach mir gegangen, so wäre er schon vor Jahren gefällt worden. Für mich war es fast wie ein Wunder, als im Frühjahr die Äste über und über mit Blüten behangen waren. Zum Glück sind die Äste so hoch, daß Klaus sie nicht erreichen konnte. Ich mochte ihn im Frühjahr noch so hoch halten, es gelang ihm nicht, auch nur eine Blüte abzureißen, wie es seine Absicht war. Ich zeigte ihm den Korb Äpfel, gab ihm einen halben und biß in die andere Hälfte. Er sollte wissen, daß sie zum Essen waren. Ich versuchte, ihm zu erklären, daß sie aus den Blüten wurden, die er abreißen wollte. Ich sah ihm an, daß er das nicht verstand. Zuviele Tage waren darüber vergangen und zu vieles ist ihm noch fremd, muß sich ihm noch öffnen.

Die Äpfel sind köstlich. Vor diesem aß ich die letzten bei den Vinzentinerinnen.

*

Es war kurz vor Mitternacht. Es war kalt. Auf ihren nackten Füßen kam Martha und weckte mich. Ich war bestürzt und dachte an Klaus, der im Zimmer der Mädchen schläft. Martin wachte nicht auf. Er hat einen festen, tiefen Schlaf.

Ohne daß Martha es bemerkte, hatte Maria sich hinausgeschlichen. Abends hatte sie zu Martha gesagt, das Leben sei erbärmlich und niederträchtig. Martha weiß, daß Maria in einigen Fächern in der Schule Schwierigkeiten hat, daß sie beim Abitur versagte und es dieses Jahr zu schaffen hofft.

*

Sollte es das sein? Ich konnte es nicht glauben. Noch nie war ich so schnell in den Kleidern. Ich schärfte Martha ein, Martin die Wahrheit zu sagen, sofern er aufwachte.

Es war Mitte Februar. Ein eisiger Ostwind blies mir ins Gesicht. Dunkel standen die Ruinen und die im Bau befindlichen Häuser in die Nacht.

Ich eilte. Wo konnte ich sie finden? Auf der Issumer Straße? Auf dem Grundstück ihrer Großeltern, wo sie Kind war und ihre Mutter verlor?

Ich verwarf den Gedanken Jakob zu wecken, damit er mit mir suchte.

Auf der Issumer Straße war sie nicht. Die Äste des Apfelbaums, der uns vor Monaten köstliche Früchte bescherte, ächzten im Wind.

Kein Mensch begegnete mir. Wer sollte sich bei dieser Kälte, nach Mitternacht, auf die Straße begeben? Wie gerne hätte ich Karl an meiner Seite gehabt. Karl, der helfen will, wie ich einst gelobte zu helfen. Ich mußte sie finden. Wie würde es Karl belasten zu hören, „Maria hat uns in nächtlicher Stunde, bei eisiger Kälte, verlassen." Ich habe sie gesucht und nicht gefunden. Welche Gedanken, welche Fragen mußten dann in ihm aufkommen?

Ich spürte, es war ein sinnloses Hetzen. Konnte ich jede dunkle Ecke, jeden Winkel aufsuchen?

Ich bin nicht ängstlich, bin es nie gewesen. Jetzt war in mir Angst, schreiende Angst.

Wie lange war sie unterwegs? Bei dieser beißenden Kälte. Selbst wenn ich sie fand, war es dann nicht schon zu spät? Sie hatte bestimmt den geradesten Weg gewählt, und ich irrte durch die Straßen.

Ich betete: „Lieber Gott, lieber Gott, lieber Gott" und fand keine weiteren Worte.

Ich fand sie. Auf einem Schutthaufen. Halb erfroren. Suchte sie hier den Tod? Den Tod, der nicht mehr lange gezögert hätte.

Ich war erschöpft. Konnte nicht gleich sprechen.

Ich schlug meinen Mantel um sie. Bedauerte, daß ich keine Decke mitgenommen hatte. Ich nahm ihre Hände. Sie waren eisig. Ich klagte: „Kind, warum hast du das getan?"

Wie viele Mütter, Väter mögen manchmal ähnlich geklagt haben?

Sie blickte mich an. Ein Blick ohne Hoffnung, ohne Mut.

Sie duldete, daß ich sie aufrichtete. Ich sagte: „Weißt du, daß schon in einer Stunde jede Hilfe zu spät gekommen wäre? Hat dein Vater nicht genug Leid? Deine Großeltern, deine Geschwister! Sie alle mögen dich doch. Ich doch auch."

Sie senkte ihren Blick, hauchte: „Er mag mich nicht!"

Nettetaler Literaturtage e.V.

Einladung

Leonhard Jansen

»Das Leben der Gertrud P.«

Leonhard Jansen

Geboren 1906 in Mönchengladbach. Lehre als Möbeltischler. Erste Veröffentlichungen 1924 bis 1933 in Zeitungen und Zeitschriften. 1932 Gründer und Leiter der Brüggener Spielschar. Als NS-Gegner von 1933-45 keine Veröffentlichungen; 1946 Wiederaufnahme der literarischen Tätigkeit. 1946 Mitglied im ersten von den Engländern eingesetzten Rat der Gemeinde Brüggen. 1956 örtlicher Leiter der Volkshochschule des Kreises Viersen. Seit 1929 lebt er in Brüggen, seit 1959 ist er freier Schriftsteller. Neben Romanen, Erzähl- und Gedichtbänden veröffentlichte er auch mehrere Bühnenstücke.

Auszeichnungen u.a.: 1966 Goldene Ehrennadel des Innungsverbandes des Nordrhein-Westfälischen Tischlerhandwerks. 1970 Literaturpreis des Verbandes der Kriegsgeschädigten, Kriegshinterbliebenen und Sozialrentner Deutschlands (VdK) und die Werner-Jaeger-Medaille des Kreises Kempen-Krefeld. 1980 Rheinlandtaler der Landschaftsversammlung Rheinland. 1981 Silberner Ehrenteller und 1986 die Goldene Ehrennadel des VdK. Ehrungen durch die Stadt Mönchengladbach und durch den Heimkehrerverband Deutschland.
Seit 1989 Ehrenbürger der Gemeinde Brüggen.
Seit 1953 Mitglied des Schriftstellerverbandes.

Leonhard Jansen

liest aus

»Das Leben
der Gertrud P.«

Leonhard Jansen

Hans K. Matussek

Ein Gespräch

Mittwoch, 18. Sept. 1996, 20 Uhr
Stadtbücherei Nettetal-Breyell
Lobbericher Straße 1
- Eintritt frei -

Veröffentlichungen Leonhard Jansens (Eine Auswahl):

Romane
- Die Straße einer Frau — 1955
- Die Bartels — 1961
- In die helle Nacht — 1963
- Ein Licht bleibt über uns — 1963
- Der letzte Morgen — 1970
- Der Regen brennt — 1971
- Von dieser Stunde an — 1971
- Wer kann es mir sagen — 1975
- Nach Sonnenuntergang — 1982
- Die Jahre des Adam Dankert — 1983
- Wer war Kamper — 1988

Erzählbände
- Menschen unserer Gruppe — 1948
- Unser ist die Erde — 1974
- Als es hell und dunkel ward — 1978
- Die Geschichte des Peter Kohnert — 1979
- Auch die Enkel wollen leben — 1980
- Besuch am Weihnachtsmorgen — 1982
- Der Narr und sein Fürst — 1986
- Und es kam niemand — 1986
- Unerhört — 1990

Gedichtbände
- Und darüber ein Stern — 1965
- Schatten im Stundenschlag — 1976
- Wann kam die Stunde — 1981
- Wind streicht um das Haus — 1986
- Schneide Fenster in die Graue — 1991

Das Leben der Gertrud P.
Roman. Rhein-Eifel-Mosel-Verlag 1996.
257 S. ISBN 3-924182-36-1. DM 24,--

Ich sagte: „Maria, wie jung bist du noch? Auch bei mir gab es einen, der eine andere nahm. Bekam ich dafür nicht deinen Vater und euch? Ist das nicht mehr? Deinen so hart getroffenen Vater!"

Ich zog sie dicht an mich. Ihr Gesicht war kalt wie ihre Hände. „Komm!" sagte ich. „Wir alle schützen dich."

Ich rieb ihre Hände. Sie blieben wie Eis. Für Sekunden blieben wir eng umschlungen. Dann riß ich sie mit.

Zwei Männer mit einer Ziehkarre begegneten uns. Nächtlicher Raubzug? Mich interessierte es nicht. Nur heim, heim in die Wärme.

Kaum war die Türe hinter uns zu, fiel Martha Maria um den Hals. Sie fragte nichts. Wußte sie mehr?

Klaus und Martin waren nicht erwacht. Wenn eben möglich, sollte Martin das nicht erfahren, das nicht. Das erste, was ich ihm verschwieg, verschweigen mußte.

Ich machte einen heißen Tee. Martha half Maria beim Entkleiden. Wartete, bis sie zugedeckt im Bett lag. Erst dann reichte ich ihr den Tee. Machte das Kreuzzeichen über sie. Sie wissen, daß sie auch meine Kinder sind. Würden sie sonst ‚Mama' zu mir sagen?

Es wurde nach vier, bis ich einschlief. In meinen Gedanken blieb: ‚Er mag mich nicht!'

Nur das? Auch die Sorge, bei der nächsten Prüfung wieder daneben zu liegen? Ich weiß ja, daß sie in Mathematik und Biologie noch immer schwach, in Deutsch und Fremdsprachen bestens ist. Ich weiß, wie Martin sie im vergangenen Jahr anfuhr. Sollte sie es wiederum nicht schaffen, muß ich es Martin eindringlicher beibringen, daß ein Abitur nicht den Menschen ausmacht und daß er eine Frau hat, die nur Volksschülerin ist, die jahrelang das Leben in der Fabrik kennenlernte.

Nach einigen Stunden Schlaf wollte Klaus versorgt sein. Er schlang seine warmen Ärmchen um mich. Daran zu denken, sie könnten einmal so eisig sein, wie die von Maria, die tief schlief, fiel mir schwer. Ich preßte Klaus eng an mich. Er frohlockte: „Mama!" Er konnte nicht wissen, welche Gedanken in mir waren.

Maria hat ihr Abitur geschafft und will Volksschullehrerin werden. Ich bin wieder schwanger. Ich bin jetzt dreiundvierzig und Martin dreiundfünfzig Jahre.

Ich kann nicht vergessen, wie schwer es mit Klaus war. Ich wünsche, ich hätte es überstanden.

Martin, dessen Gesicht ohne Augen nicht viel preisgibt, scheint ähnlich zu denken. Ein gesundes Kind, daß ich es überstehe, was soll sonst aus Martin und Klaus werden? Die Großen wissen es noch nicht. Wie werden sie es aufnehmen?

Vergangenen Sonntag brachte Maria einen jungen Mann mit. Sie war sehr lebhaft. Sollte er es sein, von dem sie sagte: „Er mag mich nicht?"

Mit dem jungen Mann schäkerte sie fast nur über Professoren. Daraus entnahm ich, daß er bereits die Hochschule besucht. Maria sprach mir etwas zuviel. Dachte sie, so zu gefallen? Der junge Mann war ruhiger. In seiner Art erinnerte er mich an Karl, der selten hektisch wirkt.

Während Karl, Maria und Martha mit ihren blonden Haaren und blauen Augen auch meine Kinder sein könnten, ist der junge Mann tiefschwarz. Schwärzer als mein Jugendbekannter es war. Dunkel sind auch seine Augen. Ich erinnerte mich nicht, daß ich je einen anderen mit solch dunklen Augen sah. Tiefschwarz auch die über der Nase zusammengewachsenen Augenbrauen. Der Mund für einen jungen Mann zu streng, als ob er kaum lachen könnte. Die leicht gebogene Nase paßt zu seinem Gesicht. Ich war überrascht, daß Klaus zu ihm ging, sich auf seinen Schoß nehmen ließ.

Sonst ist er allen Fremden gegenüber sehr zurückhaltend. Soll der junge Mann doch nicht so dunkel sein, wie er wirkt? Heißt es nicht, Kinder hätten dafür ein feines Gespür?

Martin und Martha waren zu Jakob zum Schachspielen gegangen. Martha interessiert sich sehr dafür. Sie spielt abends öfter mit Martin. Ich bewundere immer wieder, wie Martin die Stellung der Figuren im Gedächtnis hat. Ich kann mir nicht vorstellen, daß mir das gelänge.

Jetzt, da ich mich so sorge, denke ich wieder viel an die Zeit, in der ich jung war. An abendliche Spaziergänge mit dem jungen Mann, der das Stück von der Liebe schrieb.

Ich denke an die Bombennacht im Lazarett, als ich mich aus Angst um ihn dicht an ihn drängte. Ohne diese Bombennacht wäre ich auf der Inneren Station geblieben und hätte Martin und seine Kinder nie kennengelernt und wäre wahrscheinlich jetzt noch bei den Vinzentinerinnen.

Noch nie war in mir der Wunsch zu erfahren, was aus den beiden in Brüggen und ihren Kindern wurde, so stark wie jetzt. Liegt das daran, daß ich meinen Tod befürchte?

Warum habe ich noch nie mit Martin über mein Leben in der Jugend gesprochen? Warum habe ich kaum etwas über seine erste Frau von ihm erfahren?

Warum waren wir beide darin so verschlossen? Befürchtete ich, er könnte annehmen, meine Liebe, meine Zuneigung zu ihm sei dadurch geschmälert? Befürchtete er, ich könnte Ähnliches empfinden?

Ich kenne das Grab seiner ersten Frau und schmücke es wie ihre Eltern mit Blumen. Manchmal besuchen wir es gemeinsam. Martin und ich, manchmal auch mit den Mädchen. Wenn Karl seine Semesterferien hat, ist einer seiner ersten Wege der zu diesem Grab. Selbst er hat mit mir wenig über seine Mutter gesprochen. Auch falsche Rücksichtnahme auf mich? Wie dumm, wie dumm sind wir manchmal. Das muß sich ändern. Bleibt mir die Zeit? Mit dreiundvierzig wieder schwanger!

*

Vergangenen Sonntag, den 16. November 1952, war ich mit Hedwig und Jakob zur feierlichen Konsekration des Hochaltars der wiederaufgebauten Pfarrkirche St. Maria Magdalena durch Weihbischof Heinrich Baaken. Ich fühlte mich frei von Beschwerden, sonst wäre ich nicht mitgegangen. Ich wollte bei dem ersten Gottesdienst, nach der totalen Zerstörung am Aschermittwoch 1945, nicht fehlen.

Von Jakob weiß ich, daß die Kirche 1703, bei der Belagerung durch preußische Truppen, schon einmal bis auf die Grundmauern zerstört wurde. Es wird kaum einen Krieg gegeben haben, in dem nicht Gott um Hilfe angerufen wurde. Dennoch wurden auch die ihm zur Ehre errichteten Bauten zerstört. Dem folgten Klagen und Jammern und feierliche Gelöbnisse, nichts zu unterlassen, um Kriege zu verhindern, bis es den Mächtigen wiederum glückte, Feindbilder aufzubauen und Mißtrauen zu säen.

Wie oft haben wir nach dem Ersten Weltkrieg in der Bündischen Jugend darüber diskutiert, einig in der Ansicht, daß alle Angriffswaffen verbrecherisch sind.

Bei der Predigt des Weihbischofs schien mir deutlich zu werden, daß auch er der Bündischen Jugend angehört hatte. Zuerst lobte er die Bevölkerung Gelderns, die es nicht unterlassen habe, diese bedeutsame Kirche wieder aufzubauen. Dann lobte er den Planer und Kirchenbaumeister Professor Dominikus Böhm, dem es geglückt sei, die äußeren Formen zu wahren und die inneren Veränderungen auf den Gottesdienst auszurichten.

Er verurteilte den Krieg als das schrecklichste aller von Menschen verursachten Übel. Menschen, die sich weit von Gott entfernt und nie das Gebot von der Liebe begriffen und anerkannt hätten, seien die Täter. Menschen, die in ihrem Machtstreben blind und taub seien für das Elend, das jeder Krieg verursache. Es sei ungeheuerlich, wenn diese Menschen sich dabei auf Gott beriefen. Unser Herr Jesus Christus habe eindeutig gelehrt, was Gott von uns erwarte: Gott und den Nächsten zu lieben. Wenn Gott für die Kriege verantwortlich sei mit diesen sinnlosen Opfern, hätte er nie ein solches Gebot durch seinen Sohn verkünden lassen. Das müsse selbst dem Einfältigsten einleuchten.

In der voll besetzten Kirche wurde es noch stiller, kaum ein Räuspern war zu hören, als der Weihbischof Fehler der Kirche bekannte. Zu spät sei von der Kirche die wahre Absicht der Nazis erkannt worden. Er könne vor sich selbst nicht bestehen, wenn er nicht zugäbe, daß die Kirche selber in früheren Zeiten Kriege nicht nur geduldet, sondern auch verursacht habe.

Mehr habe ich von der Predigt nicht aufgenommen. Meine Gedanken waren bei Karl, in der Hoffnung, daß auch er in seinen Predigten eigene Fehler zugeben und sich nicht über andere erheben möge.

Noch intensiver waren meine Gedanken bei dem Kind, das ich erwartete und bei meinem Alter. Selbst auf dem Heimweg hörte ich Jakob nur halb zu, als er seine Liebe zu Geldern nicht verhehlte und als er darauf verwies, daß es ja nicht nur die Kirche war, die wieder aufgebaut wurde, sondern daß sich wieder viele Lücken geschlossen haben.

Ich wurde aufmerksamer, als er auf eine Baulücke auf der Issumer Straße zeigte und sagte: „Das Haus, das hier stand, gehörte einem Juden, das hat die Nazis besonders gewurmt. Für sie war es wie ein gutes Erinnerungsstück. Hier war Friedrich II. für eine Nacht in Haft, als er noch Kronprinz war und mit seinem Freund Hans Katte vor seinem erbarmungslosen Vater geflüchtet war." Ich erinnerte mich, wie mein Vater hochging, wenn jemand von Friedrich dem Großen sprach. Er ertrug das Beiwort „der Große" nicht, gleich, von wem die Rede war. Dann pflegte er zu sagen: „Das spricht für die Einstellung der Geschichtsschreiber. Die Burschen brauchen nur genügend Kriege geführt zu haben, bei denen abertausende von Menschen umgekommen sind, dann sind sie für sie die Großen, die Erhabenen, die es verdienen, verehrt zu werden. Ich habe noch nirgendwo gelesen, wann das erste Korn gesät und das erste Brot gebacken wurde." Ich sagte es Jakob. Das hielt Jakob nicht davon ab, auf ein erhalten gebliebenes Haus zu zeigen und zu sagen: „In dem Haus wurden die elf Schillschen Offiziere kurze Zeit von den Franzosen gefangen gehalten, bevor sie am 16. September 1809 in Wesel erschossen wurden."

Wahrscheinlich wollte Jakob nicht die Ansicht meines Vaters dazu hören. Er fügte hinzu: „Leider gab es immer Verblendete!"

Ich hatte mich an Hedwigs und Jakobs Haus kaum von ihnen verabschiedet, da pochte in mir das werdende Leben so ungestüm, als wollte es nicht länger eingeengt sein, als wollte es ausbrechen. Es dauerte wenigstens noch zwei bis drei Wochen. In der Wohnung bot sich mir ein friedliches Bild. Martha las Martin aus der Zeitung vor. Aufmerksam wie ein Erwachsener hörte auch Klaus zu. Er saß auf Martins Schoß.

In mir hämmerte es weiterhin unentwegt. So wild hatte Klaus sich nicht bemerkbar gemacht. Ich war froh, daheim zu sein. Jetzt hätte ich keine Predigt über Krieg und Schuldigwerden ertragen.

*

Am 2. Dezember 1952 wurde Thomas geboren. Es war Martins Wunsch, daß er den Namen Thomas erhielt. Dachte er dabei an den zweifelnden Thomas? Ist ihm ein Zweifler lieber als einer, der keine Zweifel kennt?

Es war wieder eine qualvolle Geburt, die sich diesmal über 19 Stunden erstreckte. Dr. Röhrig hat zu Martin gesagt, wenn er nicht ein drittes Mal heiraten wolle, dürfte ich kein Kind mehr bekommen. Als er merkte, daß Martin das wie einen Vorwurf empfand, meinte er, bei meinen gut 43 Jahren sei das nunmehr wohl unwahrscheinlich.

Jetzt ist der Kleine zehn Wochen alt. Er entwickelt sich gut. Er schläft und ich bin allein. Jakob hat Klaus soeben zu sich geholt. Nachdem Jakob aus dem Dienst ausgeschieden ist, hat er sich aus Bracht, aus einem Tonröhrenwerk, besonders zubereiteten Ton mitbringen lassen. Weil wir auch beim letzten Weihnachtsfest noch keine Krippe hatten, will er versuchen, aus Ton Figuren zu formen. Was er bisher herstellte, war noch dürftige Lehrlingsarbeit. Aber er gibt nicht auf. Er ist überzeugt, daß er es schafft. Weil Klaus dabei nicht nur gerne zusieht, sondern selber gerne den Ton mit seinen Händchen knetet und daraus Männchen macht, wie er sie sieht, ist er jetzt am liebsten bei Jakob und Hedwig. Sie mögen ihn. Sie sind beide noch ziemlich rüstig. Das Leid um den Tod ihrer Tochter scheint nach fast zehn Jahren schmerzloser geworden.

Nach der Geburt von Thomas erinnere ich mich jetzt öfter an diese Zeit im Lazarett. Ganz deutlich habe ich jetzt in Erinnerung, daß ich fast in letzter Stunde das Martin gegebene Versprechen, ihm zu folgen, gebrochen hätte, wenn eine junge Novizin mich nicht davor bewahrt hätte.

Die Oberin hatte mich freigegeben und den Koffer mit den wenigen Habseligkeiten gepackt. Es sollte die letzte Nacht in meiner Zelle sein. Am nächsten Morgen, nach der Messe, wollte ich diejenigen verlassen, mit denen ich über viele Jahre gemeinsam gelebt und gewirkt hatte. Zum letzten Mal wollte ich an der Orgel sitzen und ein Marienlied spielen. So war mein Vorsatz. Am Sonntag zuvor hatte ich zum letzten Mal unseren kleinen Schwesternchor geleitet, die Mitschwestern hatten es so gewünscht. Ob sie nicht wußten, wie schwer sie mir damit das Abschiednehmen machten? Keinem der Verwundeten hatte ich etwas von meiner

Absicht mitgeteilt. Zum Glück gab es nach der Entlassung von Martin auf der Station keinen sehr schwer Verwundeten. Aus Sorge, sie könnten es sonst verhindern, wurden selbst die Ärzte nicht informiert.

Als ich jetzt bei meinem gepackten Koffer saß, überkam mich das heulende Elend. Nie vor- und nie nachher habe ich so geweint. Jetzt erschien es mir niederträchtig, die Verwundeten, die Ärzte so heimlich zu verlassen. Und nicht nur das. Aller Glaube war in mir gewichen, die Aufgabe, einem so hilflosen Menschen wie Martin und seinen Kindern beistehen zu können, zu meistern. Ich hatte kein Zutrauen mehr zu mir. Ich wollte zur Oberin, ihr gestehen, daß meine Absicht kaum mehr als eine Seifenblase gewesen sei.

Da kam eine junge Novizin in meine Zelle. Wie ich kam sie aus einer einfachen Arbeiterfamilie. Ich hatte sie einige Male aufgerichtet, als sie bezweifelte, sich jemals einleben zu können.

Sie sagte: „So wollen Sie einen Menschen enttäuschen! Einen Menschen, dem Sie das Versprechen gaben, ihm zu folgen. Für den Sie wahrscheinlich die einzige sind, an die er noch glaubt. Wollen Sie das verantworten? Würden Sie damit nicht einen völlig Hilflosen in sein Grab stoßen?"

Ich klagte: „Erst jetzt habe ich eingesehen, daß ich das nicht schaffe. Erst jetzt weiß ich, daß es auch für mich eine Grenze gibt. Es war leichtfertig, viel zu wenig durchdacht, daß ich dieses Versprechen gab."

In mir war alles dunkel. Nirgendwo der Funke, die Kerze, die mir Zuversicht, Hoffnung gab.

Sie sagte: „Sie waren nicht leichtfertig, Sie waren gläubig. Sie sahen den Hilflosen, dem geholfen werden mußte. Jetzt sehen Sie nur sich. Nur sich! Sie fürchten sich vor einer Welt, die Ihnen fremd geworden ist."

„Fremd!" widersprach ich. „Fremd! Bei diesem Elend, das jeden Tag um uns ist!"

Sie sagte: „Elend, das uns unsere eigene Geborgenheit nicht nimmt. Sie wollen flüchten und haben nicht einmal den ersten Schritt in eine neue, höhere Verantwortung getan. Sie haben einmal zu mir gesagt, jede Schwierigkeit, die wir überwinden, macht uns froh. Ein Wort, das mir manchmal geholfen hat. Hat das Wort für Sie selber keine Gültigkeit? Oder ist es die Orgel, der Altar, den Sie nicht aufgeben wollen? Wenn Sie Altar und Orgel nicht in sich aufgerichtet haben, dann hat weder der Altar noch die Orgel Ihnen in all den Jahren etwas gegeben."

Ich saß tief in mich geduckt und schwieg. Dennoch sog ich jedes Wort in mich ein, als müßte mich jedes bis an mein Lebensende begleiten.

Sie sagte: „Wir kommen aus den gleichen Verhältnissen. Auch Sie waren wahrscheinlich die Fußmatte für andere. Eins haben wir anderen voraus. Wir wissen um die Not, die Not, die so hungrig macht. Ich war gekommen, um Ihnen zu sagen, daß in Stunden, in denen selbst der Glaube an unseren Herrn Jesus Christus in mir zu schwinden drohte, ich an Sie glaubte. Sie dürfen mir diesen Glauben nicht nehmen. Ich muß an Sie glauben können, damit ich nicht manchmal wie eine Blinde ohne Halt dahintapse."

In mir bohrte und hämmerte es: ‚Ich muß an Sie glauben können! Ich muß an Sie glauben können!'

Dieses Wort hat mich selbst dann gehalten, wenn Martin nur Stacheln ausgestellt hatte, nur Stacheln, und ein Herankommen an ihn unmöglich war.

Nachdem ich zu den drei großen auch zwei eigene Kinder habe, drängte es mich, auch diese Begebenheit einzutragen. Wer auch diese Aufzeichnungen einmal liest, soll wissen, daß es eine junge Novizin war, die mich in der Stunde, in der ich zu versagen drohte, hielt. Und wenn in mancher Stunde der Altar und die Orgel in mir wie ausgelöscht waren, sie kamen wieder.

*

Mehr als sechs Jahre sind seit meiner letzten Eintragung vergangen. Heute, am 20. Mai 1959, habe ich reichlich Zeit. Martin hat vor längerer Zeit einen Kriegsblinden in Kleve kennengelernt. Sie scheinen sich zu mögen. In ihren Ansichten über die Geschehnisse in der engeren und weiteren Welt sind sie nicht weit auseinander. In gewissen Abständen kommt seine Frau mit ihm zu uns, ein anderes Mal besuchen wir beide sie. Heute ist Martha mit ihrem Vater dahin gefahren. Seit langem hat es mich gedrängt, die Aufzeichnungen weiterzuführen. Was habe ich nicht alles nachzutragen.

Maria ist seit zwei Jahren verheiratet. Bis heute weiß ich nicht, ist es der, von dem sie einmal meinte, er mochte sie nicht? Sie ist Volksschullehrerin. Ihr Mann Ingenieur. Kurz vor ihrer Heirat wurde ihm im Saarland eine leitende Stelle angeboten, seitdem leben sie dort.

Martha studiert Kunstgeschichte und Germanistik. Sie hofft, einmal eine Stelle bei einem Verlag zu bekommen, wenn möglich, eine Stelle für viele Jahre. Sie will nicht heiraten. Warum, das sagt sie nicht. Sie wohnt in Köln. In ihrer Freizeit schreibt sie Berichte für einige Zeitungen, meist über Konzertveranstaltungen von Vereinen, über Dichterlesungen und Ausstellungen weniger bekannter Maler. Sie ist froh, daß sie damit ihr Studium größtenteils finanzieren kann. Jetzt ist sie für einige Tage hierhin gekommen. Sie will eine ausführliche Arbeit über den Niederrhein schreiben und sich in Kleve umhören, was sich dort tut, während Martin bei dem Ehepaar ist.

Und Karl? Hat Karl nicht nur seinen Vater, hat er auch mich enttäuscht?

Doch zuvor meine beiden eigenen Kinder, Klaus und Thomas.

Klaus besucht im ersten Jahr das Gymnasium. Er ist zur Stunde bei einem Schulkameraden, gemeinsam machen sie ihre Schulaufgaben. Thomas wurde vor zwei Monaten in die Volksschule eingeschult. Diese zwei Monate waren für ihn hart. Die folgenden werden es genauso sein. Jeden Tag für einige Stunden stillzusitzen und meist den Mund zu halten, das ist für ihn wie Eingesperrtsein. Klaus hat uns nach seiner Krankheit kaum Kummer gemacht. Thomas dagegen: Kaum, daß er einigermaßen laufen und einige Brocken sprechen konnte, war er drinnen nicht zu halten. Autos, besonders Lastwagen, das war sein Leben. Wenn ihn einer in seinem Auto oder Lastwagen mitnahm, konnte ihn keiner halten. Wieviel Sorge hat er mir damit gemacht. Ich konnte ihn doch nicht jeden Tag wie einen Kettenhund anbinden. Er wäre gestorben. Zum Glück hat Martin das kaum mitbekommen. Hätte ich das Martin sagen können? Die beiden haben in den ersten Jahren sowieso keinen rechten Zugang zueinander gefunden. Vielleicht war das auch meine Schuld.

Als Thomas das erste Mal wissen wollte, warum sein Vater anders aussieht, habe ich zu ihm gesagt, daran sei der unheimliche Krieg schuld. Viele Monate hat er immer wieder das Wort unheimlich geplappert. Selbst als er älter war und ich ihn besser aufklären konnte, blieb dieses Wort in ihm haften. Wenn Martin ihn mit seinem einen Arm zu sich nehmen wollte, wehrte er sich. Es schien ihm in dieser Zeit wirklich unheimlich, daß sein Vater anders aussieht.

Selbst wenn die Schule für ihn eine Fessel ist, das Lernen scheint ihm keine Schwierigkeiten zu machen. Die Buchstaben schreibt er säuberlicher, als Klaus das anfänglich gelang. Vielleicht war es auch gut für ihn, daß er, als er gut fünf Jahre alt war, in seinem Spieldrang stark gebremst wurde.

Bei einer Fahrt mit einem Lastwagenfahrer, den wir kannten, muß er sich den Fuß verletzt haben. Ich war überzeugt davon, daß ich die Wunde gründlich gesäubert hatte. Schließlich war ich lange genug in der Krankenpflege tätig. Wahrscheinlich hätte ich sofort Dr. Röhrig gebeten, sich die Wunde anzusehen, wenn wir noch bei ihm gewohnt hätten. Schon seit drei Jahren wohnen wir im Haus von Jakob und Hedwig, das zu der Zeit wieder völlig aufgebaut war.

Nach Tagen war Thomas völlig verändert. Er war lustlos. Die Straße zog ihn nicht mehr. Er bekam Fieber. Ich sprach mit Martin darüber. Er machte mir Vorwürfe. Auch Klaus bekam es zu hören. Er kümmerte sich zu wenig um seinen Bruder. Dabei hat Klaus, als sie beide jünger waren, oft geweint, wenn Thomas das Spielzeug, das ihm gehörte, in kürzester Zeit zerstörte. Er gab sich nie damit zufrieden, wie irgendetwas aussah, er wollte alles verändern. Selbst die Hosen und Jacken für ihn, sie konnten noch so kräftig sein, waren bald durchlöchert. Er bekam alles klein. Mehr als vier Wochen wurde er in seinem Zerstörungsdrang durch die Wunde gebremst. Es war eine Blutvergiftung. Dr. Röhrig wachte streng darüber, daß sie ausgeheilt wurde. Wahrscheinlich hätten die Medikamente nicht einmal geholfen. Als das Fieber abgeklungen war, wollte Thomas wieder nach draußen. Dr. Röhrig sagte zu ihm: „Lauf ruhig! Aber dann muß ich dir spätestens nach vier Tagen den Fuß oder sogar das ganze Bein abschneiden. Wie dein Vater nur einen Arm hat, hast du dann nur noch ein Bein. Mit einem Bein kannst du gar nicht mehr laufen."

Mir schien das hart, aber es half. Mit keinem Wort sprach Thomas mehr davon, daß er hinaus wollte.

Als er fast ganz geheilt war, sagte Dr. Röhrig zu ihm: „Jetzt rat ich dir, daß du wieder jeden Tag mit einem Lastwagen mitfährst, dann ist es bald der andere Fuß, vielleicht auch beide. Dann muß ich ihn dir eines Tages doch abschneiden, vielleicht sogar beide. Dann bekomm ich etwas zu tun, und dein Vater muß es teuer bezahlen."

Obwohl es mir mißfiel, daß er den Jungen so ängstigte, ist Thomas die Lust, von einem Lastwagen mitgenommen zu werden, vergangen. Dafür entdeckte er eine andere Art, sich auszutoben: das Fußballspiel. Jetzt kann er nicht einmal einen Stein auf der Straße liegen sehen, ohne ihn irgendwo hinzutreten. Wenn er seine Hausarbeit für die Schule fertig hat, ist er draußen und rennt zum Sportplatz. Er ist gewiß der Jüngste von denen, die dort spielen. Klaus und Thomas können in ihrer Art nicht gegensätzlicher sein. Klaus sitzt viel über Büchern, die er sich aus der Schulbücherei mitbringt. Manchmal ist er auch bei Jakob, der sich im Keller einen Werkraum eingerichtet hat. Jakob kann ohne Ton nicht mehr leben. Auf einer Töpferscheibe ist ihm manche schöne Vase geglückt. Brennen läßt er die Sachen in einem Brennofen der Volkshochschule. Dort nimmt er regelmäßig an Keramikkursen teil. Die ersten Krippenfiguren, die er vor Jahren für uns machte, sind zwar ziemlich klobig, aber keiner könnte sie von mir bekommen, selbst Jakob nicht. Er wollte sie gegen bessere eintauschen. Ich habe ihm klargemacht, daß es für mich wertvolle Erinnerungsstücke sind. Letzthin sind seine Arbeiten in der Zeitung gelobt worden. Die Teilnehmer des Kurses für Fortgeschrittene der Volkshochschule hatten ihre besten Arbeiten ausgestellt. Bei der Gelegenheit wurden Jakobs Arbeiten in der Zeitung als besonders formschön und eigenwillig beschrieben. Wie kann er da erwarten, daß ich die ersten Krippenfiguren, die er in der Hauptsache für mich machte, zurückgebe? Selbst Hedwig ist manchmal im Keller bei ihm und sieht zu, wie die verschiedenen Tonobjekte unter seinen Händen werden. Nach der Ausstellung hat er viele seiner Vasen verkauft.

Ich schrieb bereits, daß wir seit drei Jahren in Hedwigs und Jakobs Haus wohnen: einer geräumigen Vierzimmerwohnung mit Bad und Küche. Wir könnten darin tanzen. Wer hätte gedacht, daß Geldern gut zehn Jahre nach dem Krieg größtenteils wieder aufgebaut war.

In den letzten Briefen drängte Maria uns, wir möchten Geldern verlassen und zu ihnen ziehen. Es gäbe bei ihnen einige sehr schöne kleinere Häuser zu mieten oder zu kaufen, mit viel Grün rundum. Um Geldern sei doch alles flach und eintönig. Die Landschaft um Geldern habe sie schwermütig gemacht. Sie sei ein ganz anderer Mensch geworden. Sie könne jetzt sogar singen. Früher sei ihr jeder Ton im Hals stecken geblieben. Vor etlichen Monaten ist es ihr auch geglückt, daß sie dort an einer Schule eingestellt wurde. Sie unterrichtet die Jüngsten. In ihrem letzten Brief schrieb sie, daß sei schwanger wäre. Vielleicht wünscht sie auch deshalb, wir möchten zu ihnen ziehen. So gerne ich ihr zur Seite stände, aber Jakob und Hedwig wären unglücklich, wenn wir sie verließen. Von hier ist es auch nicht so weit zu meinen Eltern. Ich besuche sie, sie besuchen uns. Sie sind beide noch ziemlich rüstig. Sie haben sich einen größeren Garten gepachtet und seitdem Vater Rentner ist, macht ihnen beiden die Gartenarbeit Freude. Keiner sagt ihnen nach, daß sie dreiundsiebzig sind.

Nein, es ist nicht daran zu denken, Geldern zu verlassen. Die Landschaft an der Saar mag schön sein, aber hier gibt es zu viele Menschen, die uns halten. Klaus und Thomas träfe es besonders hart, wenn sie hier ihre Freunde aufgeben müßten. Ich bin überzeugt davon und selbst Martin ist es. Er ist es zwar schon seit langem übersatt, noch immer bei den Engländern zu sein. Ich wundert mich nicht, wenn er eines Tages nach Hause käme und sagte: „Ich habe Schluß gemacht." Er wird das Gefühl nicht los, daß er dort schon längst überflüssig ist, daß er, wie er meint, vom ersten Tag an überflüssig war. Da er das, was er zu übersetzen hat, weder lesen noch schreiben kann, muß jeder Satz, den er zu übersetzen hat, ihm vorgelesen werden. Eine Frau schreibt ihn dann in die Maschine. Er ist davon überzeugt, das könnte eine Person machen. Daß er ein Gespräch von Person zu Person übersetzen muß, kommt nur noch selten vor. Hinzu kommt, der hiesige Kreisverband der Kriegsbeschädigten und Kriegshinterbliebenen würde ihn gerne für halbe Tage haben. Nach seinem Dienst hat er manchem Kriegsbeschädigten bei seinen Rentenansprüchen geholfen. Der Verband möchte, daß er die, die bei ihrenАнсprüchen Schwierigkeiten haben, beim Sozialgericht vertritt. Martin selber bekommt seit sechs Jahren die Rente, die ihm zusteht. Bei dem Grad seiner Hilflosigkeit müßte sie höher sein. In den ersten Jahren nach dem Krieg hat er keinen Pfennig bekommen. Auch jetzt könnten wir unmöglich von der Rente leben.

Wie fast alle Menschen aus dem Osten, die nach dem Krieg in Geldern eingewiesen wurden, hat auch die Frau, die mit ihren Mädchen zuerst in der Holzbude gewohnt hat, schon seit Jahren eine weitaus bessere Wohnung. Im Januar 1954 hat sie durch Vermittlung des Roten Kreuzes auch ihren Mann gefunden. An ihrer Freude hat fast ganz Geldern teilgenommen. Bei dem Empfang, zu dem auch Martin und viele andere geladen waren, hielt der Bürgermeister eine längere Ansprache. Er lobte die Bemühungen des Deutschen Roten Kreuzes, das mit seiner Arbeit, seinen Bemühungen viel Gutes geleistet und viele Menschen, die sich verloren glaubten, zusammengeführt habe. Er pries die Arbeit der Menschen in unserem Land. In einer großartigen Aufbauarbeit seien die Städte, die Gemeinden wieder bewohnbar geworden. Nur dadurch hätten die zu Unrecht aus dem Osten Vertriebenen eine neue Heimat gefunden und dadurch sei eine schmerzlich auseinandergerissene Gemeinschaft wiederhergestellt worden, angetrieben von einem echten Patriotismus, der selbst in der schwersten Zeit nicht ausgestorben sei.

Ich sah, wie es in Martin kochte. Er schrie: „Patriotismus! Eine infame, niederträchtige Lüge! Die Not, die pure Not, der Wille, sie zu überwinden, hat das fertiggebracht!" Er stieß mich mit seinen verbliebenen Fingern hart an und sagte: „Komm!" Es war mir keineswegs peinlich, erst recht nicht, als uns weitere folgten. Ich empfand es nur für den Heimgekehrten, seine Frau und ihre Töchter schmerzlich. Laut genug, daß es keinem entgehen konnte, sagte Martin: „Wie kann das auch anders sein? Wie können diese Menschen zugeben, daß sie sich so fürchterlich geirrt haben?"

Irgendwo habe ich erwähnt, daß der Bürgermeister ein kleiner Funktionär in der Nationalsozialistischen Partei war.

Auf dem Heimweg konnte Martin sich nicht beruhigen. Wenn er daran erinnert wird, mit welch verlogenen Tönen der Nationalsozialismus sich ausbreitete, wird er zornig. Er sagte: „Den Anfängen muß gewehrt werden. Wir dürfen nicht nochmals träge und bequem werden, so daß das Recht, die Wahrheit wiederum vergewaltigt werden. Nur wenn das Recht überall beachtet wird, wird es nicht mehr zu einer solch schrecklichen Verirrung kommen."

Ich fragte: „Nur das Recht? Und die Liebe?" Wir befanden uns mitten in Geldern. Die Vorbeigehenden konnten es hören. Er blieb verärgert und sagte: „Die Liebe? Was hat sie in den fast zweitausend Jahren bewirkt?"

„Und das Recht? Ist es nicht so, daß das Recht prüft, abwägt und beweisen will, doch immer wieder Widersprüche hervorruft? Die Liebe schafft Vertrauen und führt zum wirklichen Recht."

Er sagte: „Das hast du wieder von deinem Vater, der will auch immer klüger sein und mehr Verstand haben als andere."

„Mein Vater hat sich nur für die eingesetzt, die sich selber nicht helfen konnten."

„Was hat ihm das gebracht?"

„Nicht viel, aber das Gefühl, auf dem richtigen Weg zu sein."

„Auf dem richtigen Weg!" höhnte er.

Martin blieb verstimmt. Wäre es nicht besser gewesen, ich hätte ihm in diesem Stimmungstief nicht widersprochen?

Klaus und Thomas waren bei Hedwig und Jakob. In ihrer Stube brutzelten auf dem Herd Äpfel. Ich wurde an die Zeit bei meinen Eltern mütterlicherseits erinnert. Auch dort gab es oft die auf dem Herd gebrutzelten Äpfel, die köstlich schmeckten.

Wir erfuhren, daß der Bürgermeister die peinliche Situation einigermaßen gemeistert hat. Er hat daran erinnert, wie hart Martin durch den Krieg getroffen wurde, und daß er unter Patriotismus nur die Liebe zur Heimat, die Gemeinsamkeit, das Wissen um die Verbundenheit, das Eingebundensein in den großen Kreis freier Menschen verstehe. Daß zu diesem großen Kreis auch Menschen aus dem Osten gehören, die das Gefühl, daheim zu sein, hier wiederfinden möchten.

Und Karl: In den Ferien nach dem achten Semester spürte ich, daß irgend etwas nicht mit ihm stimmte. Ich fragte nicht. Ich war sicher, er würde es mir eines Tages sagen.

Wie stets in den Ferien fand er auch dieses Mal Arbeit.

Als er auch am Ende der Ferien noch nicht damit herausgerückt war, was ihn bedrückte, fragte ich ihn: „Kein Vertrauen mehr?" Er sagte: „Ich habe vor, es euch zu schreiben."

Er schrieb: „Liebe Mama! Erst jetzt weiß ich, daß ich für den Beruf eines Priesters nicht geeignet bin. Ich habe eine junge Frau kennengelernt, eine Schauspielerin. Ich liebe sie.

Vor einigen Monaten haben mir Freunde, die mit mir studieren, beim Stadttheater eine Stelle als Statist besorgt. Bei dem Stück „Stützen der Gesellschaft" von Ibsen habe ich die Schauspielerin kennengelernt. Sie ist ein Jahr älter als ich. Schon jetzt sind wir uns einig, eines Tages zu heiraten. Ich studiere zwar weiterhin Theologie und habe die Hoffnung, eine Stelle als Religionslehrer zu bekommen. Die Aussichten dafür sollen nicht schlecht sein. Als zweites Fach habe ich Biologie belegt. Darin muß ich mächtig büffeln. Sage Du es bitte Papa. Ich weiß, daß ich ihn auch damit enttäusche. Aber in meiner Weltanschauung hat es keinen Knacks gegeben. Ich bleibe bei Theologie.

Liebe Mama, hoffentlich enttäuscht es Dich nicht zu sehr. Sei mit mir dankbar, daß mir die Einsicht schon jetzt gekommen ist. Ich bin dankbar dafür. Dankbar bin ich auch Dir. Natürlich auch Papa. Euer Karl."

Den Brief habe ich Martin erst am übernächsten Tag vorgelesen. Ich wußte, was ich darauf zu hören bekam. So war es auch. Martin sagte: „Der Narr! Religionslehrer! Nichts gegen die Frau, – aber eine Schauspielerin! Er hat sich vorher nicht beraten lassen, er wird es auch jetzt nicht tun. Schreib ihm, ob er jetzt einsieht, welchen Fehler er gemacht hat, daß er nicht meinem Rat folgte. Schreib ihm auch, daß ich wegen der Schauspielerin Bedenken habe. Schauspielerinnen müßten zu viele Gesichter zeigen. Zuletzt hätten sie nicht mal mehr ein eigenes." Ich dachte, hoffentlich hat Karl sich nicht nur ihr Gesicht angesehen.

Ich schrieb:

„Lieber Karl, es war Deine eigene Entscheidung, Priester zu werden. Wenn Du jetzt anderer Ansicht bist, ist das auch Deine eigene Entscheidung. Eine Schauspielerin ist zwar eine Frau, die sich auf der Bühne herumreichen lassen muß, die verschiedene Gesichter zu zeigen hat, ohne daß sie ihr eigenes Gesicht zu verlieren braucht. Du wirst aber selbst wissen, wie viele heute mit verschiedenen Gesichtern herumlaufen. Du kennst den Wunsch Deines Vaters. Aber jetzt ein völlig neues Studium! Ich halte es für richtig, daß Du Dein Theologiestudium mit dem Examen abschließen willst. Du hast Dein Leben zu leben.

Dein Vater und ich grüßen Dich herzlich!"

Ich dachte an die Zeit, als einer, den ich liebte, zu mir sagte, ich hätte das Zeug, Schauspielerin zu werden, mit dem ich, wenn er es gewünscht hätte, von Stadt zu Stadt gezogen wäre.

*

Martin macht mir Kummer. Er klagt über Herzbeschwerden. Er will nicht zum Arzt. Er sagte: „Was habe ich schon zu verlieren!"

Ich war verärgert. Spürt er noch immer nicht, daß wir alle bemüht sind, ihm sein Leben erträglicher zu machen? Ich sagte es ihm.

Er sagte: „Das seid ihr wirklich. Vielleicht seid ihr es zu sehr und habt mir manches abgenommen, was ich hätte tun können."

Ich war betroffen. Er ließ es zu, daß ich seinen Puls prüfte, der schwach und stark beschleunigt war. Ich sagte es ihm. Es schien ihm gleichgültig. Ich fragte: „Hast du Schmerzen?"

Sein Gesicht war verzerrt. Um seinen Mund zuckte es wie bei einem Jungen, der sich gegen das Weinen sperrte und dem immer eingetrichtert wurde: ‚Jungen weinen nicht.' Ich bat: „Martin, warum sagst du nichts? Hast du heute Ärger gehabt? Bei den Engländern? Bedrückt es dich so sehr, daß du dir da überflüssig vorkommst?"

Seine Antwort konnte nicht knapper sein: „Schon längst!"

„Dann hör auf. Der Verband der Kriegsbeschädigten ist froh, wenn du ihnen halbtags hilfst. Mit der Rente reicht das bestimmt."

Er schwieg. Sollte er befürchten, die Herzgeschichte könnte sich so verschlimmern, daß er dann noch hilfloser würde? Es schien zu stimmen. Er sagte: „Mit meinem Herzen, – wenn, dann ... du hast genug für mich getan!"

Ich schrie: „Martin!" und sah, wie er sich zwang, ruhig zu bleiben. Er sagte: „Nicht einen einzigen Tag! Du hast keine Ahnung, wie das ist: Mitgefühl, Mitleid, ständig, jeden Tag, über all die Jahre. Ein nicht unbekannter Philosoph hat einmal gesagt, wer ständiges Mitleid ertragen müsse, ginge durch die Hölle! Durch die Hölle!"

Ich war tief bestürzt. War das in all den Jahren in ihm vorgegangen? Hatte ich ihn nicht deutlich genug spüren lassen, daß er mein Mann ist, den ich liebe, den ich nicht verlieren will? Ich sagte zu ihm: „Du bist doch mein Mann! Mein Mann! Ich will dich nicht verlieren! Der Vater unserer Kinder, die dir doch bestimmt nicht gleichgültig sind."

Er sagte: „Als ich nach Haus gebracht wurde, war Thomas mit einem Jungen oder Mädchen draußen." Thomas sagte: „Der da, mit dem einen Arm und der dunklen Brille, das ist mein Vater." Er sagte es, als sei ich ein anderes Wesen. Da erinnerte ich mich an ein Schauspiel, das ich nach dem ersten Krieg gesehen hatte. Es handelte von einem Kriegsversehrten, der die Geschlechtsteile durch Granatsplitter verloren hatte. Er hatte seiner Frau erlaubt, sich bei anderen zu holen, was er ihr nicht mehr geben konnte. Um seine Rente aufzubessern, die zu knapp zum Leben war, verdingte er sich beim Varieté mit einer abstoßenden, scheußlichen Nummer, wie sie vom Publikum besonders beliebt sind. Er verschlang zwei lebende Mäuse. Die Beifallklatschenden sahen nicht, daß er sich danach jedes Mal erbrach. Als seine Frau und ihr Geliebter einer solchen Vorstellung beiwohnten, sprang er von der Bühne und erwürgte seine Frau. Sie hatte gelacht, als er die Mäuse verschlang. Wie gesagt, es war ein Spiel."

Ich war fassungslos. In welcher Stimmung mußte er sich befinden, daß er an eine solche Vorstellung dachte? Nur weil Thomas einem Freund gesagt hatte, der mit dem einen Arm und der dunklen Brille ist mein Papa. Martin ließ es zu, daß ich seine zwei Finger in meine Hand nahm. Wie einen kleinen Jungen hätte ich ihn auf meinen Schoß nehmen mögen, einen Jungen, der gerade geträumt hat, er befände sich mutterseelenallein in einem dunklen Wald, von wilden Tieren umgeben und der sich noch immer von den Tieren umgeben glaubt. Ich sagte: „Martin, Martin! Was geht in dir vor? Was geht in dir vor? Ist es nicht natürlich, daß Thomas das sagte? Schlimm wäre gewesen, wenn er dich verleugnet hätte. Und das Stück. Glaubst du, daß es das in Wirklichkeit gibt! Möglich, daß ein Mann, der so getroffen ist, seiner Frau mehr Freiheit einräumt. Aber Mäuse verschlingen, lebende Mäuse! Der, der das geschrieben hat, war ein armer Mensch, der sich wahrscheinlich in einer schlimmen Situation befand und keinen Ausweg sah."

„Der Ausweg! Der Ausweg!" Es kam wie ein Stöhnen, wie Martin es sagte.

„Das fragst du noch immer? Bin ich dir nicht gefolgt? Gefolgt, nur mit dem Wunsch, dir und deinen Kindern zu helfen. Schon da spürte ich, daß ich euch liebte, dich und deine Kinder, – daß es noch immer so düster in dir ist!"

Ich führte ihn zu einem Sessel. Er duldete, daß ich ihn hineindrückte. Er sagte: „Der Gedanke, ich könnte euch, insbesondere dir, jetzt noch mehr zur Last fallen, du kannst dir nicht vorstellen, wie das ist. Nein, das kannst du nicht. Das kann nur der, um den es genauso schwarz ist wie um mich. Der immer und immer danach verlangt, wenigstens einmal noch etwas sehen zu können, dich und die eigenen Kinder. Andere mögen sich damit abfinden, ich schaff das nicht. Ich weiß, es ist verrückt, völlig verrückt, dennoch kommt mir so und so oft der Gedanke, vielleicht heute. Dabei weiß ich, daß es keine Wunder gibt. Du kannst nicht ahnen, wie oft mir in all den Jahren der Gedanke gekommen ist, es wäre weit besser, die Ärzte, aber auch du, – irgendwie wäre das doch möglich gewesen!"

Ich schrie: „Martin! Martin! So wenig liegt dir an deinen Kindern, an mir? So wenig? Wir haben fünf Kinder. Drei von deiner ersten Frau, zwei von mir. Denkst du, ich würde sie so lieben, wenn sie nicht von dir wären?"

Durch das Fenster fiel das Licht des späten Nachmittags. In dem verkrüppelten Apfelbaum sang eine Amsel. Ich sagte: „Hörst du die Amsel? Hast du nicht einmal gesagt, wenn du nicht hören könntest, wäre es noch viel schlimmer? Hörst du nicht alles, jeden Laut, das geringste Geräusch? Ist das nicht Leben?"

Er schien sich aus seinen düsteren Gedanken nicht lösen zu können, oder es nicht zu wollen. Er sagte: „Wenn ihr damals im Lazarett, wenn ihr ... wie viele sterben an Herzversagen? Wie vielen hättest du dann helfen können?"

Ich war böse. Das konnte doch nicht ... Selbst wenn ein Herzleiden dazugekommen war, waren wir nicht alle ... Er mußte wissen, daß keiner ihn jemals hätte spüren lassen ... Ich fuhr ihn ziemlich hart an: „Ich will es wissen, was ist dir zugestoßen? Es ist nicht das Herz, auch nicht Thomas, es mag dazu beitragen. Es ist was anderes!"

Er stand auf und ging auf das Fenster zu. Wer nicht wußte, daß er völlig blind war, hätte annehmen können, er blickt nach draußen. Daß er in dieser seiner Stimmung das Lied der Amsel besser aufnehmen wollte, war unmöglich. Ich bat: „Martin, was verschweigst du? Was darf ich nicht wissen?"

Er wandte sich mir zu und sagte: „Was ich längst weiß, hat der Bote, der mich morgens holt und nachmittags zurückbringt, gesagt. Ob ich nicht glücklich darüber wäre, daß ich von ihnen mitgeschleppt würde. Ich müßte es doch längst gemerkt haben, daß das meiste, was ich zu übersetzen hätte, überflüssig sei. Das war die Bestätigung meiner jahrelangen Vermutung. Überflüssig, wie überall!"

Ich verbarg nicht, wie erbost ich war. Ich umarmte Martin. Mein Gesicht war dicht vor dem seinen. Ich sagte: „Dem Kerl werd' ich die Leviten lesen!"

„Weil er die Wahrheit gesagt hat? Vielleicht war er beauftragt. Vielleicht wollten die mit den Litzen und Sternen es sich sparen."

„Doch nicht so!"

„Müßte ich ihnen nicht noch dankbar sein, daß sie mir nicht bereits vor Jahren gesagt haben, daß sie keine Verwendung mehr für mich haben? Keine Verwendung mehr! So heißt es doch. Überflüssig!"

„Du bist nicht überflüssig. Du ahnst nicht, wie du mir fehltest. Den Kindern! Muß ich dir das immer und immer wieder sagen? Immer wieder? Und die Kriegsbeschädigten? Sie sind froh, wenn du zu ihnen kommst!"

„Wahrscheinlich als Aushängeschild, um die Richter ein wenig nachsichtiger, milder zu stimmen, wenn ich diesen oder jenen am Sozialgericht vertreten soll. Was habe ich denn noch zu erwarten. Wenn Karl wenigstens bereit gewesen wäre, das aufzunehmen, fortzusetzen, was mir aus den Händen gerissen wurde. Nein, ich habe nichts mehr zu erwarten!"

Ich hätte weinen mögen und mußte mich zwingen, ruhig zu bleiben. Ich fragte: „Und die beiden? Klaus und Thomas?"

Er wiederholte: „Klaus und Thomas! Sie sind noch so jung."

Es lag keine Hoffnung, keine Zuversicht in seiner Stimme. Ich hätte den Boten wirklich verprügeln mögen. So plump! So plump! Ich sagte: „Martin, Mann, so habe ich dich seit Jahren nicht mehr gekannt. So nicht!"

Er sagte: „Es sind ja nicht nur die Augen, sondern neuerdings auch das Herz. Wo andere zehn Finger haben, habe ich nur noch zwei, sonst würde ich das versuchen, was Jakob macht."

Dann waren wir nicht allein. Klaus und Thomas kamen herein. Sie mahnten mich, das Abendessen zu machen. Als die beiden schlafen gingen, brachte ich Martin dann doch soweit, daß er mir versprach, Dr. Röhrig aufzusuchen und dem Wunsch des Kreisverbandes der Kriegsopfer zu folgen.

Bevor wir beide uns schlafen legten, sagte ich zu Martin: „Du warst lange nicht mehr mit mir in der Kirche. Würdest du nächsten Sonntag wieder einmal mit mir gehen?"

Er sagte: „Vielleicht." „Ich werde den Organisten bitten, mich dann wieder einmal an die Orgel zu lassen."

Dr. Röhrig schickte mich mit Martin zur Aufnahme eines EKG zum Krankenhaus. Es sind Durchblutungsstörungen der Herzkranzgefäße. Dr. Röhrig hat Tropfen verschrieben. Er meinte, ohne unnötigen Ärger und Aufregungen könnte Martin damit 80 Jahre und noch älter werden. Martin zeigte dazu ein zweifelndes Lächeln. Ich selber habe in der Apotheke eine Teemischung besorgt, die meinem Vater über Jahre bei den gleichen Herzbeschwerden gut geholfen hat. Martin trinkt den Tee regelmäßig. Jetzt bei den Kriegsbeschädigten scheint er das Gefühl zu haben, daß er wirklich benötigt wird und nicht nur Aushängeschild ist. Das Gehalt für die morgendliche Arbeit ist zwar weit geringer, aber mit der Rente zusammen reicht es. Wir brauchen bei Jakob und Hedwig keine Miete zu zahlen, dadurch konnten wir etwas zurücklegen. Ich bin überglücklich, daß Martin sich gefangen hat. Er ist jetzt schon mehrmals sonntags mit mir zur Kirche gegangen.

Karl war hier. Er kam völlig unerwartet. Ich merkte gleich, daß irgendetwas mit ihm nicht stimmte. Es war spätnachmittags. Martin und ich waren gerade von einem Spaziergang zurückgekommen. Seitdem Martin nicht mehr bei den Engländern ist, gehen wir öfter eine gute Stunde durch die Straßen von Geldern oder über die Feldwege außerhalb der Stadt. Martin hat dann viele Fragen. Eines Nachmittags war es sein Wunsch, ich möchte ihm in der Kirche auf der Orgel etwas spielen. Der Organist hatte nichts dagegen. Es waren einfache Melodien. Ich habe schon früher gerne improvisiert. Es schlichen sich Melodien früherer Wander- und Liebeslieder ein. Martin dankte danach mit seinen zwei Fingern. Waren wir dumm, daß er so lange bei den Engländern geblieben ist und sich mit dem Gefühl gequält hat, überflüssig zu sein. Einige Male hat er Jakob im Keller an der Tondrehscheibe Gesellschaft geleistet. Innerhalb weniger Wochen ist unser Leben herzlicher, gelöster geworden.

In dieser Atmosphäre kam Karl. Am Abend spielte er mit Martin eine Partie Schach. Er ist zuversichtlich, sein Theologiestudium, er befindet sich im elften Semester, im nächsten Semester mit einem guten Ergebnis abzuschließen.

Schon als er kam, merkte ich, er wollte mich sprechen.

Mit der Schauspielerin, das ist aus, wohl endgültig. Wahrscheinlich wird er doch Priester. Schon vor einem guten Jahr war ihm bekanntgeworden, daß sie ihn betrog. Sie hatte ihm gelobt, es würde sich nicht wiederholen. Es wiederholte sich, öfter. Es habe nichts mit ihrem Beruf zu tun. Sie sei schon vorher so gewesen, sie brauche das. Sie hat geglaubt, Karl, da er Geistlicher werden wollte, würde ihr das vergeben, selbst wenn es während ihrer Ehe vorkäme. Sie hat zwar die Absicht geäußert, deshalb war Karl bei mir, sich ernstlich zu bemühen, daß es dann nie mehr vorkomme. Karl wollte von mir wissen, ob das zu glauben ist. Er sagte: „Ich weiß, ich bin ihr nicht gleichgültig. Sie hat bitterlich bei mir geweint. Sie leidet selber darunter, daß sie so ist."

Was konnte ich dazu sagen? Sie verurteilen? Sind wir nicht alle mehr oder weniger unseren menschlichen Schwächen unterworfen? Wer kann sich ganz davon lösen?

Als ich schwieg, sagte er: „Nur mit dir kann ich darüber sprechen. Meine Freunde! Sie würden mich für verrückt halten. Sie würden mich fragen, ob ich für einige Kinder sorgen wollte, die nicht von mir wären."

„Du liebst sie? Auch jetzt noch?"

„Ich weiß nicht, ob es nicht mehr Erbarmen, Mitleid ist. Du bist doch auch vor vielen Jahren Papa aus Mitleid gefolgt, bist bei ihm geblieben, obwohl er oft – du weißt, wie er war. Wie hast du das durchgestanden? Ich werde nie vergessen, wie er dich, als ihr kurz vor der Heirat standet, angeschrien hat, du sollst dich zum Teufel scheren. Er würde dich hinaustreten, wenn du nicht verschwändest. Wie er dir die Füße zerstampft hätte, wenn Jakob dich nicht zurückgezogen hätte. Du bist geblieben. Warum bist du geblieben?"

„Warum? Wegen euch. Wegen Maria, Martha und dir."

„Wegen Papa nicht?"

„Ich glaube nicht."

„Du hast es nie bedauert?"

„Hast du nicht auch manchmal etwas bedauert, was sich danach als richtig erwies?"

„Nichts Wesentliches!"

„Ja, ich habe es anfangs manchmal bedauert und bin froh, ja glücklich, daß ich bei euch, bei eurem Papa geblieben bin."

„Dann glaubst du?"

„Wenn du überzeugt davon bist, daß du es erträgst, daß sie dich weiterhin betrügt, selbst wenn ihr verheiratet seid."

„Wie kann ich, wenn es mich jetzt fast krank macht. Du weißt nicht, was ich durchgemacht habe. Hoch und heilig gelobt, nie mehr und dann doch."

„Dann weißt du doch alles!"

„Wie oft beten wir: ‚Vergib uns unsere Schuld, wie auch wir vergeben unseren Schuldigern."

„Dann heirate sie. Aber es könnte für euch beide ein solch schmerzvoller Weg werden, daß einer von euch darüber zerbricht. Das wärest bestimmt du."

Er schwieg lange, bevor er sagte: „Du könntest Recht haben. Dennoch, ich habe Mitleid mit ihr, wie du mit Papa Mitleid hattest."

„Euer Papa war hilflos, verbittert, der Krieg!"

„Auch früher, bei unserer Mama, war er nicht immer bequem."

Wußte ich das nicht schon von Martin selber. Ich sagte: „Du hast immer vornean bei mir gestanden. Du mußt es oft gespürt haben. Wenn du ... Das würde auch mich treffen." Wir saßen uns gegenüber. Karl erhob sich. Er blickte durchs Fenster. Warum mußte diese Frau seinen Weg kreuzen? Sollte es kaum einen geben, der ohne Prellungen davonkam? Ich dachte an Christus und Maria Magdalena. Aber wie anders war das. Sie sah in ihm den Großen, den Meister, den Gesandten, der ihre Schuld von ihr nehmen sollte. Ich erinnerte mich an den Karl vor vielen Jahren, der einem Bauernburschen ein Butterbrot aus der Hand riß und es aufteilte, der den Bauernburschen dazu verurteilte, weit mehr zu geben. Da war mir völlig klar, daß es unmöglich ist, daß Karl mit einer Frau zusammenleben kann, die ihn betrügt. Auch ich erhob mich. Stellte mich hinter ihn und sagte: „Du sagtest, sie hat geweint. Es gibt Tränen, die sind schon nach einer Woche vergessen." War das anmaßend? Er drehte sich mir zu – er ist größer als ich – und sagte: „Jetzt werde ich doch Priester. Vielleicht mußte es diesen Umweg geben. Vielleicht sollte mir das nicht verborgen bleiben."

Was war in dieser kurzen Zeit in ihm vorgegangen, als er durch das Fenster blickte? Was hatte er gesehen?

Sein Gesicht war irgendwie verändert. Das Gesicht von gestern war es nicht. Er sagte: „Immer und immer Nachsicht. Immer und immer unter dieser Spannung, wann ist es das nächste Mal, das – das erträgt keiner. Es hat einige Zickzackwege gekostet, einige Kratzer, auch Narben, eitrige Wunden keine." Er nahm mich in den Arm und sagte: „Komm, ich war noch nicht bei Hedwig und Jakob."

Wenn er bei mir von seinen Großeltern sprach, nannte er sie noch immer mit ihren Vornamen, wie wir es vor Jahren abgesprochen hatten.

Hedwig war in der Küche. Sie schloß ihren ältesten Enkel in ihre Arme. Sie verbarg nicht, wie sie sich freute. Jakob war im Keller, bei seinen Tonarbeiten. Der Ton klebte an seinen Händen. Karl nahm sein rechtes Handgelenk. Er nahm sich Zeit, die Arbeiten Jakobs zu betrachten. Er fragte ihn: „Woher hast du das? Du hättest früher damit anfangen sollen."

Jakob lachte. „Früher? Meinen Beruf dafür aufgeben und den Schornstein kaltlassen? Ich bin ja froh, daß ich jetzt nicht herumzudösen brauche."

Ich glaube, ich habe es noch nicht gesagt. Jakob war viele Jahre Bürovorsteher in einem Rechtsanwaltsbüro.

Karl aß mittags bei Hedwig und Jakob. Hedwig hatte ihn darum gebeten. Sie hatte seinetwegen Reibekuchen gebakken, weil er die früher immer gerne gegessen hatte. Bestimmt hat Jakob ihm auch einen Geldschein zugesteckt. Als Martin noch nicht bei den Engländern war, habe auch ich manchmal etwas von Jakob erhalten. Sonst hätte ich oft genug nicht einmal das kaufen können, was uns auf den Karten zustand. Martin hat das nie erfahren.

Klaus und Thomas waren noch nicht aus der Schule zurück, als Karl sich verabschiedete. Er erwartete am späten Nachmittag zwei Schüler, denen er Nachhilfeunterricht gab. Als er sich von Martin verabschiedete, sagte er zu ihm: „Mama sagt dir alles." Wir gingen beide mit ihm bis zur Haustüre.

Nachmittags machten Martin und ich unseren Spaziergang über die Feldwege außerhalb der Stadt. Es war warm. Die Sonne des Augustnachmittags stand hoch. Ich war überrascht, als Martin sagte: „Das Korn riecht gut. Es muß geschnitten werden." Der Weg führte an einem Kornfeld vorbei. Ich sah, daß es in voller Reife stand. Ich hätte gerne einige der Korn- und Mohnblumen gepflückt, die am Wegrand wuchsen. Ich wußte jedoch, daß sie daheim in der Vase zu schnell verblüht wären.

Vor einigen Tagen hatte Martin mich überrascht, als er fragte: „Stehen die Lerchen sehr hoch?" Ich hatte bis dahin ihr Jubilieren nicht bemerkt.

Ich sagte ihm, weshalb Karl gekommen war. Er sagte: „Das habe ich erwartet, daß es eines Tages so kam. Hoffentlich kommt er vollends davon los. Hoffentlich stellt sie ihm nicht nach." Er schien sich damit abgefunden zu haben, daß Karl nicht Jurist wird. Dachte er an Klaus? An Thomas niemals, obwohl er längst nicht mehr so verspielt ist. Kannte Martin meine Gedanken? Er fragte: „Was machen die beiden Burschen? Kommen sie gut mit?" Ich konnte ihm bestätigen, daß Klaus fast zu eifrig ist und daß Thomas mich mit seinem Wunsch überraschte, er möchte Orgelspielen lernen.

Martin sagte: „Das hat er von dir, von mir nicht. Karls Mutter war eine gute Frau. Die Kirche hat sie nicht umgelaufen. Während der Nazizeit hab ich ihr Kummer gemacht. Besonders die letzten Monate vor ihrem Tod. Fast täglich hat sie befürchtet, ich würde abgeholt. Ich konnte mir meinen Mund nicht verbinden."

Im Verlauf unseres Spaziergangs erinnerte ich ihn an das Stück, das er nach dem ersten Krieg gesehen hatte. Er verweilte und sagte: „Womöglich hast du all die Zeit daran gedacht?"

Ich gab zu, daß ich mich öfter damit beschäftigt hatte und sagte: „In Wirklichkeit kann es das unmöglich geben. Ein Mann, der seine Frau so liebt, daß er ihr jede Freiheit gönnt, wird niemals an ihr zum Mörder. Niemals!"

„Und wenn er sieht, wie seine Liebe mißbraucht, verachtet, mit Füßen getreten wird?"

„Auch dann nicht. Wer wirklich liebt, mordet nicht."

„Überhaupt, was soll das?"

„Ich dachte an Karl."

„Was hat Karl damit zu tun? – Du hast manchmal eine Phantasie ... Womöglich, aber das ist ausgeschlossen."

Jetzt wußte ich nicht, welche Gedanken ihm gekommen waren. Ich fragte auch nicht. Martin hatte recht. Was sollte das jetzt? Warum diese Gedanken, diese Vergleiche. Karl würde sich auch nie so erniedrigen. Nie würde er in seiner Liebe so tief absinken. Auch das war falsch gedacht. Ganz hart sagte ich innerlich zu mir: Schluß! Der Nachmittag war nicht dazu angetan, solchen Gedanken und Vorstellungen nachzuhängen. Wenn auch keine Lerchen in der Luft waren. Aber sollte sie nicht vor Freude singen? Martin roch, wie das Korn duftete!

*

Karl wurde im Dom zu Münster zum Priester geweiht. Nach dem Besuch vor Jahren hat er nur noch zwei Mal mit mir über die Schauspielerin gesprochen. Es war in den Semesterferien nach diesem Besuch. Er gab zu, daß die Trennung ihm schwerfiel, daß die Schauspielerin immer wieder versuchte, sich ihm zu nähern. Er sei für sie der letzte Halt, bevor sie endgültig versumpfe. Das hat ihn schlaflose Nächte gekostet. Zuletzt hat er sich endgültig durchgerungen und sich gesagt, keiner könne von ihm erwarten, sich wie blind ins Unglück zu stürzen.

Fünf, sechs Wochen vor seiner Weihe hatte ich ein weiteres Gespräch mit ihm. Er sagte: „Wie ich dich kenne, hast du auch für mich jeden Tag gebetet. Dafür danke ich dir ganz herzlich. Gewiß hast du auch manchmal an die Schauspielerin gedacht. Ich selber habe fast jeden Tag an sie gedacht und werde auch weiterhin an sie denken und sie auch an mich. Hin und wieder schreibt sie mir, ich beantworte ihre Briefe. Ich würde jeden Brief beantworten, wenn eine Antwort erwartet oder erforderlich wird. Das will ich auch in Zukunft so halten."

Ich fragte: „Auch von ihr? Ich meine, auch dann, wenn du geweiht bist?"

„Auch dann. In ihrem letzten Brief schrieb sie, sie habe sich damit abgefunden. Vielleicht gebe ich ihr jetzt mehr Halt, als wenn sie meine Frau geworden wäre."

„Du liebst sie noch immer?"

„Ich habe mit einem Theologieprofessor gesprochen. Ich habe nichts ausgelassen. Er hat zu mir gesagt, einen Menschen mehr zu lieben als alle anderen, sei wahrscheinlich ein Geschenk Gottes, solange wir diesen Menschen nicht begehrten."

„Und?"

„Ich weiß! Ich will nicht nur Priester werden, ich bleibe auch ein Mann."

Seine Offenheit beängstigte mich. Er sagte: „Vielleicht erinnerst du dich. Nach meinem Abitur, als ich mich vor Papa rechtfertigte, warum ich Priester werden wollte. Ich erinnere mich noch ungefähr daran, was ich gesagt habe. Vielleicht hatte ich es irgendwo gelesen, obwohl ich es damals sehr ernst gemeint habe. Ein Priester, wie er mir damals vorschwebte, will ich werden. Mich immer des Gebotes erinnern: ‚Du sollst deinen Nächsten lieben wie dich selbst!' Das füllt mich aus. Ich bin überzeugt, du verstehst mich."

Nach diesem letzten Gespräch mit ihm habe ich mich gescheut, das Kreuzzeichen über ihn zu machen. In Gedanken habe ich es getan.

An dieses Gespräch dachte ich, als ich ihn mit den anderen zu Weihenden in tiefer Demutshaltung auf dem Boden liegen sah, und ich wünschte, er wäre mein leiblicher Sohn. Als zum Schluß der feierlichen Handlung die Orgel „Großer Gott wir loben Dich!" anstimmte, hielt ich Martins Daumen und Zeigefinger in meiner Rechten. Ich fürchte, ich habe sie so heftig gedrückt, daß sie ihn schmerzten. Auch er schien nicht unberührt. Sein Gesicht war blaß.

Im Saal des bischöflichen Palais, wohin wir zum gemeinsamen Kaffee gebeten wurden, sah ich viele Augen auf Martin gerichtet. Ich war froh, daß er es nicht sehen konnte.

Dann kam Karl. Er drängte seine beiden Schwestern und Klaus und Thomas, die ihm zuerst gratulieren wollten, etwas zur Seite, umarmte mich und sagte nur: „Mama!" Mir schossen die Tränen in die Augen. Er drückte mich fest an sich. Dann umarmte er Martin, strich über sein stark angegrautes Haar, umarmte Hedwig und Jakob, die auch mitgefahren waren, und zuletzt seine Geschwister. Zu Thomas sagte er: „Ich habe gehört, du möchtest Organist werden. Vielleicht bin ich dann Pastor, und du kannst zu mir kommen. Das wäre eine feine Sache."

In dieser Minute, als er mich umarmte und „Mama" zu mir sagte, fühlte ich mich für die Mühen, die ich für seinen Papa, ihn selber und seine Schwestern aufgebracht habe, belohnt. Wenn es ein Gefühl des Glücks gibt, ich glaube, in dieser Minute habe ich es empfunden. Als Karl uns dem Bischof vorstellte, war ich froh, daß der Bischof sich mehr Martin zuwandte. Er fragte ihn, ob der Krieg ihn so getroffen habe.

Obwohl in der Kapuzinerkirche noch immer gearbeitet wird, sie soll in ihrer barocken Schönheit wieder ganz hergestellt werden, war es Karls Wunsch, in dieser Kirche, in der er auch getauft wurde, die Primiz zu feiern. Ich hatte einen Platz auf der Orgelempore. Der Organist hatte nichts dagegen, daß ich den Schlußchoral spielte. Bis es soweit war, hat sich wohl keiner mehr geängstigt als ich, Karl könnte in seiner ersten Predigt versagen. Er versagte nicht. Er erinnerte daran, daß er ein Gelderner Junge ist, daß er deshalb nur in Geldern und zwar in dieser Kirche, seinen ersten Gottesdienst habe feiern wollen. Daß er noch manchmal in dieser Kirche eine Messe feiern möchte. 1947 sei in dieser Kirche, bei einer Predigt des damaligen Ehrendechanten Gerhard van Heukelum, in ihm der Gedanke aufgekommen, auch einmal Priester zu werden. Er sei dankbar, daß sein Weg zu dieser Erfüllung nicht glatt gewesen sei. Dadurch habe er manches erlebt, was ihm sonst fremd geblieben wäre. Er sprach von der Liebe, die alles versteht, die auch die Schwäche des Nächsten erträgt. Sprach von der Liebe, die so oft mißhandelt und ans Kreuz geschlagen wurde. Er erinnerte daran, daß keiner ohne Fehler ist, daß diese Fehler nur in der Liebe erkannt und zurückgedrängt werden könnten.

Er sagte: „Liebe Gelderner, diesen Weg, den Christus uns vorausging, den Weg der Liebe, möchte auch ich gehen. Aus einer freien Entscheidung, eingebunden in das Bestreben der Kirche, für alle da zu sein. Insbesondere für die Schwachen, die Gebeutelten, damit auch für sie das Leben lebenswert wird. Die Erde ist kein Jammertal. Wenn, dann wird sie von uns dazu gemacht. Wenn in der Vergangenheit gelehrt wurde, Kriege, aber auch alles andere, was durch Menschen hervorgerufen, verursacht wurde, sei eine Geißel Gottes, habe ich das bereits in früher Jugend nicht glauben können. Und wer glaubt, einen Gegner zu haben, kann diesen vermeintlichen Gegner nur durch seine eigene, friedliche Haltung zu sich ziehen. Nicht durch Beschimpfungen oder Drohungen. Sie erzeugen nur Gewalt. Jeder von uns sollte sich dazu aufgerufen fühlen, das immer und immer den Mächtigen zuzurufen. Den Mächtigen, die in ihrem falschen Streben nach noch mehr Macht für das Wahrhaftige und Schöne blind wurden. Ich werde meine Stimme gegen diese Verblendeten immer wieder erheben. Keiner kann mich davon abhalten, keiner mir das verwehren. Wir Gelderner, und mit uns viele Millionen, haben im letzten Krieg bitter und schmerzlich spüren müssen, was wird, wenn diesen Mächtigen, die es nicht wahrhaben wollen, daß jeder ein menschliches Antlitz trägt, geglaubt, gefolgt wird."

Schon nach den ersten klaren Sätzen, die den Kirchenraum füllten, hatte ich keine Sorge mehr, Karl könnte in der

Predigt versagen. Wenn sie auch vielleicht dem einen oder anderen nicht klar genug gegliedert schien, sie war ehrlich.

Ich brauchte an der Orgel keine Noten. Ich brauchte nur in Töne umzusetzen, was ich empfand.

Draußen warteten viele Menschen, um uns zu gratulieren. Keiner schien so stolz wie Thomas zu sein. Dachte er daran, später in Karls Kirche die Orgel zu spielen?

*

Nach der Primiz gab Karl mir einen Brief von der Schauspielerin. Nur wenige Worte: „Ich wünsche, Du hast Dich richtig entschieden. An manchem Tag fange ich an, mich vor mir selbst zu ekeln. Wenn ich gläubiger wäre, würde ich Dich bitten, denke in Deinen Gebeten auch hin und wieder an mich. Werden wir uns je wieder begegnen? Wie betet Ihr: Und führe uns nicht in Versuchung! Also besser nicht. Klara."

* * *

Der Tod hat bei uns tief eingeschnitten. Die Zeit der hellen, unbeschwerten Wochen war nur kurz. Zuerst war es Jakob. Hedwig fand ihn am 23. Mai 1964 leblos im Bett. Der Tod schien ihn im Schlaf abberufen zu haben. Die Tage vorher hatte er sich noch der reichlichen Blüten des alten verkrüppelten Baumes erfreut und war sicher, daß er wieder eine gute Ernte brächte. Keiner hatte bei ihm eine Veränderung festgestellt. Noch am letzten Nachmittag war der Ton, den er für die nächsten Tage vorbereiten wollte, zwischen seinen Händen gewesen. 79 Jahre alt ist er geworden. Selbst Martin war von seinem Tod schmerzlich getroffen. Ob er sich an sein Verhalten gegenüber dem Verstorbenen während der ersten Jahre nach dem Krieg erinnerte? In mir wirken diese Erinnerungen noch jetzt nach. Ohne Jakob hätte es keine Ehe zwischen Martin und mir gegeben. Selbst die Kinder hätten mich nicht gehalten. Sogar in den ersten Jahren unserer Ehe hat er immer an meiner Seite gestanden, wenn Martin mit sich nicht fertig wurde. Hedwig ist in ihrer stillen Klage ihrem Jakob sieben Wochen später gefolgt, ohne ernstlich krank gewesen zu sein. Waren beide damit zufrieden, die Primiz von Karl erlebt zu haben und zu wissen, daß auch Martha ein gutes Examen erreicht hat und sich keine Sorge um ihre Zukunft machen mußte? Und – haben sie nicht erlebt, daß Martin viel ruhiger geworden ist? Bereitete der Tod ihnen deshalb keine Qualen und überließ den Schmerz, die Trauer uns?

Vier Wochen später war es meine Mutter, die auch ohne jede Vorankündigung starb. Dabei verheimlichte sie nie, wenn irgend etwas bei ihr nicht in Ordnung war. Nach ihrem Tod lehnte Vater es ab, zu uns zu ziehen. Dann hätte er selten Gelegenheit, Mutters Grab zu besuchen. Bei einem dieser Besuche hat er sich im Januar 1965 eine schwere Erkältung zugezogen, so nehme ich es zumindest an. Der Erkältung folgte eine Lungen- und Rippenfellentzündung. Da half auch keine Überweisung ins Krankenhaus. Am 2. Februar mußten wir auch ihn neben Mutter begraben. Wie oft habe ich an schweren Tagen geglaubt, seine Hand zu fühlen, seine Stimme zu hören, wenn ich keinen Ausweg aus meiner Niedergeschlagenheit sah, wenn fast jede Hoffnung, Martin könnte sich ändern, in mir ausgelöscht war. Wie froh wäre ich, wenn sie sich noch Jahre an Thomas und Klaus hätten erfreuen können, den einzigen Enkeln, die sie hatten, die ihnen so spät geschenkt wurden, als sie sich vielleicht schon damit abgefunden hatten, keine zu bekommen.

Jakob und mein Vater werden mir öfter fehlen als Hedwig und meine Mutter. So stolz, wie ich jeden Tag auf meinen Vater war, der als einfacher Weber das Zeug hatte, viel weiter vorzustoßen, um so näher hat mir noch Jakob gestanden. Nie kann ich die Stunde aus meiner Erinnerung streichen, in der er den Weinkrampf erlitt. Wie muß es in ihm oft ausgesehen haben, wenn Martin ihn mit Vorwürfen überschüttete, als trüge er die Schuld am Tod seines einzigen Kindes. Jakob hat sich in mir ein Denkmal gesetzt, das erst mit meinem Tod verschüttet wird. Ich bin überzeugt, von Klaus und Thomas wird bestimmt Thomas ihn nicht so bald vergessen. Er hat ihm manche Stunde bei seinen Tonarbeiten zugeschaut.

Karl hat für ihn und Hedwig die Totenmesse gelesen und sie beide beerdigt. Ich hätte es nicht vermocht. Der Schmerz, die Tränen hätten mich überwältigt. Ist Karls Glaube, daß der Tod nicht das Ende ist, gefestigter als meiner? Bei den Beerdigungen war auch Maria aus dem Saarland mit ihrem Mann hier. Ich glaube, ich habe nicht einmal erwähnt, daß sie zwei Kinder haben: Einen Jungen und ein Mädchen. Die Mutter ihres Mannes, eine Kriegerwitwe, lebt bei ihnen. Sie ist für Maria, die weiterhin in der Schule unterrichtet, eine gute Stütze. Kein Brief, in dem Maria nicht betonte, wie froh sie ist, die Schwiegermutter bei sich zu haben. Bei Hedwigs Beerdigung haben wir Maria und ihrem Mann versprochen, sie bald einmal zu besuchen.

Karl wirkt als Kaplan in Kalkar. Er wäre weit lieber in einer größeren Stadt. Er hofft, eines Tages wenigstens nach Kleve oder Wesel versetzt zu werden.

Martha, das hatte ich nicht erwartet, ist unmittelbar nach ihrem Examen zu ihm gezogen. Die Kaplanwohnung ist ausreichend. Karl konnte ihr zwei Zimmer zur Verfügung stellen. Da die häusliche Versorgung von Karl und ihr selber ihr genügend freie Zeit läßt, kann sie Arbeiten für zwei kleine Verlage lektorieren. Ihren Wunsch, eine Stelle als Lektorin bei einem größeren Verlag zu erhalten, scheint sie abgeschrieben zu haben. Kalkar, diese kleine niederrheinische Stadt, gefällt ihr: die historischen Bauten, insbesondere die Nikolai-Kirche mit ihren wertvollen Holzschnitzarbeiten bedeutender Holzschnitzer aus dem frühen 16. Jahrhundert. Da es von Geldern bis Kalkar nicht zu weit ist, haben Martin und ich sie bereits mehrmals besucht. Vor einigen Jahren haben wir uns einen gebrauchten VW angeschafft. Die Prüfung für den Führerschein ist mir nicht leicht gefallen. Gerne fahre ich nicht.

Wenn wir Karl und Martha besuchten, nahm ich mir immer Zeit, die Schnitzarbeiten in der Nikolai-Kirche zu betrachten. Für mich sind es die schönsten und eindrucksvollsten, die ich bisher kennenlernte. Was für ein Verlust, wenn sie im Krieg zerstört worden wären. Wie viele ähnliche unersetzbare Arbeiten, die nie mehr nachgestaltet werden können, wurden im Krieg zerbombt?

Martha hat die Absicht, über diese Holzschnitzarbeiten der Nikolai-Kirche ein Buch zu schreiben.

Karl spricht wenig über seine Arbeit. Wäre Martha nicht bei ihm, würden wir kaum etwas darüber erfahren, dann bliebe es uns wahrscheinlich verborgen, ob er in der Pfarre angenommen wurde oder ob er Schwierigkeiten hat. Schwierigkeiten scheint er mit seinem Pastor zu haben. Karls Predigten entsprechen nicht seinen Vorstellungen. Sie sind ihm zu weltlich, entfernten sich zu weit von der Bibel, so

Martha. Sie sagte: „Dabei sind sie alle nach den Gleichnissen von Jesus Christus, wie sie nach den eindringlichen Mahnungen zweier Weltkriege nicht anders gedeutet werden können." Wie Martha zu Karl steht, wie sie sich für ihn einsetzt, verhehlte sie in dem ausführlichen Gespräch nicht. Sie sagte: „Von meinen Einkäufen hier in den Geschäften weiß ich, was die Kirchenbesucher von Karls Predigten halten. Das sei ein völlig neuer Ton, der lange vermißt worden sei. Der frühere Kaplan habe ganz unter dem Einfluß des Pastors gestanden. Eine Bäckersfrau sagte mir: „Unser Pastor, der kommt von einem großen Bauernhof aus dem Münsterland. Der weiß gar nicht, wie es in vielen Menschen aussieht. Seine Predigten von der Hölle waren kaum zu ertragen. Bei ihm sind immer nur alte Mütterchen beichten gegangen, die von ihrer Angst nicht loskommen."

Der Pastor sieht es auch nicht gerne, daß Martha und Karl zusammenwohnen. Der frühere Kaplan habe immer bei ihm gegessen. Bei den gemeinsamen Mahlzeiten könne auch alles besser besprochen werden.

Darüber ist Martha besonders erbost. Sie befürchtet, daß der Pastor so lange bohrt, bis Karl sich von ihr trennt.

Als ich Karl nach diesen Schwierigkeiten fragte, sagte er: „Das habe ich mir gedacht, daß Martha das nicht verschweigen konnte."

Ich fragte: „Sind wir nicht mehr deine Eltern?"

Er sagte: „Um mich braucht ihr euch ganz bestimmt nicht zu sorgen. Der Pastor hat das Leben nie wirklich kennengelernt, woher auch. Und Martha: Ich bin ja froh, daß ich sie bei mir habe. Sie ist meine Schwester. Keiner hat ein Recht, sie zu vertreiben. Dann gehe ich auch!"

Er sagte das mit einer solchen Festigkeit, daß ich beruhigt sein müßte. Ich bin es nicht.

Ich sprach mehrere Male mit Martin darüber, dem bei diesen Besuchen von dem, was wir besprechen, ja nichts entgeht. Diese meine Sorge teilt er nicht. Er sagte: „Es wäre schlecht, wenn Karl nichts von mir hätte. Als Rechtsanwalt wäre er weit freier gewesen."

Selbstverständlich erkundigten sich Martha und Karl auch stets nach Klaus und Thomas.

Klaus wird bestimmt, wenn alles so verläuft, wie er es sich selbst immer vorgestellt hat, und was auch Martin immer von ihm erhofft, ja erwartet hatte, Jurist. In einem guten Jahr müßte er sein Abitur schaffen. Für seine letzten Versetzungen mußte er hart arbeiten. Fremdsprachen sind seine Schwäche. Das muß er von mir haben. Genauso ist es von mir, daß er sich schon vor zwei Jahren der Theatergruppe der Schule angeschlossen hat. Ich hätte nie gedacht, daß er, der schon als Junge so nüchtern und sachlich sein konnte, sich so für das Theaterspiel begeistern würde. Ich habe ihn einige Male auf der Bühne gesehen. Da wurde ich wieder daran erinnert, was vor vielen Jahren war. Dennoch habe ich mich noch nicht dazu aufgerafft, mit Martin nach Brüggen zu fahren, um mich zu erkundigen, ob sie den Krieg heil überstanden, die mir in meiner Jugend nicht gleichgültig waren. Was hält mich davon ab? Seitdem wir den Wagen haben und ich fahren kann, reichten einige Stunden, um das zu erfahren. Ist es die mehr im Unterbewußtsein schlummernde Furcht, ihnen könnte es noch schlimmer ergangen sein als Martin? Oder scheue ich mich, mit Martin darüber zu sprechen, was in jungen Jahren mein Wunsch war? Fürchte ich, es könnten dadurch Gedanken in ihm aufkommen, zu denen er überhaupt keinen Grund hat? Oder fürchte ich, in mir könnten wieder Gefühle aufbrechen, die es längst nicht mehr gibt?

Ich gestehe: Das Theaterspiel von Klaus bringt mich jetzt oft zurück in die Zeit von damals.

Thomas: Wie hat der Junge sich verändert. So besessen er einst von allem war, was fahren konnte, so eifrig gibt er sich jetzt dem Klavierspiel hin.

Kurz vor dem Tod seines Großvaters Jakob bekam ich von Jakob ein gebrauchtes, aber gut klingendes Klavier geschenkt. Jakob meinte, wer Orgel spielen könne, könnte auch Klavier spielen. Er habe sich schon immer gewünscht, Musik im Haus zu haben, die nicht aus dem Lautsprecher käme. Jakob wußte alles so darzustellen, daß man sich selbst bei einem solchen Geschenk nicht beschämt fühlte.

Mit dem Klavier war Thomas nicht davon abzuhalten, auch das Klavierspiel zu erlernen. Seitdem bekommt er bei einem der Gelderner Organisten Unterricht. Der hatte bisher bestimmt niemals Grund zu klagen, Thomas habe nicht geübt.

Noch etwas hat das Klavier bewirkt. Selbst Martin hört nicht nur zu. Mit seinem verbliebenen linken Zeigefinger tastet er Töne zusammen, so daß einfache Melodien entstehen. Ich bin dankbar für alles, mit dem er sich beschäftigt. Für alles, was seine Dunkelheit ein wenig aufhellt. Da weder Klaus noch Thomas Interesse am Schachspiel zeigten, habe ich ihn dazu überredet, hier dem Schachklub beizutreten. Seitdem fahre ich ihn einmal in der Woche abends dahin, rücke für ihn die Figuren so, wie er es angibt. Selbst an Meisterspielen nehmen wir teil. Jakob haben wir es auch zu verdanken, daß Martin der Umgang mit Ton nicht fremd geblieben ist. Wer zusieht, wie er mit seinem Daumen und dem Zeigefinger Figürliches bildet, der faßt es kaum, daß das möglich ist. Stunden der Verzweiflung habe ich mit Martin schon lange nicht mehr erlebt. Er weiß auch, wo sich die Türen und Fenster in unserer Wohnung befinden. Vor einer guten Woche hat er erstmals den Weg in den Keller ohne fremde Hilfe geschafft. Das war für die ganze Familie ein frohes Ereignis. Ich habe es Martin nicht gesagt, daß ich auf ganz leisen Füßen hinter ihm war. Ich hätte es mir nie vergeben, wenn er sich ernsthaft verletzt hätte. Auch seine Herzerkrankung scheint sich nach der Medizin von Dr. Röhrig und dem Tee gebessert zu haben. Von Beschwerden spricht er nicht mehr.

Wie zu erwarten, haben Karl, Maria und Martha das Haus ihrer Großeltern geerbt. Wir können es so lange bewohnen, wie wir wünschen. Die freigewordenen Zimmer haben wir an ein Ehepaar mit zwei schulpflichtigen Kindern vermietet. Sie schauen manchmal zu, wenn Martin oder Thomas mit dem Ton arbeiten, was sie daraus machen.

*

Ich war krank, schwer krank. Martin und die Kinder hatten fast jede Hoffnung aufgegeben. In meinem Kranksein wurde ich von Träumen verfolgt, von denen sich einige besonders quälende tief in mir eingeprägt haben, was ich zuvor nie gekannt habe. Sonst brachte ich morgens nach dem Erwachen nur noch Bruchstücke der Träume zusammen.

Nach dem Tod von Hedwig und Jakob und dem meiner Eltern war ich zuversichtlich, daß uns für längere Zeit nichts mehr zustoßen könnte. Mir war, als befänden wir uns in einem Garten voller Früchte. Früchte, die wir nur zu ernten brauchten.

Bei dem letzten Besuch bei Karl und Martha spürte ich zum ersten Mal Stiche in der rechten Brust. Als sie nach einer guten Woche häufiger und heftiger wurden, ging ich in Geldern zu einer Ärztin. Diese machte ein besorgtes Gesicht. Nach der ersten Untersuchung im Gelderner Krankenhaus war es nicht bösartig. Dann hieß es, es sei Krebs.

Ich dachte an Martin. Wie sollte er fertig werden. Ich haderte mit Gott, das kannst du Martin und mir nicht antun. Ich fühlte, wie das Gottvertrauen und die Hoffnung, die mich sonst nie verlassen haben, in mir schwanden. Martin war zuversichtlich. Oder zeigte er sich nur so? Er sagte: „In einigen Wochen bist du wieder zu Haus." Martha war sofort bereit, Karl für diese Zeit zu verlassen und für Martin zu sorgen.

Die Operation verlief nach dem Wunsch der Ärzte. Wucherungen waren keine vorhanden. Martin schien Recht zu behalten. Als ich glaubte, entlassen zu werden, stellte sich Fieber ein. Gleich am ersten Tag stieg es auf über vierzig Grad. Mehr als vierzehn Tage wurde ich von Fieberträumen verfolgt. Sie müssen sich wiederholt haben. Sonst kann ich es mir nicht erklären, daß ich mich so genau an sie erinnere. Ich weiß: Verschiedentlich befand ich mich auf einem schmalen, steil aufwärts führenden Weg. Hoch oben leuchtete die Sonne in der Form einer Monstranz, wie es eine solche früher in der Münsterkirche von Mönchengladbach gab. Jedes Mal, wenn ich ihr so nahe war, daß ihr Glanz mich fast blendete, stürzte ich ab, und niemand fing mich auf.

Ein anderes Mal ging ich durch viele Türen, von denen die meisten leicht, andere schwer zu öffnen waren. Die dahinterliegenden Räume waren alle fensterlos. Nirgendwo ein Fünkchen Licht. Dennoch stieß ich nirgendwo an, als würde ich von einem, den ich nicht spürte, geführt.

Wieder ein anderes Mal befand ich mich in einer tiefen Schlucht in wild wachsendem Dornengestrüpp. Am oberen Rand der Schlucht wuchsen Blumen, in Farben, die ich sonst nie gesehen. So sehr ich mich mühte, das Dornengestrüpp zu überwinden, um die Blumen zu erreichen, es gelang mir nicht. Als ich jedes weitere Bemühen aufgeben wollte, erkannte ich einen Pfad, der nach oben führte. Als ich oben war, waren die Blumen glühendes Feuer. Schemenhaft erkannte ich Martin. „Mitleid!" höhnte seine Stimme. „Mitleid! Du hast mich mit deinem Mitleid fast umgebracht!"

Dann hatte ich einen Traum, der mich so fürchterlich erschreckte, daß ich laut geschrien haben muß und für Minuten erwachte. Atemlos kam eine Schwester zu mir. Sie schien zu erkennen, daß ich geträumt hatte.

In dem Traum befand ich mich in einer Gegend, die völlig ausgebrannt war. Rund um mich verkohlte und verstümmelte Leichen. In der Luft, wie an einem unsichtbaren

Kreuz, hing mein Vater. Als ich mich vor ihm niederwerfen wollte, erkannte ich, es war Christus. Er schrie mich an: „Das habt ihr vollbracht!" Aus ihm lodert eine mächtige Flamme. Die Leichen wurden von ihr belebt. Sie stürzten auf mich zu. Umkreisten mich. Engten mich ein, schrien: „Du, du, du, bist mitschuldig!" Ihre Hände griffen nach meinem Hals. Sie waren eisig.

Genau wie dieser ist ein anderer Traum in meiner Erinnerung.

Ich ging durch mir völlig fremde Straßen. Fremd die bombastischen Bauten an beiden Seiten. Noch fremder die Gestalten, die mir begegneten. Ihre Kleidung, bunt wie das Gefieder fremdländischer Vögel. Ich befragte zwei von ihnen nach dem Weg nach Mönchengladbach. Sie verstanden mich nicht. Ich sah, daß sie augenlose Masken trugen. Weit vor mir sah ich einen die gleiche Straße gehen. Sofort wußte ich, es war der Bekannte meiner Jugend. Ich hetzte mich, mußte ihn erreichen, ihn wiedersehen. Der Abstand verringerte sich. Sie Straße schien nicht mehr so fremd. Bald war ich ihm nahe. Ich rief ihn.

Wie auf einer Bühne veränderte sich das Bild. Vor mir ein Altar. Er stand auf den Krallen eines Raubtieres. Goldene Kandelaber umstanden den Altar. Ihr Licht tat meinen Augen weh. Auf dem Altar thronte ein Maskierter. Vor dem Altar knieten und lagen die Gestalten, die ich gesehen hatte. Sie gaben seltsame Laute von sich. Die Neugierde trieb mich dicht an den Altar. Da sprangen alle auf. Erhoben mich zu dem auf dem Altar Thronenden. Ich riß ihm die Maske ab. Es war das Gesicht meines Jugendfreundes.

Wieder verwandelte sich das Bild. Ich befand mich zwischen Bäumen. Alle entlaubt. Ohne jegliche Frucht. In dem Geäst riesige Vögel. Sie krächzten. Stießen auf mich herab. Ich schrie sie an: „Hinweg, ich bin auf dem Weg zu Gott!" Im gleichen Augenblick befand ich mich im Mönchengladbacher Münster. Um mich Hunderte von Menschen. Sie sangen das „Tantum ergo!" An der Orgel Thomas. Ich schrie: „Thomas, mein Junge!" und erwachte. Um mein Bett Martin, Karl, Martha, Klaus und Thomas. Über mich gebeugt ein Arzt, der mein Herz abhörte. Karl, der rechts von mir stand, sagte: „Mama!" Martha weinte. Ich fragte: „Was hast du? Warum weinst du?" Als ich in den Gesichtern von Klaus und Thomas forschte, die am Fußende standen, war mir, als sei ich aus einer fremden Welt heimgekehrt.

Als der Arzt zurücktrat, suchte Martin mit seinen zwei Fingern mein Gesicht. Mit verdeckter Stimme sagte er: „Du kannst nicht ahnen ...!" Weiter kam er nicht. Ich war glücklich. Ich wußte mich geliebt.

Drei Wochen später wurde ich aus dem Krankenhaus entlassen. Martha hatte alles gut geordnet. Karl war 12 Wochen ohne sie ausgekommen.

Martha blieb drei weitere Wochen bei uns. Bevor sie uns verließ, fragte ich sie: „Willst du immer bei Karl bleiben?"

„Wenn Karl es wünscht."

„Hast du nie gedacht ...?"

„Du meinst, zu heiraten? Vielleicht ...?"

„Martha!"

„Was hast du? Sollte ich Karl allein lassen? Karl und ich sind doch Geschwister. Und wenn es für ihn eine Frau gibt, die er selbst heute noch mehr liebt als alle anderen, dann ist und bleibt es die Schauspielerin."

„Wie kannst du so etwas sagen!"

„Karl ist ja nicht jeden Abend beschäftigt. Mit wem soll er denn sprechen, wenn nicht mit mir? Mach dir um Gotteswillen keine Sorgen. Karl ist und bleibt Priester. Karl ist es aus tiefer Zuneigung zu seinen Mitmenschen. Schon deshalb kann er die Schauspielerin nicht ausstreichen. Er schließt sie jeden Tag in seine Gebete ein. Was mich betrifft, kann ich es nicht viel besser haben. Ich bin für Karl da, habe auch meine eigene Arbeit. Die Verlage vernachlässigen mich nicht. Freier kann ich doch gar nicht sein. Wenn Karl und ich beieinander sitzen, seid ihr fast immer dabei. Du bist es immer."

Ich umarmte sie. Gemeinsam gingen wir zu Martin, der im Keller an seiner Werkbank war. Martha sah ihm kurz zu, wie sein Daumen und Zeigefinger den Ton bearbeiteten. Sie sagte: „Papa, ich bewundere dich!" Er sagte: „Dazu habt ihr alle beigetragen, ihr alle." Sie küßte ihn. Sie sagte: „Bis bald!"

Ihr Koffer war gepackt. Ich ging mit ihr bis zur Türe. Sie küßte auch mich. Sie sagte: „Mama, dich können wir gar nicht vergessen!" Ich dachte an Karl und sie. Hatte sie mir angesehen, was ich dachte? Sie sagte: „Aber Mama, du brauchst dich wirklich nicht zu sorgen. Karl ist doch mein Bruder!"

Hatte ihr „Vielleicht" mich zu sehr beruhigt? Es klang in mir nach: Karl ist mein Bruder!

*

Thomas besucht jetzt im zweiten Jahr die Musikhochschule in Köln. Er scheint gute Professoren zu haben, die ihn für den Beruf eines Organisten und Pianisten vorbereiten. Dazu hat er auch das Fach Kompositionslehre belegt.

Als Martin siebzig Jahre wurde, spielte Thomas ihm die Pathetique-Sonate von Beethoven vor und ein kleineres Stück, das er selbst komponiert hatte.

Keiner von uns nimmt an, daß Thomas ein fertiger Pianist ist. Bestimmt muß er noch viel lernen und wird weiterhin jeden Tag fleißig üben müssen, aber er machte nicht nur Martin und mir, er machte auch seinen Geschwistern, die alle anwesend waren, damit eine große Freude.

Maria, die mit ihrem Mann die Reise aus dem Saarland nicht gescheut hat, hatte auch ihre beiden Kinder mitgebracht.

Thomas träumt von einem Flügel. Martin hat ihm einen versprochen, sobald er sein Examen geschafft hat. Klaus studiert im vierten Semester. Es gibt keinen Zweifel, wenn alles so läuft, wie er und wir alle es wünschen, wird er Jurist. Das ist für Martin die größere Freude.

Jetzt, da Martin und ich meist allein sind und mehr Zeit füreinander haben, klagt er manchmal darüber, daß er so viele Jahre bei den Engländern verplempert hat, anstatt sich zu bemühen, irgendwo eine Stelle als Rechtsberater zu bekommen. Das Recht bleibt für ihn das Höchste. Alle guten menschlichen Beziehungen entwickelten sich aus dem Recht. Nicht aus der Liebe, wie ich es ihm manchmal klarzumachen versuche. Meine Argumente schlagen bei ihm nicht durch. Liebe und Haß kommen für ihn nur aus dem Gefühl. Nach seiner Ansicht übervorteilt das Recht keinen, wenn es richtig ausgelegt und angewandt wird.

Ich bin mir bewußt, es ist blaß, wie ich es schreibe. Ich bin eine einfache Frau und habe mir zwar eingebildet, nicht auf den Kopf gefallen zu sein, aber mit Martin zu argumentieren, bei seinem überscharfen Verstand, wird mich zwar stets reizen, aber er wird meine Ansichten meist widerlegen.

Als er mich einmal bedrängte, ihm einen Fall zu nennen, wo die Liebe mehr vermocht hätte als das Recht, und ich zu ihm sagte: „Denke an dich und mich. Hattest du einen Anspruch, ein Recht darauf, daß ich dir folgte?" Sagte er: „Daß ausgerechnet du es warst, das Recht hatte ich nicht. Aber ich hatte das Recht zu verlangen, daß ich nicht ohne Hilfe blieb."

Ich fragte: „Also irgendwer? Ich habe nie mit dir darüber gesprochen. Meinst du nicht auch, daß ich deinen Kindern, aber auch dir mehr war als irgendwer?"

Nach kurzem Überlegen sagte er: „Gut, dann sollten wir wünschen, daß das Recht und die Liebe wie gute Geschwister sich gegenseitig stützen."

Als wir dieses Gespräch führten, sprach er von einem Juden, einem Rechtsanwalt, mit dem er befreundet war. Martin sagte: „Wir haben nicht nur manche Partie Schach gespielt, wir haben auch über die Geschehnisse in der engeren und weiteren Welt, haben über die Menschen gesprochen, ihre Unzulänglichkeiten, ihre Vorzüge. Haben über die gesprochen, die aufgrund ihrer Stellung oder ihres Geldes Macht ausüben, diese Macht entweder zu ihren eigenen Vorteilen oder zum Wohl der ihnen Untergebenen einsetzen und nicht blind für die wirklichen Aufgaben sind. Meist waren wir uns einig, daß viel zu viele ihre Macht mißbrauchen und willige Diener finden, die tiefe Verbeugungen dafür machen, daß sie mißbraucht werden."

Martin, der immer ein Pfeifenraucher war, ließ sich von mir die Pfeife stopfen und zündete sie selber an.

Nach einigen Zügen sagte er: „Dieser Jude, Stern hieß er, hatte eine gute Praxis. Er hat manchem armen Teufel, von dem er überzeugt war, daß er ansonsten ein rechtschaffener Kerl war, der durch ungünstige Umstände mit dem Recht in Konflikt gekommen war, aus der Patsche geholfen, ohne ein Honorar dafür zu verlangen. Wer zu ihm kam und unlautere Ansinnen an ihn stellte, der mußte sehen, daß er schleunigst nach draußen kam. Lukas Stern hatte ein fast überzogenes Rechtsempfinden. Wenn ich ihn darauf ansprach, sagte er: „Ich möchte nicht zu denen gehören, auf die man mit dem Finger weist und sagt: ,Dat es ene Jüd!', was mich immer sehr getroffen hat.

Lukas Stern wurde vergast wie Millionen seinesgleichen, vergast mit seiner Frau uns seinen drei Kindern. Mein zeitiges Drängen, unser Land zu verlassen, lehnte er ab. Seine Entgegnung war stets die gleiche. Er sei hier geboren, liebe das Land, habe nichts Unrechtes getan. Als er heimlich darauf aufmerksam gemacht wurde, daß er in den nächsten Tagen mit den Seinen abgeführt würde und sein engster Freund, aber auch ich ihm anboten, für Tage bei uns unterzutauchen, wir würden uns dann bemühen, entsprechende Papiere für ihn zu bekommen, die ihm die Flucht in die Schweiz oder sonstwohin erleichterten, lehnte er auch das ab. Er wußte, daß wir uns damit gefährdeten. Ich vergesse nie dieses Gespräch. Seine Frau war dabei. Ihre Kinder schliefen. Er wollte keine Bevorzugung. Er vermutete, mit den Seinen in ein Lager zu kommen. Er sagte: „Ganz gleich, welche Arbeit man von mir verlangt, nur keine, die dem Krieg dient oder durch die auch nur ein einzelner gefährdet wird, dann weigere ich mich. Durch mich soll keiner umkommen. Für mich gibt es ein Gebot: Du sollst nicht töten! Das heißt, auch nicht beim Töten mitwirken."

Sein Freund und ich machten ihm klar, daß das sein sicherer Tod und der seiner Angehörigen sei. Da sagte seine Frau: „Das wissen wir. Wir haben alles besprochen."

Im Gedenken an diese Menschen schwieg Martin längere Zeit. Dann sagte er: „Dieser Lukas Stern ertrug es in seinem Rechtsempfinden nicht, irgendwie bevorzugt zu werden."

Ich fand diese Einstellung verbohrt. Das Leben seiner Kinder, seiner Frau und sein eigenes retten zu können, dann dieser Starrsinn. Ich sagte zu Martin: „Und zog seine Frau und seine Kinder mit in den Tod. Das hatte mit Recht nichts zu tun, das war Uneinsichtigkeit. Hätte er seine Frau, seine Kinder wirklich geliebt, hätte er anders gehandelt. Dann hätte er nichts unterlassen, sie und sich selber zu retten." Mir wäre lieber gewesen, Martin hätte mir diese Geschichte nicht erzählt. Ich sagte es ihm. Er antwortete: „Wäre dir lieber, er wäre bereit gewesen, andere zu töten, oder dabei mitzuwirken? Das ließ seine Einstellung nicht zu. Um das Leben der Deinen zu retten, hättest du wahrscheinlich alles getan, was man von dir verlangt hätte. Ich wollte dir nur klarmachen, daß das Recht über der Liebe steht. Das Recht opfert selbst die, die man liebt."

Ich schrie ihn an: „Du bist furchtbar!" Ich erinnere mich nicht, daß ich ihn jemals so anschrie.

Erst dann ging mir auf, daß das gar nicht das Entscheidende ist, ob dieser Rechtsanwalt Lukas Stern falsch oder richtig handelte, sondern daß diese Menschen, und mit ihnen Millionen Schuldloser, vergast wurden. Furchtbares Verbrechen gegen Liebe und Recht. Ich verstehe, daß Martin darunter leidet, daß viele von denen, die das zu verantworten haben, einen erhöhten und besser gepolsterten Sessel bekamen.

Wie beten wir: „Und vergib uns unsere Schuld, wie auch wir vergeben ...!" Vor einigen Wochen sagte eine Frau bei einer Gesprächsrunde des Caritaskreises, sie könne das nicht mehr beten. Bei dem gleichen Bombenangriff, bei dem Martin so getroffen wurde und seine Frau verlor, hat sie ihre beiden Kinder verloren. Ihr Mann ist in Rußland geblieben.

Sie könne es auch deshalb nicht mehr beten, weil es schon zu viele gebe, die nicht mehr daran erinnert sein wollten, daß sie einmal schrien: Nie mehr! Nie mehr!

Würde ich auch vergessen, daß ich genauso geschrien habe, wenn ich nicht zu jeder Stunde an die Ursache erinnert würde?

*

Martin und ich waren in Kirkel, im Saarland, wo Maria wohnt. Zwei Tage nach uns kamen Klaus und Thomas. Bei dem schönen Juniwetter waren wir endlich den vielen Einladungen von Maria und ihrem Mann gefolgt. Beide haben noch immer nicht den Wunsch aufgegeben, wir möchten ganz zu ihnen kommen.

Mir würde die Landschaft schon gefallen. Die umfangreichen Wälder, dazu Saarbrücken, das mehr zu bieten hat, als ich wußte, nicht weit weg gelegen.

Wir waren mit der Bahn gefahren. Mit dem schon etwas klapprig gewordenen VW hatte ich mir die Fahrt nicht zugetraut. Der Wagen von Klaus, eine Ente, wäre für die lange Strecke, für vier Personen, zu eng gewesen. Da war die Bahnfahrt weit bequemer. Bei dieser Fahrt ist mir wieder deutlich bewußt geworden, was Martin alles entgeht. Da reichen auch meine Augen, meine Worte nicht, um ihn nur annähernd daran teilnehmen zu lassen, daß selbst eine vorbeifliegende Landschaft reizvolle Bilder bietet, die in ihrem steten Wechsel weit lebendiger sind als jeder Film.

Wir hatten ein Abteil 1. Klasse und waren während der sechsstündigen Fahrt meist allein. Uns beiden war das sehr lieb. Martin würde es sowieso stören, wenn er wüßte, daß er noch immer aufmerksame Blicke auf sich zieht. Mit seinen fünfundsiebzig Jahren hat er auch nicht mehr den aufrechten Gang.

Am lautesten wurden wir von Marias Kindern begrüßt, die mit ihren zwölf und dreizehn Jahren längst den ersten Kinderschuhen entwachsen sind. Marias Mann nimmt sie morgens mit nach Saarbrücken zur Schule. Er leitet dort in einem größeren Betrieb die Abteilung Konstruktion. Die Kinder kommen nachmittags mit dem Bus nach Hause.

Als Klaus und Thomas nachkamen, sie sind beide keine Leisetreter, wurde es erst recht lebhaft. Wenn wir auch etwas enger zusammenrücken mußten, trat keiner dem anderen auf die Füße. Thomas habe ich ein wenig im Verdacht, daß er die 13jährige Adele nicht ungern wiedergesehen und mit ihr geplaudert hat. Die Schüchternheit, die sie bei ihrem letzten Besuch bei uns zeigte, scheint sie nicht mehr gerade so gefangen zu halten. Dazu wird sie auch vom Spiegel her wissen, daß sie ihr Gesicht nicht zu verbergen braucht. Ihr Bruder, der den Namen nach Martin erhielt, ist ein Junge, der sich nicht schnell ducken wird. Er heißt nicht nur Martin, er gleicht auch meinem Martin mehr als seinem Vater und Maria. Wenn er auch die Anlage von Martin mitbekam, wird er immer dort sein wollen, wo nicht nur geredet, sondern wo auch gehandelt wird. Adele gleicht äußerlich ihrem Vater. Ein gut geformtes, schmales, kluges Gesicht, mit Augen, die keineswegs die Schärfe haben, wie man sie bei einem Mann vermutet, der in der Wirtschaft eine nicht unbedeutende Stellung hat. Diese Augen sind es, die ihm und seiner Tochter viel Gemeinsames geben.

Klaus und Thomas waren es, die darauf drängten, Saarbrücken kennenzulernen. Saarbrücken liegt vielleicht fünfundzwanzig Kilometer von Kirkel entfernt.

Rechte Freude brachten mir diese Fahrten nicht. Mich bedrückte es jedes Mal, daß Martin all das entgeht, was unsere Augen aufnehmen. Maria, Martin, ich und Marias Mann fuhren mit dessen Wagen voraus. Die jungen Leute folgten uns mit der Ente von Klaus. Marias Mann besitzt nicht die Kunst des Erzählens. Er spricht wie einer, der alles sachlich, ohne Fantasie erklärt. Maria kann nicht verleugnen, daß sie in der Schule unterrichtet. Gerne hätte ich mehr über die alte Stiftskirche, St. Arnual, gewußt, die mich in ihrer inneren Gestaltung an bedeutende Kirchen der Gotik erinnerte. Erst recht über die architektonisch so eigenwillige Ludwigskirche, wie ich in dieser Bauweise bisher keine andere Kirche sah. Im Deutsch-französischen Garten, in dem auch das Kleinblühende reichlich Platz hat, spürte ich, daß hier Gärtner tätig sind, die ihren Beruf lieben und die nicht gegen, sondern mit der Natur zu arbeiten wissen.

Am ersten Sonntag unseres Besuches nahmen wir in der St.-Arnual-Kirche am Hochamt teil. Maria schwärmte von dem Können des Organisten und des von ihm geleiteten Chores.

Wir waren zeitig da und bekamen im Mittelschiff einen guten Platz. Martin saß rechts und Thomas links von mir. Klaus auf der anderen Seite neben seinem Vater. Als die Klänge der Orgel den Raum füllten, dachte ich, wenigstens das entgeht Martin nicht. Ich weiß ja, daß er Musik nicht nur mit den Ohren aufnimmt. Ich hörte gleich, hier bewegte nicht nur einer die Tasten und ließ die Töne und Pedals zwischen den helleren der Manuale aufklingen, er wußte auch so die Register zu setzen, daß die Musik blühte wie ein weites Blumenfeld, das keine Dornen kennt.

Schon nach dem Kyrie, das der Chor sehr verhalten sang, wußte ich, daß dieser Kinderchor sich nicht zu verstecken braucht. Daß hier eine Einheit gewachsen ist, in der der Chorleiter keine ausbrechende Stimme duldet. Thomas flüsterte mir zu: „Soll das die Nelson-Messe von Joseph Haydn sein, das ohne Orchester?" Was wußte ich von einer Nelson-Messe? Wollte er mir beweisen, daß er gut zuzuhören wußte?

Meine Aufmerksamkeit galt kaum noch dem Altar. Mein ganzes Leben habe ich Gesang und Musik geliebt. In jungen Jahren habe ich mir auf meine Stimme etwas eingebildet. Bei den Vinzentinerinnen war ich glücklich, daß die ältere Schwester, die in den ersten Jahren das Harmonium und später die Orgel spielte, gerade mir das Orgelspiel beibrachte. Wie hochgestimmt fühlte ich mich, als ich zum ersten Mal während der Messe einige Lieder einspielte und begleitete. Und als die meisten der Mitschwestern mich baten, mit ihnen einige Lieder einzuüben, fühlte ich mich zum ersten Mal in diese Gemeinschaft voll aufgenommen und eingebunden. Die Mitschwestern waren mir Heimstatt geworden. Ich war sicher, niemals mehr allein zu sein.

Wie froh waren wir alle, als nach den zweistimmigen Liedern die erste dreistimmige Messe so gut klang, daß sie von der Oberin gelobt wurde. Orgel und Chor haben mir das Verlassen der Gemeinschaft schwer, sehr schwer gemacht. Vielleicht hätten die Mitschwestern mich gehalten, wenn unter ihnen nicht eine junge Novizin gewesen wäre, die, bevor sie zu uns kam, lange Zeit einen geregelten Klavierunterricht erhalten hatte.

Nach dem Gloria flüsterte Thomas mir zu: „So einen Chor möchte ich auch einmal haben." Mir entging es nicht, daß er noch mehr als seine ganze Aufmerksamkeit dem Orgelspiel und dem Gesang schenkte. Kaum, daß das „Agnus Dei" verklungen war, flüsterte er: „Ich gehe nach oben. Ich möchte den Chorleiter kennenlernen, möchte auch einmal die Orgel spielen. Ihr könnt hier in der Kirche auf mich warten."

Obwohl die Kirche ziemlich am Stadtrand liegt, war sie gut gefüllt. Sie war noch nicht halb geleert, da hörte ich, daß der Organist den Wunsch von Thomas erfüllt hatte. Ich kenne sein Spiel. Oft hörten Martin und ich ihm zu, wenn er in einer der Gelderner Kirchen spielte, wenn er einen der Organisten vertrat oder übte. Nachdem er in den meisten Fächern sein Organistenexamen mit gut und sehr gut bestanden hatte, ist er dabei, sich auf das Kantorexamen vorzubereiten. Auch in der Kompositionslehre will er sich weiterbilden. Er hat schon manches vertont. Er hat nur noch keinen Verlag gefunden, der es übernahm. Die Einwände, die Martin bei Karl machte, hat es bei Thomas nie gegeben. Erst in seinem Blindsein hat Martin den Weg zur Musik gefunden.

Jetzt hörte ich Thomas, sein Spiel – hörte, daß er einige Register setzte, die es an keiner der Gelderner Orgeln gibt. Als einige der Kirchenbesucher verharrten, hätte ich ihnen am liebsten zugerufen, das ist mein Sohn, unser Jüngster. Ich kniete. In mir war ein lautes Jubeln. Wie gut, daß ich Martin folgte. Ich hörte, Thomas improvisierte. Er befand sich in einer Welt, die nur ihm gehört. Diese Wandlung von einem Kind, für das es nur Autos gab!

Maria schien ähnlich zu empfinden. Als Thomas wieder bei uns war, umarmte sie ihn und sagte zu dem Organisten, der mit heruntergekommen war: „Mein Bruder!"

Der Organist, auf gut sechzig schätze ich ihn, sagte: „Ein begabter Bruder. Er kann mich einmal ablösen."

Klaus stand ein wenig abseits, als gehörte er nicht zu uns. Ich zog ihn zu uns. Dabei wird er seinem Papa wohl die größere Freude machen. In den ersten Monaten seiner Referendarzeit arbeitet er bei der Gelderner Stadtverwaltung. Dazu büffelt er fleißig bei einem Repetitor. Mit Klaus erfüllt sich Martins Hoffnung. Er ist Martins liebster Gesprächspartner. Martin braucht nicht zu versuchen, ihn zu beeinflussen, ihm sein Denken, sein Rechtsempfinden zu vermitteln, Klaus ist ganz sein Vater. Was ihn mit Karl verbindet, auch er will sich, nach seinem zweiten Examen als Rechtsanwalt, wie Karl als Priester für die aus Not Gestrauchelten einsetzen.

Am Nachmittag machten wir einen gemeinsamen Spaziergang durch den Wald. Nur Marias Schwiegermutter blieb zurück. Sie wollte den Kaffee fertig haben, wenn wir zurückkamen. Sie hatte am Tag vorher zwei Kuchen gebakken. Wir sollten nicht zu kurz kommen. Bereits am zweiten Tag unseres Hierseins hatte ich erkannt, daß sie Maria die meiste häusliche Arbeit abnimmt. Dabei scheint sie froh zu sein, daß sie im Haus ihres einzigen Sohnes wohnt, nachdem ihr Mann aus dem Krieg nicht mehr nach Hause kam. Fast dreißig Jahre nach dem Krieg hat sie die Hoffnung noch nicht aufgegeben, er könnte noch leben und eines Tages wiederkommen. Sie erhielt nur eine Vermißtenmeldung.

Im Wald nahm Maria Martin in den Arm. War das echte Zuneigung, weil sie so wenig von ihrem Papa hat? Warum erinnere ich mich jedes Mal, wenn wir nach längerer Zeit wieder beieinander sind, an die nächtlichen Stunden, als ich sie bei bitterer Kälte suchte und glücklich war, als ich sie auf einem Schutthaufen fand? Ist es das Glück, das ich dabei empfand, daß diese Erinnerungen haften bleiben? Ob auch sie diese nächtlichen Stunden, und was bei ihr vorhergegangen war, nicht ausstreichen kann? War es richtig, daß ich mit Martin nie darüber gesprochen hatte? – Nein, das belastet mich nicht.

Marias Mann hatte sich mir zugesellt. Er sprach über seine Arbeit im Betrieb, seine Aufgaben. Ich hörte ihm zu und merkte, daß er in dieser Arbeit aufgeht, daß er sich keine andere Aufgabe wünscht. Verbesserungen an dem Vorhandenen. Ich fragte ihn, ob er nicht fürchte, daß es für die, die mit dem Verbesserten nicht zurechtkämen, keine Gelegenheit mehr zum Denken gäbe. Er hatte mich verstanden. Er lächelte mich an. Ein Lächeln, das ihn mir sympathischer machte. Bei seiner sonst gezeigten trockenen Art war es mir schwergefallen, Zugang zu ihm zu finden. Solle er das selber gespürt haben?

Er sagte: „Ich weiß, daß ich mit meiner Arbeit dazu beitrage, bei vielen das Denken auszuschalten. Es gibt Stunden, da belastet mich das. Kann ich ausbrechen? Wenn ich die an mich gestellten Bedingungen nicht erfülle, gibt es ein Dutzend anderer, die darauf warten, meinen Platz einzunehmen. Schließlich haben wir zwei Kinder, die nicht unten bleiben sollen. Und um ganz ehrlich zu sein, ganz ohne Reiz ist die Arbeit für mich nicht. Dann beruhige ich mich damit, daß vielleicht viele gar nicht denken wollen."

War er es doch, von dem Maria vor vielen Jahren sagte: „Er mag mich nicht?"

Wie steil und unwegsam ist oft der Weg zu der Höhe, die wir erreichen wollen. Und wenn sie erreicht ist?

Er sagte: „Du bist gut fünfundsechzig. Hast vieles erlebt. War es immer richtig, was du getan hast? Warst du immer überzeugt, daß es nur so und nicht anders sein könnte? Ich kann mir nicht vorstellen, daß du zu denen gehörst, die so denken, die sich für vollkommen halten."

Was sollte ich sagen? Daß es keineswegs immer richtig war, was ich tat, daß ich aber immer die Absicht hatte, das Richtige zu tun? Sollte ich ihm sagen: Ich weiß, daß unser Leben oft rätselhaft, verschleiert ist? Aber wäre uns damit gedient, wenn unser Weg schnurgerade vor uns läge, daß wir am Anfang schon den genauen Verlauf und bei jedem weiteren Schritt das Ende vor uns haben? Halte ich meine eigenen Erkenntnisse nicht zu oft für vollkommen? Und

Martin? Sein Beharren auf die absolute Voranstellung des Rechts.

Ich fragte ihn: „Du liebst deinen Beruf?" Er zögerte und blickte mich von der Seite lange an. Dann sagte er: „Lieben! Ist das nicht ein zu großes Wort? Ich liebe Maria, die Kinder. Du und dein Mann, ihr seid mir nicht unsympathisch. Lieben?" Er schwieg.

„Und deine Mutter?"

„Richtig, meine Mutter!"

Ich war ein wenig betroffen, daß er selbst jetzt zögerte. War seine Mutter nicht eine prächtige Frau? Zumindest glaubte ich, sie so beurteilen zu können. Wußte es auch aus den Briefen von Maria. Und er schien nicht einmal zu wissen, ob er sie liebte.

Er sagte: „Du kannst fragen! Es würde uns alle hart und sehr schmerzlich treffen, wenn es meine Mutter nicht mehr gäbe. Die Kinder, auch Maria würden bitterlich weinen. Aber ist nicht manches reine Gewohnheit geworden, was leichtfertig als Lieben bezeichnet wird? Heißt lieben nicht tief besorgt sein, ja, sich ängstigen, wenn der, dem deine Liebe gilt, nur um Minuten über die erwartete Zeit wegbleibt? Sich tief sorgen, ihm könne etwas Ernsthaftes zugestoßen sein? Ich respektiere, achte viele meiner Kollegen, auch andere Menschen. Aber lieben? – Du hast da etwas angesprochen!"

Ich wollte ihn fragen: ‚Und das Vertrauen?' Ich unterließ es. Wahrscheinlich hätte er den Zusammenhang nicht erkannt. Wird von ihm nicht klares, sachliches, absolut nüchternes und logisches Denken gefordert? Wird das nicht leider von zu vielen verlangt?

Wir waren zurückgeblieben. Martin und Maria gingen weit voraus. Nicht weit dahinter Klaus, Thomas, Adele und der junge Martin. Thomas schien wieder das Wort zu führen. Zu schweigen wäre für ihn eine harte Buße. Ich summte eine Melodie. Töne, wie sie mir gerade zufielen. Marias Mann schien überrascht: „Du singst noch?"

„Noch? Singst du denn gar nicht? Selbst in der Kirche nicht?"

„Ich kann nicht singen, habe es nie gekonnt. Als Junge bin ich deshalb oft gehänselt worden. Dann hab' ich es nicht mehr versucht."

„Du Ärmster! Nicht singen können, dann hätte ich es nicht geschafft."

Martin und Maria erwarteten uns. Maria war besorgt. Sie fragte mich: „Gehen wir zu schnell?"

„Zu schnell? Nein! Ich habe nur deinen Mann ein wenig getestet."

Maria fragte: „Und?"

„Verkaufen würde ich ihn nicht!" Nicht nur die jungen Leute, auch Martin, Maria und Paul lachten. War ich eingebildet? Wollte ich beweisen, daß ich mit meinen gut fünfundsechzig noch keine alte Frau war? Laut sang ich: „Ich reise übers grüne Land, der Winter ist vergangen. Hab um den Hals ein gülden Band, daran die Laute hangen!"

Es gab Beifall. Nur Adele sagte: „Aber Oma, der Winter ist doch längst vorbei."

Ich sagte: „Als ich jung war und mit gleichgesinnten Mädchen und jungen Burschen zusammenkam, gehörte das zu den Liedern, die wir selbst im Winter manchmal sangen. Der Winter war für uns all das, was uns bedrückte, beengte, uns nicht durchatmen ließ." – War es wirklich so? Oder sah ich diese Zeit in der Erinnerung zu sehr im Glanz goldener Sterne, die wir glaubten, aus den Bäumen pflücken zu können?

Adele blickte mich zweifelnd an. Ich schrieb es schon, sie war dreizehn.

Klaus und Thomas verließen uns am nächsten Morgen gegen zehn Uhr. Sie konnten nicht länger bleiben. Sie hatten sich bereits am frühen Morgen von Paul, Maria und ihren Kindern verabschiedet und dabei versprechen müssen, mit dem nächsten Besuch nicht zu lange zu warten. Als sie sich von Pauls Mutter verabschiedeten, deren Kuchen vorzüglich gewesen war, sagte sie zu ihnen: „Paßt gut auf euch auf!" Thomas hielt ihre Hand länger in der seinen, lächelte ihr freundlich zu und küßte sie auf den Mund. Sie ist noch einige Jahre älter als ich. Klaus war schon draußen. Ihm ging es nicht schnell genug. Draußen küßte Thomas mich. Klaus blickte verlegen zur Seite. Ich winkte ihnen lange nach, wie sie mit ihrer Ente heimwärts fuhren.

Drinnen saß Pauls Mutter in sich gekauert auf einem Stuhl. Sie weinte erschütternd. Ich war bestürzt. Dann wußte ich es: Thomas hatte sie geküßt. Wer wird sie vordem zuletzt geküßt haben? Ich dachte an die vielen Kriegerwitwen.

14 Tage später fuhren auch Martin und ich heim. Jeden Tag hatten wir beide ein- bis zweistündige Spaziergänge gemacht. Jeden Tag spürte ich bei diesen Spaziergängen, wie Martin noch immer darunter leidet, daß er all das, was ich sehe, nicht sieht. Es ist viel zu dürftig, was ich ihm vermitteln kann. Dennoch war er es, der Maria und Paul auf ihre Frage, wann wir wiederkommen, zusagte: „Im nächsten Jahr." Froh bin ich, daß sein Herzleiden sich so gebessert hat, daß er nicht mehr davon spricht. Ihn zu verlieren, träfe mich hart.

*

Martin ist tot. Er ist am 27. Juni 1976 in Kirkel gestorben. Auf Marias Wunsch waren wir im Mai 1974 wieder einmal nach Kirkel gefahren, um vier Wochen dort zu bleiben. Es wurden mehr als zwei Jahre, und ich werde wohl bis an mein Lebensende hier bleiben. Hier ist Martins Grab und die Stätte, wo auch ich einst beerdigt werde.

Martin fühlte sich wohl. Auf unseren Nachmittagsspaziergängen durch den Wald entging ihm kein Vogellaut. Er wußte die Vogelstimmen zu unterscheiden, was mir nicht immer gelang. Zu den Buchfinken, Singdrosseln und Amseln hatten wir bereits am zweiten Tag das Glück, eine Nachtigall zu hören. Ich erinnerte mich nicht, wie viele Jahre wir keine mehr gehört hatten.

Wir sprachen über die Kinder. Martin fand es eigenartig, daß Martha Karl auch nach Wesel gefolgt ist, wo er an der St.-Martini-Kirche seine zweite Kaplanstelle hat. Martin wollte von mir wissen, ob Martha mit mir nie darüber gesprochen habe, warum sie bisher nicht geheiratet hat. Sie sei früher ein gutaussehendes Mädchen gewesen.

Ich sagte zu ihm: „Du weißt doch, daß Martha für zwei Verlage arbeitet, dazu ist sie gerne bei Karl. Für Karl ist es auch eine Entlastung. Er braucht sich um keine fremde Hilfe zu bemühen. Dann bespricht er mit ihr auch seine Predigten und seine Arbeit mit den Jugendlichen der Pfarre. Aber das weißt du doch auch. Wir haben doch verschiedentlich darüber gesprochen."

Daß es für Marias Mann eine hohe Prämie für die von ihm erdachte wesentliche Verbesserung an einem Kopiergerät gegeben hatte, machte Martin Freude, als sei Klaus ein ähnlicher Erfolg geglückt. Er konnte es nie verbergen, daß er der Arbeit von Klaus, der zu der Zeit bei einem Rechtsanwalt tätig war, die größere Aufmerksamkeit schenkte, konnte es nicht immer verheimlichen, daß er sich sorgte, ob Klaus sein zweites Examen mit dem Ergebnis schaffte, daß er notfalls auch in den Staatsdienst eintreten konnte. Um Thomas sorgte er sich kaum. Er war sicher, daß der sein Kantorenexamen schon bald ohne große Mühe schaffen würde.

Ich selber war glücklich, daß er nach den Spaziergängen, die wir in diesen ersten Tagen zu zweit machten, keine Beschwerden zeigte. Meist lehnte er es ab, wenn ich ihn in den Arm nehmen wollte. Einmal sagte er scherzhaft: „Mach dir keine Sorgen, ich lauf' dir nicht davon."

Auch scherzhaft fragte ich: „Hast du je die Absicht gehabt?"

Er sagte: „Ja! Manchmal, in den ersten Monaten, als wir noch nicht verheiratet waren. Da habe ich an manchen Tagen deine Gegenwart nicht ertragen. Aber nicht nur die deine. Es waren Tage, an denen hätte ich am liebsten alles zerschlagen und mich selbst erwürgt oder mich sonstwie umgebracht. Die Geduld, die du dann behieltest, war für mich unerträglich. Deine Stimme blieb ruhig. Ich hätte dich am liebsten angebrüllt. Vielleicht hätte mich das ein wenig erleichtert."

Ich war betroffen, daß er mir das jetzt nach all den Jahren sagte. Er mußte es an meinem Schweigen merken.

Er sagte: „Wenn ich dir das jetzt erst sage: Du weißt, in einigen Wochen werde ich siebenundsiebzig Jahre. Jeder Tag kann mein letzter sein. Ich möchte, daß du auch das weißt. Ich sage es dir nicht, damit du annimmst, du hättest etwas falsch gemacht, sondern damit du weißt, wie dankbar ich dir bin, daß du dich so verhalten hast. Wärst du nämlich laut geworden, hätte ich dich so angebrüllt, daß du bestimmt davongelaufen wärst. Kein Mensch kann sich vorstellen, wie es in den ersten Monaten in mir aussah. Erinnerst du dich, wie du mir einmal die Mundharmonika zwischen meine beiden Finger drücktest und zu mir sagtest, das bringt dich vielleicht auf andere Gedanken, brüllte ich dich an: ‚Verdammte Nonnenfratze, mach, daß du zum Teufel kommst', und warf dir die Mundharmonika an den Kopf. Du warst für mich das niederträchtigste, abscheulichste Weib. Zutiefst fühlte ich mich verhöhnt. – Warum bist du selbst da noch geblieben?"

„Warum? – Warum bin ich dir überhaupt gefolgt?"

„Ja, warum?"

„Deinet- und der Kinder wegen. Ich wußte ja, daß du unbequem, ungehalten sein konntest. Ich wußte es aus deiner Lazarettzeit. Genaugenommen hast du es nicht einmal mir zu verdanken, daß ich dir gefolgt bin. Es war am Abend, bevor ich dir nachgekommen bin. Ich hatte schon meine Sachen gepackt, da war ich überzeugt, es nicht zu schaffen. Eine junge Novizin, die zu mir kam, um sich von mir zu verabschieden, hat mir so zugesprochen, hat mich erinnert, daß ich mein dir gegebenes Versprechen halten müßte. Ja, sie hat mich geradezu angefleht. Sie sagte, daß sonst auch in ihr etwas zerbräche. Ich war auf einem solchen Tiefpunkt, ohne diese Novizin wäre ich dir nicht gefolgt. An diesem Abend hatte ich jedes Vertrauen zu mir verloren. War ich überzeugt, daß ich dir nie die Stütze sein könnte, die du benötigtest – nicht nur diese Novizin. Zum Glück war zu dieser Zeit eine andere in unserer Gemeinschaft, die hatte, bevor sie zu uns kam, das Klavierspielen gelernt. Ich wußte, sie konnte mich an der Orgel ablösen und auch den kleinen Chor weiterleiten. Wahrscheinlich wäre ich sonst nie auf den Gedanken gekommen, dir zu folgen. Orgel und Chor verwaist lassen, das hätte ich nicht vermocht."

Als Martin schwieg, zog ich ihn an mich und sagte: „Stell dir vor, dann hätten wir beide weder Klaus noch Thomas." Wie junge Menschen, die sich noch nicht lange kennen, die davon durchdrungen sind, sich niemals trennen zu können, hielten wir uns umschlungen. Wir waren allein, umgeben von dem aufbrechenden Grün des Waldes. Dicht vor mir sein Gesicht. Nicht frei von den Spuren seines Alters. Aber nicht mehr gezeichnet von der Bitterkeit der ersten Jahre.

Auf dem Rückweg sagte er: „Wenn ich nicht schon so alt wäre, sollten wir wirklich auf den Wunsch von Maria und Paul eingehen und uns hier eine Wohnung mieten."

Das waren so ziemlich seine letzten klaren Worte. Wir waren kaum in Marias Wohnung, da ließ er sich in einen Sessel fallen und flüsterte: „Wie ist mir schlecht!" Er fiel in sich zusammen. Sein Gesicht veränderte sich. Die Unterlippe fiel herunter. Aus seinem Mund floß Speichel.

Der Arzt, der sehr schnell kam, bestätigte, was ich befürchtete. Schlaganfall! Maria und ihr Mann entkleideten Martin behutsam, legten ihn ins Bett, nach dem Ratschlag des Arztes den Kopf ziemlich hoch gebettet. Nach Diagnose des Arztes war die linke Gehirnhälfte betroffen, seine rechte Körperseite gelähmt.

Der Arzt war nicht ohne Hoffnung. Er meinte, wenn kein weiterer Schlaganfall folge, sei eine Heilung möglich. Er verordnete kalte Auflagen auf den Kopf – alle zehn Minuten zu erneuern, die Hände von Martin in warmes Essigwasser zu legen, das auch immer erneuert werden mußte, die Füße gründlich zu bürsten und die gelähmte Körperseite stündlich mit kaltem Essigwasser zu waschen.

Adele flitzte, Essig holen. Maria, Pauls Mutter und ich wechselten uns in der Behandlung ab. Auch Paul war sehr besorgt. Für Adele und ihren Bruder war es wohl das erste Mal, daß sie Menschen so in Not sahen.

Als die Behandlungen keine Besserung brachten, verordnete der Arzt Medikamente. Ich vermochte kaum, es anzusehen, wie Martin sich nach Tagen mühte zu sprechen und keinen Laut hervorbrachte. Vom Arzt wußten wir, daß er wahrscheinlich alles hörte. Ich war nur für ihn da. Er mußte gepflegt werden wie ein Kleinkind. Wo Pauls Mutter helfen konnte, war sie zur Stelle. ‚Warum er?' fragte ich mich immer wieder. Hatte er in all den Jahren nicht genug leiden müssen? Was war ihm schon alles entgangen? Schon, daß er nicht einmal wußte, wie Klaus und Thomas aussahen, daß er nie auch nur eine einzige Bewegung von ihnen sah, daß er nur von meinen Angaben eine Vorstellung von ihnen hatte. Was wußte er, wie ich aussehe? Vor dem Schlaganfall konnte er alles besprechen, konnte seine Verzweiflung hinausschreien, wenn er die Gefangenschaft in der ständigen Nacht nicht ertrug. Jetzt war ihm selbst das genommen, in seiner Gefangenschaft noch gefesselter. Ich litt mit ihm, unterließ nichts, von dem ich glaubte, daß es seinen Zustand erleichterte. Doch meine Fragen blieben, für die auch die Briefe von Karl und Martha keine Antwort hatten. Keine Antwort, die die Fragen aufgehellt, verdrängt hätte. Auch mein Beten brachte die Fragen nicht zum Verstummen. Ich sah nur seine Hilflosigkeit. Keiner konnte ihm abnehmen, worunter er litt. Empfand er wenigstens mein, unser Bemühen, ihm zu helfen? Spürte er, daß er nicht aufgegeben war?

Nach ungefähr drei Wochen streckte er seinen linken Arm nach mir aus. Mit seinem Daumen und Zeigefinger drückte er meine rechte Hand. Das war eine Wohltat, wie sie in dieser Stunde kaum reicher sein konnte. Ich betete noch heftiger, daß seine Sprache zurückkommen möge. Mein Beten war ein Bedrängen, kein Bitten. Sein Mund blieb schief.

Im August hatte sich sein Zustand so gebessert, daß er im Freien in einem Sessel sitzen konnte. Meist war ich bei ihm. Nie war er auch nur Minuten allein. Er schien jede Bewegung in der Luft, jeden Laut zu vernehmen.

Als der Sommer vorbei war, die Herbsttage ihre letzten wärmenden Sonnenstrahlen einbüßten, las ich ihm drinnen Erzählungen vor und ließ gute Schallplatten abspielen. Wir waren so aufeinander abgestimmt, daß ich genau spürte, welche Musik er am liebsten hörte. Klaus und Thomas kamen fast jeden Monat für ein bis zwei Tage. Wir erkannten an seinen Bewegungen mit seinem Daumen und Zeigefinger, wie er das Gehörte aufnahm. Ich fühlte, wie es ihm guttat, wenn Klaus um ihn war und über seine jeweilige Arbeit sprach. Daß Thomas Kantor war und unmittelbar nach seinem Examen eine Anstellung an der Kreismusikschule in Viersen und an einer der dortigen Pfarrkirchen gefunden hatte, schien ihn eher enttäuscht zu haben. Hatte er wie ich, mehr erwartet? Den Briefen von Karl und Martha schenkte er weniger Aufmerksamkeit.

Nach einem guten halben Jahr gab er sich nicht mehr mit dem Vorlesen von Erzählungen, der Musik von Schallplatten und dem Radio zufrieden, ich mußte ihm auch die wesentlichsten Geschehnisse aus der Zeitung vorlesen. Er gab wieder Laute von sich, einzelne Worte, undeutlich, dennoch verständlich.

In dieser Zeit seiner Hilflosigkeit, in der er sich weder waschen, rasieren, noch allein essen konnte, ging das Leben keineswegs an ihm vorbei. Wie es in ihm aussah, glaubte ich zu ahnen. Einzelne Worte, die er hin und wieder laut ausstieß, sagten es mir. An anderen Tagen schien er ruhiger als ich, wenn ich mich nicht damit abfinden wollte, daß die Besserung seines Zustandes so langsam verlief.

Warum habe ich ihn in dieser Zeit nicht öfter umarmt, warum ihm nicht weit öfter gesagt: ‚Du bist und bleibst mein Mann!' Fürchtete ich, daß er es nicht ertrug? Jetzt, da ich täglich sein Grab besuche, mache ich mir Vorwürfe, daß ich es unterließ.

Im Dezember sprach er erstmals wieder zusammenhängende Worte. Wie überrascht waren Pauls Mutter und ich, als er kurz vor Weihnachten sagte: „Es hat geschneit!" Es war, als wir ihn morgens gemeinsam aus seinem Bett in den Sessel hoben. Es hatte nachts tatsächlich geschneit.

Wie konnte er das wissen? War es nicht so dunkel in ihm, wie ich wähnte? Vielleicht heller als in mir? Sollte eine solche Wandlung in ihm vorgegangen sein? Was konnte das bewirkt haben? Das Empfinden, daß ihn keiner aufgeben wollte, daß er geliebt wurde? Wann hatte es jemals diese Aufmerksamkeit für ihn gegeben – von allen, die zu ihm gehörten? Selbst wie Maria und Paul in ihren knappen Freistunden sich um ihn mühten, war rührend. Aber auch sein Patenkind Martin und Adele freuten sich mit uns Erwachsenen, wenn der Zustand ihres Opas geringe Fortschritte machte.

Weihnachten wurde keineswegs so trübselig, wie ich befürchtete. Spätabends am ersten Weihnachtstag kamen selbst Martha, Klaus und Karl für zwei Tage. Karl hatte für den zweiten Festtag Vertretung gefunden. Am späten Nachmittag des zweiten Tages kam sogar Thomas. Am Morgen hatte er noch an der Orgel gesessen und im Hochamt mit dem Chor und einem kleinen Orchester eine Messe von Bruckner dirigiert.

Es war nach langer Zeit das erste Mal, daß wir mit allen, die zu unserer Familie gehörten, am zweiten Weihnachtstag beisammen waren. Thomas hatte die Messe auf Tonband aufnehmen lassen, dazu ein altdeutsches Weihnachtsgedicht, das er vertont hatte. Er war stolz, als er uns Messe und Lied vorspielen ließ und dann das Tonband seinem Papa als Geschenk in dessen Schoß legte. Sahen es auch die anderen, daß Tränen in seinen Augen standen? Martin zog ihn mit seinem linken Arm an sich. Thomas stammelte nur: „Papa!" Die Kinder sind alle bei Papa und Mama geblieben.

In diesen Minuten der absoluten Stille hat wohl jeder von uns gedacht, es würde Martins letztes Weihnachten sein.

Es wurde ein langer Abend. Kein Hotel hätte noch Gäste aufgenommen. Maria und Paul brachten es fertig, alle unterzubringen.

Auch am nächsten Tag war Martin der aufmerksamste Zuhörer. Was ihm fehlte, war das zweite Examen von Klaus. Als Klaus sich verabschiedete, er fuhr mit Martha und Karl zurück, sagte er: „Jetzt kann ich erst in gut drei Monaten wiederkommen. Dann habe ich es endgültig geschafft!" Ich bekam es mit, als er Karl und Thomas zuflüsterte: „Ich habe es auch satt!" Bestimmt hat es auch Martin gehört. Für mich waren es verschleierte Tage des Glücks. Ich hätte sie alle umarmen mögen. Warum gönnte ich mir diese Freude nur heimlich bei Thomas? Hatte ich nicht um ihn, als er klein war, die größte Sorge? Dabei wird von den Fünfen keiner zufriedener sein als er.

Das praktischste Geschenk für Martin war ein Rollstuhl. Karl, Paul, Maria und Martha hatten ihn gemeinsam geschenkt. Dazu war es Martin vergönnt, Thomas am nächsten Tag in der Kirche von Kirkel an der Orgel zu hören.

Der Frühling mit seinem neuen Blühen kam früher, als ich erwartet hatte. Mit ihm kam Klaus und brachte seinem Papa die Bestätigung, daß er es geschafft und bei einem Rechtsanwalt anfangen konnte, bei dem er einige Monate als Referendar gearbeitet hatte. Das war für Martin mehr als Weihnachten. Sein linker Arm gab Klaus für lange Sekunden nicht frei. Einer, der den Weg fortsetzen möchte, der bei ihm so qualvoll unterbrochen wurde. Als ich sie beide so eng beieinander sah, war in mir die Frage: ‚Wären seine und meine Kinder das geworden, was sie sind, wenn sie nicht immer an das Leid ihres blinden und so stark behinderten Vaters gedacht hätten?'

So plötzlich diese Frage in mir war, so schnell drängte ich sie zurück. Ich will keinen Zusammenhang darin sehen. Ich bin sicher, es gibt ihn nicht. Wäre es nämlich nach Martin gegangen, wären zwei seiner Söhne Verfechter des Rechts geworden.

Ich erinnerte mich an ein Gespräch mit Martin, kurz vor seinem Schlaganfall. Wir hatten über Karl gesprochen. In Martin waren Zweifel, daß es Karl je gelingen würde, nur für die Ärmsten, die um ihr Recht gekommen, dazusein. Er sagte: „Wenn ich mich um mein Recht betrogen glaubte und jemand versuchte, das durch Mitempfinden auszugleichen, gutzumachen, würde ich mit beiden Füßen aufstampfen. Du weißt, wie ich mich in den ersten Jahren gequält habe, als ich glaubte, du seist nur aus Mitleid bei mir geblieben, obwohl ich heute weiß, daß es auch das war. Aber Mitgefühl, meinetwegen auch Liebe, kann das Recht nicht ersetzen. Auf Recht hat jeder Anspruch. Jeder! Mag er noch so verkommen sein und verdreckt in der Gosse liegen. Mitgefühl verleitet bei den meisten zu Verbeugungen, wo ein Dankeschön ausreichte. Karl hätte wirklich besser getan, wenn er, genau wie Klaus, Jurist geworden wäre. Dann hätte er weit besser manchem armen Teufel helfen können. Weit besser!"

Ich war ein wenig betroffen, daß er noch immer nicht davon loskam, und sagte: „Und wer aus Liebe versucht, den in der Gosse Liegenden aufzurichten?"

Er sagte: „Ich weiß nicht, ob es das gibt? Vielleicht einzelne, die das vermögen. Ob Karl dazu gehört? Ich bezweifle es. Sonst ..."

„Was sonst?"

„Du weißt, ich war nicht begeistert von der Schauspielerin."

Jetzt war ich wirklich überrascht. „Daran denkst du?"

Genauso zögernd wie zuvor, mit Unterbrechungen, sagte er: „Wenn es von Beginn an seine Absicht war, sich für die Gestrauchelten einzusetzen, ..." Er verschwieg, was er sagen wollte. Nach einer längeren Pause ergänzte er: „Dann brauchte er auch Martha nicht an sich zu binden."

Quälte ihn das? Während ich noch überlegte, sagte er: „Auf mein Grab nur einen einfachen Grabstein mit dem Wort: ‚Das wahre Recht kennt keine Gewalt, achtet die Würde eines jeden.'"

Jetzt war ich bestürzt. Ich sagte: „Zunächst gibt es für dich noch lange kein Grab. Ein Einzelgrab kommt überhaupt nicht in Frage. Ich nehme an, du denkst genauso. Deine Erde soll auch die meine sein."

*

Im Mai 1976 besuchten uns nach längerer Zeit wieder einmal Karl und Martha. Karl war seit einem Jahr Pfarrer in Bocholt. Martin hatte sich wesentlich erholt. Seine Sprache war fast wieder normal. Zum Gehen benötigte er einen

Stock, den er geschickt mit seinem Daumen und Zeigefinger zu halten wußte. Seine Sprache war zwar stockender, aber verständlich. Wir alle waren glücklich, daß er selber wieder zuversichtlich war und nicht mehr von seinem nahen Tod sprach.

Es war am dritten Tag des Besuchs von Karl und Martha. Am Tag vorher hatte es gründlich geregnet. Ein Regen, der das Land aufgefrischt, von jeglichem Staub gereinigt hatte. Martin war es, der zu einem Spaziergang drängte. Er sei fast zwei Jahre nicht mehr im Wald gewesen. Er habe die Stimmen der Vögel in dieser Zeit so oft von einer Schallplatte gehört, jetzt wollte er sie auch in ihrem natürlichen Lebensbereich hören. Nach dem regnerischen Tag müßten sie besonders lebendig sein.

War das wirklich seine Absicht? Drängte es ihn nur deshalb hinaus? Oder war es wegen der Fragen, die Karl galten?

Wir waren auf den Wegen allein. Das junge Grün duftete würzig. Es war eine Wohltat, tief zu atmen. Hier war die Luft noch nicht verpestet. Es war am frühen Nachmittag. Um die Vögel in einer vielstimmigen Sinfonie zu hören, war es noch zu früh. Für Minuten war es nur eine einzige Singdrossel, die ihre Themen immer wieder variierte. Vereinzelt meldeten sich auch ein Zilp-Zalp und ein Buchfink und ein Schwirl. Was wir bereits aus Marthas Briefen wußten, sie arbeitet nicht mehr für die Verlage. Um ihrem Studium entsprechend weiterhin eigene Arbeit zu haben, schreibt sie für zwei Tageszeitungen Berichte über Konzerte, Theateraufführungen und Kunstausstellungen. Bereits während ihres Studiums hat sie ähnliche Arbeiten ausgeführt. Martha und ich gingen voraus. Martin und Karl blieben fünf bis zehn Schritt hinter uns. Als wir weit genug voraus waren, fragte Martha mich: „Bist du im ganzen vergangenen Jahr mit Papa im Rollstuhl nie im Wald gewesen?"

„Fast immer, wenn das Wetter es eben zuließ."

„Ist Papa so vergeßlich geworden?"

„Du meinst, weil er von den Vögeln sprach? Das war bestimmt ein Vorwand. Ich bin überzeugt, er hat einige Fragen an Karl, womöglich auch an dich, von denen er glaubt, daß sie Pauls Mutter und die Kinder von Maria nichts angehen. Allerdings hat auch sein Gedächtnis nachgelassen."

„Weiß er, daß ich gerne bei Karl bin, daß es meine Absicht ist, stets bei ihm zu bleiben?"

„Er wünscht noch immer, Karl wäre besser Jurist geworden. Dann würde er dich auch nicht an sich binden."

„Karl bindet mich doch nicht! Er hat seine und ich habe meine Arbeit. Karl kennt nur seine Aufgaben. Eine große Pfarre. Über zehntausend Gläubige, die dem Taufschein nach katholisch sind, und lediglich ein Kaplan und ein Religionslehrer, der sonntags eine Messe liest und manchmal predigt. Karl hat höchstens ein oder zwei freie Abende in der Woche. Dann kann es passieren, daß ich für eine der Zeitungen unterwegs bin. Du kannst dir nicht vorstellen, wie er sich um die jungen Menschen sorgt, wie er in der Pfarrcaritas tätig ist. Er scheut sich nicht, völlig heruntergekommene Familien zu besuchen: Wo er ein Trinker, sie eine Schlampe ist, der Kinder wegen. Mehr als einmal sagte er dann zu mir, wenn ich doch wüßte, wie da zu helfen wäre? Vielleicht glaubst du mir nicht einmal, daß ich oft selbst mein Verdientes im Haushalt mit einsetze, weil seine Hände zu offen sind. Dabei entgeht ihm keineswegs, wie es in der weiten Welt aussieht, wie er sich über die Unvernunft mancher sogenannter Wissenschaftler quält, von denen er befürchtet, daß es ihnen eines Tages gelingt, unsere Erde zu zerstören. Den gleichen Unwillen äußert er über Politiker, die zwar das Wort Nächstenliebe im Mund führen, jedoch nicht danach handeln. Er würde sich mit diesen Wissenschaftlern und Politikern anlegen, wenn ihm die Zeit dazu bliebe. Ich wünschte, du könntest seine Predigten hören. Dabei bleibt die Bibel, die Lehre Jesu Christi, für ihn immer zeitnah. Er scheut sich nicht, in seinen Predigten mit denen ins Gericht zu gehen, die das Gebot: ‚Wir sollen uns die Erde untertan machen', total mißdeuteten. Nein, Karl ist kein Leisetreter, darin kommt er genau auf Papa. Mach' dir also um Gotteswillen keine Sorge um Karl und mich. Ich bin überzeugt, Karl würde es nicht einmal bemerken, wenn ich mehrmals am Tag die Kleider wechselte. Wahrscheinlich würde es ihm sogar entgehen, welche Augen ich habe, wenn er es von früher her nicht wüßte."

Ich hatte Martha nicht unterbrochen. Ich fragte: „Und die Schauspielerin?"

„Vielleicht treibt sie ihn so an."

„Gibt es noch eine Verbindung?"

„Du machst dir wirklich unnötige Sorgen. Karl hat lange nichts mehr von ihr gehört, hat sich auch nicht darum bemüht. Nur in seiner ersten Kaplanzeit hat sie einige Male geschrieben. Aber das weißt du. Wenn ich sagte: ‚Vielleicht treibt sie ihn so an', dann, weil er sie auch heute noch nicht völlig vergessen hat. In vielen, von denen er glaubt, daß er ihnen helfen muß, sieht er sie."

„Warum glaubst du das?"

„Aus seinen Andeutungen. Ich bin überzeugt, wenn sie käme und hätte kein Unterkommen, er nähme sie auf."

„Du lieber Gott!"

„Was hast du? Er würde ja auch jeden anderen, jede andere aufnehmen. Du weißt nicht, wie es ihn bedrückt, daß es selbst unter den Geistlichen zu viele Übersatte gibt. Ich bin stolz auf ihn, bin froh, daß er so ist."

„Bist du auch froh, daß er so wenig Zeit für dich hat?"

„Mama! Ich seh es dir an. Dir wäre lieber, ich empfände nicht mehr für ihn als für den Stock, den Papa benötigt. Ich bin froh, bei ihm zu sein. Froh, daß ich vieles von dem erlebe, was er erlebt."

Erst jetzt bemerkte ich, daß Martin und Karl weit zurückgeblieben waren. War es rücksichtslos gegenüber Martin? Hatte er vor, so weit zu gehen? Ich machte mir Vorwürfe. Ich sagte zu Martha: „Ich fürchte, so weit wollte Martin nicht gehen." Wir gingen auf die beiden zu. Vogelstimmen hatten wir keine mehr gehört. Ich nehme an, Martin und Karl auch nicht. Wir hatten nicht einmal den Wald aufgenommen, an dem ich sonst nie satt werden kann.

Karl sah, daß wir auf sie zukamen. Kaum, daß wir die beiden erreicht hatten, sagte Martha: „Mama sorgt sich, wir führten eine Ehe ohne Trauschein." Ich war über ihre Offenheit schockiert. Karl sagte: „Allerdings. Uns fehlen nur vier oder fünf Kinder." Dann wurde er sehr ernst. Er sagte: „Papa scheint sich ähnlich zu sorgen. Es gibt eine Legende. Vielleicht ist es nicht einmal eine Legende, sondern ist wirklich so geschehen. Vor Hunderten von Jahren lebte am Rand einer Wüste ein Einsiedler. Er hatte gelobt, nie mehr einen Schluck Wein zu trinken. Das läßt darauf schließen, daß er zuvor ein sattes Leben führte. Nach Jahren der Zurückgezogenheit wurde er von einer Räuberbande überfallen. Der Anführer wußte um sein Gelübde. Er trat ihm gegenüber. In der einen Hand sein Schwert, in der anderen einen Becher Wein. Er sagte zu dem Einsiedler: ‚Du kannst wählen, entweder den Becher Wein oder den Tod.' Es war immer der Wunsch des Einsiedlers gewesen, den Tod eines Märtyrers zu sterben. Jetzt sah er ihn vor sich. Sah in die Augen des Räubers dessen Lust, ihn umzubringen. Da nahm er den Becher Wein, leerte ihn. Der Blick des Einsiedlers blieb gütig. Sein Mund schwieg. Dennoch glaubte der Räuber zu hören: ‚Ich wollte verhindern, daß du Böses tust. Auch du bist mein Bruder.'"

Ich hatte diese Legende noch nie gehört. Karl wiederholte: „Auch du bist mein Bruder! So leben wir beide miteinander, Martha und ich, ohne den Wunsch nach dem Märtyrertod, nein, wir leben gerne. Martha hat ihre Aufgabe und ich die meine, aber mit der festen Absicht, alles von dem anderen abzuhalten, was böse wäre. Martha liebt mich, ich liebe sie auch. Ich bin dankbar und froh, daß wir beieinander sind. Ich kann bei ihr alles abladen, was mir zuviel ist, von dem ich glaube, daß ich es allein nicht schleppen kann. Genauso weiß Martha, daß ich auch ihr Lastträger wäre, wenn sie einen benötigte. Wenn es sie drängt, mich zu umarmen, keiner kann etwas dagegen haben. Sie empfängt ja auch aus meiner Hand das Mahl des Herrn."

In mir war es feierlich. Ich empfand nicht einmal das Rauschen des Waldes. Um uns war festliche Stille. Ich umarmte Karl, umarmte Martha, küßte Martin. Wer kann es uns verwehren zu zeigen, daß wir einander lieben!

Abends vor dem Schlafengehen sagte Martin zu mir: „Karl hat sich richtig entschieden. Auch um Martha brauchen wir uns nicht zu sorgen." Er zog mich an sich, flüsterte mir ins Ohr: „Die Hölle war es nicht! – Nein, die Hölle war es nicht!"

Dieses Wort bleibt bis zu meiner letzten Stunde in mir.

Die Hölle war es nicht.

Ich schrieb es bereits. Martin ist am 27. Juni 1976 gestorben. Vier Tage vor seinem Tod erlitt Martin einen zweiten Schlaganfall. Jetzt war er linksseitig gelähmt. Ohne es vom Arzt zu hören, wußte ich, daß es jetzt keine Rettung für ihn gab. Ich weiß nicht, ob er noch klar zu denken vermochte, ob er gespürt hat, daß immer Hände um ihn waren.

In der Minute seines Todes war nur ich bei ihm. Ich sah, wie er den Kopf heben, wie er sprechen wollte. Es gelang ihm nicht. Ich neigte mich tief zu ihm. Kein Laut kam von seinen bleichen Lippen. Ich nahm die Brille von seinen Augenhöhlen. Ich wußte, wie es hinter der Brille aussah.

Ich nahm seine zwei Finger in meine Rechte. Streichelte sie. Es war kein Leben mehr in ihnen. Sein Gesicht veränderte sich, wurde wächsern wie eine Kerze ohne Docht, die kein Licht von sich geben kann. Würde es jetzt in ihm hell sein? In mir war kein Zweifel.

Ich rief Maria. Gemeinsam säuberten, wuschen wir ihn, streiften ihm das Totenhemd über. Keiner sollte uns diesen Dienst abnehmen.

Karl las die Totenmesse. Seine Ruhe, sein Gefaßtsein übertrug sich auf uns alle. Er sang die lateinischen Gesänge. Thomas antwortete ihm von der Orgel aus. Bevor wir zum Friedhof gingen, um ihn, umschlossen von dem Sarg, der Erde zu übergeben, spielte Thomas eine Fuge von Bach.

Am Nachmittag fragte Karl mich: „Wärst du jetzt in der Lage, mit mir einen kurzen Spaziergang durch den Wald zu machen? Ich weiß, du liebst den Wald."

Ich fragte: „Muß das sein?"

„Ja, es muß sein. Ich muß etwas loswerden. Nicht nur für mich."

Zuerst gingen wir auf den Friedhof. Das Grab war zugeworfen. Kränze bedeckten den Hügel. Es war warm. Wie schnell würden die Blumen in den Kränzen verblüht sein. Dachte Karl dasselbe wie ich, wie sehr sein Papa gelitten hat – viele, viele Jahre? Karl schwieg wie ich.

Er schwieg auch, als wir auf den Wald zugingen. Ich hatte keine Ahnung, was er mir sagen wollte. Als die ersten Bäume Schatten spendeten, hielt er mich an. Dieser große Junge, der auch schon die ersten grauen Haare hat, den ich nicht geboren, den ich immer gemocht habe. Ich sah, er war bewegt, tief bewegt. Ich sagte: „Gehen wir nicht besser zurück, bis ... ein anderes Mal?" Ich war erstaunt, wie fest seine Stimme jetzt war.

Er sagte: „Mama, ich wollte dir sagen, auch von Maria und Martha, wie sehr wir dir danken!"

Ich hielt ihm den Mund zu und bat: „Bitte, Karl, nicht! Bitte!"

Er nahm meine Hand zurück, drückte sie heftig und sagte: „Mama, wir müssen das loswerden, wir drei. Vielleicht gibt es uns, bringt es uns was. Du kennst meine Arbeit und die von Maria als Lehrerin ist nicht viel anders, und Martha, wir stehen ja nicht fremd im Leben. Wir wissen, was es oft fordert. Aber wie hast du das geschafft?"

Ich war nahe daran, ungehalten zu werden. Diese Frage, wenige Stunden nach der Beerdigung von Martin. Ich sagte: „Geschafft, geschafft! Was habe ich denn geschafft? Ich habe euch gemocht! Jeden Tag, jede Stunde."

„Ja, jeden Tag, jede Stunde, das haben wir alle gespürt. Aber wie viele bittere, furchtbare, unerträgliche Stunden waren es oft, zumindest in den ersten Jahren!"

Ich bat eindringlich: „Bitte Karl, bitte! Weißt du, daß du deinen Papa beschuldigst, wenn du jetzt weiter sprichst? Deinen Papa, für den du heute morgen die Totenmesse gelesen hast!"

„Ich weiß, Mama. Aber auch für mich gab und gibt es Situationen, in denen ich glaube, nicht mehr fest zu stehen, in denen ich irgendeinen Halt suche und nicht immer einen finde. Wo fandest du immer diesen Halt? Wo?"

Ich sagte: „Karl, nicht so. Nicht, als ob du vor mir knietest. Das ertrag ich nicht."

„Dabei hätte ich oft, als ich jung war, gerne vor dir gekniet und meinen Kopf in deinen Schoß gelegt, weil mir bitter und elend war."

„Du willst wissen, wie ich es geschafft habe? Wie schaffen es die vielen anderen, die ein bequemes, geordnetes Leben aufgeben, zu völlig fremden Menschen ziehen, um ihnen zu helfen? Völlig uneigennützig, nur um diesen Menschen zu helfen und das oft unter Bedingungen, daß du und ich uns vielleicht erbrechen müßten. Sie bleiben dennoch und helfen! Warum fragst du nicht einen von diesen? Weißt du, was er dir sagen würde? Er würde dir sagen: ‚Mich drängte es dazu. Ich muß helfen.' Er würde nicht sagen: ,Ich liebe diese Menschen', obwohl das, was er tut, Liebe ist. Vielleicht war es auch bei mir so. Vielleicht ist das ein Geschenk, lieben zu können. Ich meine, nicht nur die nächsten Angehörigen. Die Liebe, sich selbst aufgeben zu können wie Christus am Kreuz!"

Karl schwieg nur kurz. Dann sagte er: „Wie Christus am Kreuz! Ich habe dennoch eine Frage. Du erinnerst dich. Es war vor der Währungsreform. Du hattest irgendwo eine Mundharmonika aufgetrieben. Keiner von uns weiß, was du dafür hast opfern müssen ..."

Jetzt hielt ich ihm den Mund zu. Ich hörte, daß meine Stimme fast hart war. Ich sagte: „Kein Wort dazu! Dein Papa hat mich vor nicht zu langer Zeit auch darauf angesprochen. Die Mundharmonika hatte ich von meinem Vater. Er hatte sie mir geschenkt, bevor ich bei den Vinzentinerinnen eintrat. Für frohe und bittere Stunden. Es war dumm, einfältig von mir, wenn ich glaubte, sie könnte auch eurem Papa etwas bringen. Bei den Vinzentinerinnen hatte eine meiner Mitschwestern über viele Wochen einen jungen Mann zu betreuen, der an schweren Depressionen litt. Es schien nichts zu geben, das ihn aufrichten, seine Dunkelheit vertreiben könnte. Da kam die Schwester auf den Gedanken, ihm eine Mundharmonika zu schenken. Sie glaubte, daß er sich damit etwas aufheitern könnte. Der junge Mann war zuerst ablehnend. Da er spielen konnte, nahm er sie dann doch. Was bis dahin keine Betreuung, keine Medikamente vermochten, der junge Mann richtete sich mit seiner Mundharmonika auf. Das war der Anlaß, daß ich auch bei eurem Papa auf diesen Gedanken kam. Es war unvorstellbar dumm von mir. Euer Papa mußte sich ganz tief verletzt fühlen. Es war meine ungewollte Schuld. Wie konnte ich euch da verlassen. Jetzt war ich es, die etwas gutzumachen hatte."

Karl blickte mich nur an. Er brauchte nichts zu sagen. Kurz kam mir der Gedanke, ihm zu sagen, daß ich, als ich jung war, einmal einen liebte, dessen Frau ich gerne geworden wäre. Ich unterließ es. Mit keinem anderen hätte mein Leben ausgefüllter, so erfüllt werden können, wie es war.

Auf dem Rückweg war in einer Birke der Gesang eines Vogels. Ich zwang Karl zu lauschen. Die Melodien hörte ich nicht zum ersten Mal. Ich erinnerte mich nicht, was es für ein Vogel war. Ich fragte Karl. Er hörte genauer zu und sagte: „Ich meine, ein Rotkehlchen." Ich erwiderte: „Richtig, ein Rotkehlchen."

Ich erinnerte mich gut 50 Jahre zurück, an einen Juniabend, eine Nachtigall und ein Rotkehlchen. Waren wir nicht schon damals davon durchdrungen, allen Menschen gut zu sein! Waren wir nicht von einem tiefen Glauben erfüllt, dadurch die Welt zu verändern, verbessern zu können? War nicht auch damals, genau wie jetzt, das Leben von dunklen Wolken bedroht? Wenn ich mit meinem Vater über unsere Bestrebungen sprach, hatte er manchmal ein nachsichtiges Lächeln. Die Welt verbessern! Einmal sagte er zu mir: „Wirke immer so in deinem Bereich, daß du vor dir selber bestehen kannst."

Jetzt sollte Karl auch erfahren, was ihm verborgen geblieben war. Dann wußte er, wem der Dank gebührte.

Ich sagte: „Du hast es mitbekommen, daß ich mich vor eurem Papa hinwarf, meine Hände vor seine Füße schob, ihn aufforderte, sie zu zertreten, nachdem er mir die Mundharmonika ins Gesicht geworfen hatte, dann bist du hinausgelaufen. Euer Opa hat mich zurückgerissen. Er schien der einzige, der in diesen Minuten noch bei Sinnen war. Ich war ja selber außer mir. Bis dahin hatte mir noch nie jemand etwas ins Gesicht geworfen."

Karl stöhnte: „Mein Gott! Ich bin hinausgelaufen, ich mochte dich schon damals, Maria, Martha und ich, wir schliefen kaum noch, aus Angst, dich zu verlieren. Ich hätte Papa verprügelt, wenn er ... du weißt es."

Ich war betroffen. Was hatte ich mit meiner einfältigen Absicht heraufbeschworen. Nicht auszudenken, Karl – und sein Papa!

Karl sagte: „Ich weiß, was du denkst. Das wäre wirklich nicht auszudenken, was daraus geworden wäre, den blinden, hilflosen Papa verprügelt."

Wir standen voreinander und wußten beide, daß wir vor einer schweren Schuld bewahrt wurden. Ich sagte: „Euer Opa, Jakob, was haben wir ihm alles zu danken."

War es gut, daß Karl davon anfing, ich es ergänzte? Ich sagte: „Karl, du wolltest es. Jetzt ist es geklärt. Wir sind heil davongekommen. Du und ich. Verantwortlich wäre ich gewesen. Ich mußte es wissen, daß einem wie eurem Papa, der so getroffen, so nicht zu helfen war. Dennoch wollte ich das Beste! Wie schmal war der Grat! Du, deinen Papa verprügelt, meinetwegen! Dann hätte ich nicht mehr bei euch bleiben können. Die Oberin der Vinzentinerinnen hatte zwar zu mir gesagt, die Türe bei ihnen bliebe immer für mich offen. Ob ich dann, ... kaum."

Wir gingen weiter. Meine Gedanken waren nur bei Martin. Erst jetzt wurde mir ganz tief bewußt, daß er nicht mehr lebt. In meine Augen schossen Tränen. Karls Blick war geradeaus, weit in die Ferne, als suchte er dort eine Antwort auf Fragen, die er im Augenblick nicht zu beantworten wußte. Mir war es lieb, daß er meine Tränen nicht sah. Wir waren nicht mehr weit von Pauls und Marias Haus entfernt, da sagte er: „Ich hätte niemals das werden können, was ich bin. Bei mir war es nicht Jakob. Ich war draußen, bevor Jakob dich zurückriß. Wer war es bei mir, der mich hinaustrieb?"

Ich schwieg. In mir waren noch immer Tränen. Wozu ihm sagen, was er selber glaubte zu wissen.

Am späten Abend besuchten wir gemeinsam nochmals Martins Grab. Ein Grab, das ich jeden Tag habe, ein Grab und Fragen, aber auch Kinder, Enkelkinder, die mich lieben.

*

Wieder sind neun Jahre vergangen. Es war meine feste Absicht, den bisherigen Aufzeichnungen keinen Buchstaben hinzuzufügen. Ein Brief aus Brüggen hat meinen Entschluß geändert. Nach Jahren haben sie erfahren, wo ich wohne, ein langer, ausführlicher Brief. Habe ich etwas versäumt, daß ich ihnen niemals schrieb? Wäre es nicht für mich weit einfacher gewesen? Ich wußte doch, wo sie wohnten. Zumindest hoffte ich, daß sie noch lebten und nicht weggezogen waren. Was hielt mich ab? Sicher, es waren auch oft Gedanken in mir, in dem kleinen Ort, nahe der niederländischen Grenze, wäre nicht der rechte Platz für sie gewesen. Dabei war ich in den letzten Jahren, jedes Jahr für 14 Tage, bei meiner Schwester in Mönchengladbach. Dann war es nur noch eine Busfahrt, und wir hätten uns nach diesen vielen Jahren umarmen können. Ich weiß heute selber keine klare Antwort, warum ich dem immer auswich.

Ihr Brief war so herzlich, so offen und einladend, ich muß sie besuchen. Meine Aufzeichnungen nehme ich mit. Sie sollen wissen, wie mein Leben war. Fast 43 Jahre sind darüber vergangen, daß ich mich im Lazarett von Mülhausen ...

Sie können es beide lesen.

Übernahm ich damals nur deshalb die härtere Aufgabe, um ihm nicht mehr zu begegnen, oder gab es für mich nur diesen Weg? Diese von mir getroffene Entscheidung, die mich zu Martin, seinen Kindern, seinen Schwiegereltern führte. Diese Entscheidung, die mein Leben so völlig veränderte, die mir das Glück schenkte, eigene Kinder zu bekommen. Waren diese Minuten in der Bombennacht, in der Tausende Menschen getötet wurden, in der ich mich in Angst und Sorge an ihn drängte, für mich der Anfang zu einem neuen Leben? Einem Leben, das es ohne diese Minuten nicht gegeben hätte? Oder wäre ich auch ohne diese Minuten Martin begegnet?

Ob auch ihr Leben so erfüllt war wie das meine? Tage, Wochen, Monate, Jahre, Jahrzehnte, in denen an keinem Tag die Hoffnung völlig erlosch. Wirklich an keinem Tag?

Nie hätte ich es für möglich gehalten, daß ich ihm einmal mein Leben aufblättern könnte, ihm, den ich in jungen Jahren gerne begleitet, dessen Weg weitab von dem meinen verlief.

Und wenn sie mich fragen, ob Karl und Martha noch immer beisammen sind? Sie sind es. Karl hat eine weitere Aufgabe dazu übernommen: Er ist Gefängnisgeistlicher. Hat er diese Aufgabe gesucht? Den Menschen nahe zu kommen, die ihr Freisein eingebüßt haben. Martha deutet in Briefen an, daß Karl dort jede Hand sucht. Keineswegs, um sie flüchtig in die seine zu nehmen, so wie er glaubt, daß jede Hand einmal das Streicheln einer Mutter empfunden hat und daß das nicht völlig untergegangen sein kann. Aus diesen Briefen weiß ich, daß Karl niemals das Zeug eines Richters, eines Staatsanwalts in sich hatte.

Und Martha? Sie schreibt noch immer für mehrere Zeitungen. Zu dem Buch, das sie schreiben wollte, ist sie noch nicht gekommen. Es bleibt ihr Wunsch. Ihr einziger? Ich habe sie nicht geboren. Hatte ich nicht auch den Weg eingeschlagen, für andere dazusein? Hätte ich das durchgestanden ohne Orgel, ohne den kleinen Chor?

Und wenn sie mich nach meinen beiden eigenen Kindern fragen? Für Klaus gibt es nur noch wenig Freizeit. Ist er es, der das Leben in allen Schattenseiten kennenlernte? Oder gelingt es ihm, sich von all dem abzusichern, was andere ihm zutragen? Sollen all diese Begegnungen, was andere zu schleppen haben, für ihn nur „Fälle" bleiben? Ist er wie Martin durchdrungen, nur dem Recht zu dienen? Wird er sich nicht auch für manchen einsetzen müssen, der nur seines Vorteils willen straftätig wurde, der mit voller Absicht andere schädigte, anderen Leid zufügte?

Seine Briefe an mich sind karger. Dennoch ausreichend, daß auch Martin wüßte, keiner wird ihn dazu bringen können, das Recht zu beugen. Waren es für mich in den letzten Jahren nicht köstliche Wochen, wenn seine drei Kinder hier in Ferien waren! Der siebenjährige Hans und Karin und Gerta, die Zwillinge.

Thomas ist seit drei Jahren Kantor an einer Kirche in Krefeld. Möglich, daß er höhere Vorstellungen hatte, obwohl er von dem Chor, den er übernahm, aber auch von der Orgel, die bei drei Manualen mehr als vierzig Register hat, schwärmt. Mit dem Chor war er bereits mehrmals im Rundfunk zu hören. Einige Messen, für die er einen Verlag sucht, hat er komponiert. Seine Frau ist eine gute Cellistin. Er hat sie an der Musikhochschule in Köln kennengelernt. Wenn ihre beiden Kinder, Karl und Maria, erwachsen genug sind, ist es ihr Wunsch, gemeinsame Konzerte zu veranstalten.

Und ich? Mit meinen siebenundsiebzig Jahren? Ohne Wünsche? Ohne Sorgen? Ohne Wehwehchen? Bei sieben Enkelkindern in dieser Zeit, in der wohl jeder, der nicht gleichgültig in den Tag lebt, laut schreien möchte: ‚So nicht! So nicht!' Noch ist unsere Erde nicht vollends verwüstet, noch nicht. Sieben Enkelkinder, die mich lieben, die „Oma" zu mir sagen.

Morgen schreib' ich den beiden in Brüggen. Sie sollen wissen, welche Freude mir ihr Brief gebracht hat. Mir ist, als hätte sich mir ein Fenster geöffnet, das für viele Jahre verdunkelt war.

Ich schreibe ihnen, wann ich sie besuche. Ich habe mit Maria, die noch immer an der Schule unterrichtet, alles besprochen. Dem Brief lege ich ein Foto von mir bei, das nichts beschönigt. Sechsundfünfzig Jahre ist es her, daß ich dabei war, als ihr Töchterchen geboren wurde. Sechsundfünfzig Jahre, daß ich sie ohne Abschied verließ, und ich war nicht vergessen, wie ich sie nicht vergaß.

Und wenn sie wissen wollen, warum ich sie vor dieser langen Zeit, ohne mich zu verabschieden, verließ, ohne nochmals ihr Töchterchen in meine Arme zu nehmen?

Müßten sie es nicht wissen?

Ja, nach ihrem Brief weiß ich, wie gut es war, daß ich mich damals nicht verabschiedete. Dann wäre es nie zu einem wirklichen Abschiednehmen gekommen. Es wären Vorstellungen, Wünsche geblieben, die sich nicht erfüllen konnten. Dennoch blieb eine Brücke zwischen ihnen und mir, auf der sich Erinnerungen bewegten. Erinnerungen, die weder Martin noch die Kinder belasteten. Genauso ist es in mir nicht auszustreichen, daß Martin zu mir sagte: „Die Hölle war es nicht." Er hat gespürt, daß ich ihn liebte.

* * *

Über den Autor

Leonhard Jansen - Erzähler, Dramatiker, Lyriker - wurde 1906 in Mönchengladbach geboren. Als junger Mann erlernte er das Handwerk des Möbeltischlers.

1926 sind erste Erzählungen von ihm in Zeitschriften erschienen. Nach eigenen Worten verspürte er immer schon den inneren, überstarken Drang zu schreiben. Bestärkt und ermutigt wurde er von dem Dichter Heinrich Lersch, der bald auf den jungen Schriftsteller aufmerksam wurde und ihm großes Talent zusagte.

1929 übersiedelte Leonhard Jansen nach Brüggen nahe der niederländischen Grenze, wo er heute noch lebt und schreibt.

Während der Jahre 1933 bis 1945 verzichtete er als NS-Gegner auf jede Veröffentlichung.

Unter dem unauslöschlichen Eindruck von Krieg und Grausamkeit begann er nach dem Krieg wieder zu schreiben. Gleich ab 1946, als die ersten Zeitungen wieder erscheinen konnten, wurden seine Erzählungen abgedruckt.

In seinen bisher erschienenen zwölf Romanen, neun Erzähl- und sieben Gedichtbänden und zahlreichen Bühnenstücken stehen immer wieder Menschen in ihrem Leiden und ihren Nöten im Mittelpunkt des Geschehens. Es ist die Welt der "Leute von nebenan", die Alltagswelt, die Eingang findet in sein Werk. Hinter jeder Formulierung und Sprachfindung spürt der Leser, daß der Autor das, was er beschreibt, durchlebt, durchlitten hat. Dies macht die Wahrhaftigkeit, Glaubwürdigkeit und Authentizität seines umfangreichen Werkes aus.

Leonhard Jansen
- Stationen seines Lebens -

1906
geboren in Mönchengladbach

1924 - 1933
erste Veröffentlichungen in Zeitungen und Zeitschriften

1932
Gründer und Leiter der Brüggener Spielschar

1933 - 1945
als NS-Gegner: keine Veröffentlichungen

1946
Wiederaufnahme seiner literarischen Tätigkeit

1946
Mitglied im ersten von den Engländern eingesetzten Rat der Gemeinde Brüggen

1956
örtlicher Leiter der Volkshochschule des Kreises Viersen

Leonhard Jansen lebt und arbeitet seit 1929 in Brüggen

Leonhard Jansen
- Auszeichnungen -

1966 Goldene Ehrennadel des Innungsverbandes des Nordrhein-Westfälischen Tischlerhandwerks

1970 Literaturpreis des Verbandes der Kriegsbeschädigten und Kriegshinterbliebenen und Sozialrentner Deutschlands (VdK)

1970 Werner-Jaeger Medaille des Kreises Viersen

1980 Rheinlandtaler des Landschaftsverbandes Rheinland

1981 Silberner Ehrenteller des VdK

1981 Ehrennadel der Stadt Mönchengladbach

1981 Friedensplakette des Heimkehrerverbandes Deutschland

1986 Goldene Ehrennadel, höchste Auszeichnung des Bundesverbandes des VdK

1989 Ehrenbürger der Gemeinde Brüggen

Verzeichnis der Werke von Leonhard Jansen

Romane

Die Straße einer Frau, Heimatscholle, Trier, 3. Auflage 1961
Die Bartels, Heimatscholle, Trier 1961
In die helle Nacht, Heimatscholle, Trier 1963
Ein Licht bleibt über uns, Steyler Verlag, Nettetal 1963
Der letzte Morgen, Peter Enger Verlag, Willich-Anrath 1970
Von dieser Stunde an, Peter Enger Verlag, Willich-Anrath 1971
Wer kann es mir sagen, J.G. Bläschke Verlag, Darmstadt 1975
Nach Sonnenuntergang, J.G. Bläschke Verlag, Darmstadt 1982
Die Jahre des Adam Dankert, Enger Verlag, Willich-Anrath 1983
Die krummen Wege des Bartholomäus Überspringer, Enger Verlag, Willich-Anrath 1984
Wer war Kamper, Enger Verlag, Willich-Anrath 1988

Erzählbände

Menschen unserer Gruppe, Michael Jansen Verlag, Mönchengladbach 1948
Unser ist die Erde, J.G. Bläschke Verlag, Darmstadt 1974
Als es hell und dunkel ward, J.G. Bläschke Verlag, Darmstadt 1979
Auch die Enkel wollen leben, Kehren Verlag, Erkelenz 1980
Besuch am Weihnachtsmorgen, Enger Verlag, Willich-Anrath 1982
Der Narr und sein Fürst, Enger Verlag, Willich-Anrath 1986
Und es kam niemand, Enger Verlag, Willich-Anrath 1986
Unerhört, Juni Verlag, Mönchengladbach 1990

Gedichtbände

Und darüber ein Stern, Heimatscholle, Trier 1965
Der Regen brennt, Peter Enger Verlag, Willich-Anrath 1973
Schatten im Stundenschlag, J.G. Bläschke Verlag,
Darmstadt 1976
Wann kam die Stunde, Bläschke Verlag, Darmstadt 1981
Wind streicht um das Haus, Enger Verlag,
Willich-Anrath 1986
Wer hält es auf, Kehren Verlag, Erkelenz 1986
Schneide Fenster in die Gräue, hg. v. Peter Rumpel,
Enger Verlag, Willich-Anrath 1991

Zahlreiche Bühnenstücke, davon veröffentlicht:

Wer trägt die Schuld, Michael Jansen Verlag,
Mönchengladbach 1948
St. Martin heute, Dr. Heinr. Buchner Verlag, München 1973
So konnte es sein, Dr. Heinr. Buchner Verlag,
München 1974

Anthologien

In vielen, selbst europäischen Anthologien sind
Erzählungen und Gedichte von Leonhard Jansen erschienen.
Hier seien die wichtigsten genannt:
Niederrheinisches Weihnachtsbuch. Ein Hausschatz für
die Tage vom 1. Advent bis zu den Heiligen Drei Königen,
bearb. u. komm. v. Fritz Meyers, Mercator Verlag,
Duisburg 1981, S. 207 u. 228
Rheinblick. Gedichte aus "Neues Rheinland" 1958 bis 1984,
hg. v. Matthias Buth, Rheinland-Verlag, Köln 1984,
S. 38 u. S.117
Anthologie niederrheinischer Autoren, Mercator Verlag,
Duisburg
Niederrheinisches Lesebuch "Teil meiner selbst",
hg. v. Jochen Arlt, Irmgard Bernrieder.
Rhein · Eifel · Mosel-Verlag, Köln 1991, S. 287 - 291

Kunstband

Maria Kuppels, 12 Aquarelle nach Gedichten von Leonhard Jansen, Schatten im Stundenschlag, Enger Verlag, Willich-Anrath 1988

Rundfunkarbeiten

Über 30 Sendungen im WDR Hörfunk, darunter vier in der Reihe "Auslese"
Zwei Sendungen im III. Programm des Fernsehens mit Gedichten

Vertonungen von Gedichten

durch Willi Beste, Johannes Menskes, Karl Seepe, Karl Feger, Bruno Jansen, Hermann Große-Schware